Nicholas Gannon

Die höchst eigenartige Verschwörung von Barrow's Bay

Bereits erschienen:

Band 1

ISBN 978-3-649-61942-0

MIX
Papier aus verantwortungsvollen Quellen
FSC
www.fsc.org
FSC® C002795

5 4 3 2 1
ISBN: 978-3-649-61943-7

Coppenrath Verlag GmbH & Co. KG, Hafenweg 30, 48155 Münster

Originalverlag: Greenwillow Books, an Imprint of HarperCollins Publishers
Originaltitel: The Doldrums and the Helmsley Curse
Text: Nicholas Gannon
Illustration: Nicholas Gannon
Dieses Werk wurde vermittelt durch die Literarische Agentur Thomas Schlück GmbH, 30827 Garbsen.
Aus dem amerikanischen Englisch von Harriet Fricke
Umschlaggestaltung: Ortrud Müller – Die Buchmacher, Köln
Lektorat: Sara Mehring
Satz: Sabine Conrad, Bad Nauheim
Printed in Latvia
www.coppenrath.de
Das ebook erscheint unter der ISBN: 978-3-649-62705-0.

Nicholas Gannon

Die höchst eigenartige Verschwörung von Barrow's Bay

Aus dem amerikanischen Englisch
von Harriet Fricke

COPPENRATH

✦ Inhalt ✦

Für Patrick und Gannon,
für Tacker und Müllkipper.

✦ Schneeflocken und Gerüchte ✦

Durch Rosewood stoben die Gerüchte. Sie wirbelten in alle Richtungen, über die verschneiten Dächer hinweg und durch die engen Gassen hindurch.

»Wie kann das angehen? Es ist zwei Jahre her!«

Sie wurden in den Läden entlang der Donnerblumenstraße ausgetauscht und im Café Belmont aufgesogen.

»Glaubst du, die haben uns an der Nase herumgeführt?«

»Wovon sollen die sich denn ernährt haben?«

In den Aufenthaltsräumen der Rosewood-Schule lachte man über die Geschichten, im Süßigkeitenladen *Schleck & Schmeck* verdrückte man sie genüsslich.

»Waren da nicht Pinguine auf dem Eisberg?«

»Meinst du, die haben überlebt, weil sie Pinguine gegessen haben?«

Die Gerüchte türmten sich auf wie riesige Schneehaufen. Es gab Hunderte von Antworten auf eine einzige Frage:

Rosewood Chronicle

WIE KONNTEN RALPH UND RACHEL HELMSLEY AUF DEM EISBERG ÜBERLEBEN?

Die beiden Forscher Ralph und Rachel Helmsley gehörten zu den bekanntesten Einwohnern der Stadt. Man hatte sie bereits für tot erklärt, aber nun erwartete man sie jeden Tag in dem hohen, schmalen Haus in der engen, verwinkelten Weidengasse zurück. Und es gab niemanden, der ihrer Rückkehr stärker entgegenfieberte als ihr Enkel Archer B. Helmsley.

»Archer ist gefährlich. Er hat Tiger im Museum losgelassen, weil er herausfinden wollte, ob er sie abhängen kann!«

»Ich hab gehört, er kann Kastanien mit einem Blick zum Explodieren bringen.«

»Nein, das kann keiner. Aber wenn er Durst hat, verwandelt er einen Flamingo in ein Glas rosa Limonade.«

In Wahrheit konnte Archer nichts davon. Aber mithilfe seiner beiden besten Freunde und eines Rettungsfloßes hatte er tatsächlich eine Meute Tiger abgehängt. Das war vor zwei Monaten gewesen, bei dem missglückten Versuch, seine Großeltern zu finden, die aus seinem Leben verschwunden waren, als er gerade einmal zwei Tage alt gewesen war. Seit dem Vorfall mit den Tigern wohnte Archer im Internat von Raven Wood. Seine Eltern hatten behauptet, es sei nur zu seinem Besten. Und zu allem Überfluss hatte er, kurz bevor er in den Zug Richtung Norden steigen musste, auch noch erfahren, dass seine Großeltern am Leben waren und endlich nach Hause kommen würden.

Archer hatte das erste Gerücht, das sich in Rosewood verbreitete, genauso verpasst wie die erste Schneeflocke, die auf die Weidengasse fiel. Und auch von den unzähligen weiteren hatte er nichts mitbekommen. Der Winter war in diesem Jahr so eisig, dass jeder, der die Nase krauszog, Angst haben musste, sie würde für immer kraus bleiben. Ganz Rosewood hatte sich in ein weißes Meer verwandelt und die Schneedecke wuchs mit jedem Tag.

✦ Gluckernde Heizungen ✦

Im Keller der Weidengasse 376 schuftete der Heizkessel schwer und pumpte Dampf in Rohre, die sich bis in ein Zimmer im dritten Stock zogen. Dort saß Adélaïde Belmont neben der munter gluckernden Heizung und schrieb einen Brief.

... ich habe Deine Großeltern noch nicht gesehen.

Aber in Rosewood reden alle über sie ...

Adélaïde hörte auf zu schreiben und schaute über die Schulter. Ihr Freund und Nachbar Oliver Glub stand ein paar Schritte vom Schreibtisch entfernt.

»Bald kann ich mit dem Schlitten zu dir rüberfahren«, sagte er, das Gesicht ans Balkonfenster gedrückt.

Adélaïde stellte sich neben ihn, und zusammen beobachteten sie, wie die Schneeflocken durch die versteckten Gärten der Weidengasse wirbelten und sich dort immer höher auftürmten.

»So viel Schnee hab ich noch nie gesehen«, sagte Adélaïde.

»Die Mauern sind zwei Meter hoch, aber ich kann nicht mehr erkennen, wo ein Garten aufhört und wo der andere anfängt.«

Oliver wohnte schräg gegenüber, auf der anderen Seite der Gärten. Neben seinem Zuhause stand das Haus der Helmsleys. Dort wohnte Archer. Aber in Archers Zimmer war es dunkel. So wie an jedem Tag seit dem Vorfall mit den Tigern.

»Glaubst du, er weiß, was man sich über seine Großeltern erzählt?«, fragte Oliver.

»Keine Ahnung«, erwiderte Adélaïde und ging zum Tisch zurück. »In seinen Briefen hat er nichts davon erwähnt. Und selbst wenn wir es ihm erzählen *dürften*, wüsste ich nicht, mit welchem Gerücht wir anfangen sollten.«

Oliver wusste es auch nicht. Jeden Tag tauchten neue auf. Eins schlimmer als das andere.

Adélaïde hatte ihren Brief inzwischen beendet und schob ihn in den Umschlag, in dem schon der von Oliver steckte. »Fertig.«

✦ Lustig, lustig, traleralera? ✦

Unten im Flur schlüpften sie in ihre Mäntel und wickelten sich dicke Schals um. Adélaïde stopfte einen zweiten Schal in ihren linken Stiefel, um die Lücke vor ihrem Holzbein zu füllen. Sie stapften die Vordertreppe hinunter und kämpften sich durch die Schneehaufen, die zu beiden Straßenseiten aufgeworfen waren. Die Sonne war fort, die Sterne prangten am Himmel und Straßenlaternen leuchteten ihnen den Weg.

»Wenn ich es nicht besser wüsste«, sagte Oliver, während er Adélaïde über eine Schneewehe half, »würde ich denken, wir hätten es tatsächlich zum Südpol geschafft.«

An der nächsten Ecke kamen sie an einer Gruppe von Kindern vorbei, die ein Weihnachtslied sangen.

Lasst uns froh und munter sein
und uns recht von Herzen freun!
Lustig, lustig, traleralera!

Sie bogen in die gewundene Donnerblumenstraße ein, die von kleinen Läden gesäumt war, darunter auch das Café von Adélaïdes Vater. Winterlich vermummte Ladenbesitzer standen auf hohen Leitern und schmückten Schaufenster mit Lichtern, Tannengirlanden und Sternen, während Passanten davor stehen blieben und zuschauten.

»Passt auf eure Köpfe auf!«, rief Mr Bray vom Schreibwarenladen *Feder & Tinte*, als Oliver und Adélaïde unter seiner Leiter hindurchschlüpften. »Das bringt Unglück!«

Als sie das Café Belmont erreichten, waren ihre Gesichter rot und taub. Drinnen war es warm und voll und überall standen dampfende Tassen. Adélaïdes Augen suchten den dicht belagerten Tresen ab. Der Mann dahinter fing ihren Blick auf und rief: »Zwei Mal heiße Schokolade, Adie?« Sie nickte und führte Oliver durch das brummende Café zu einem kleinen Tisch in der Ecke.

Oliver wickelte sich aus dem Schal und senkte den Kopf. Adélaïde tat das Gleiche. Jemand hatte eine Zeitung auf dem Tisch liegen gelassen.

HMECK

ONT CAFÉ

Rosewood Chronicle

EISBERG-SCHWINDEL

Neuer Tag, neues Gerücht. Ganz Rosewood ist schon betrunken davon, wie im Rausch. Und es wird Zeit, dass Sie alle mit dem Trinken aufhören. Aber vorher bitten wir Sie, die Krüge ein letztes Mal zu heben, damit wir nachschenken können. Wie dem *Rosewood Chronicle* zu Ohren gekommen ist, haben Ralph und Rachel Helmsley ihr Verschwinden selbst inszeniert. Sie haben richtig gelesen: Der Eisberg war ein Riesenschwindel!

Wer hat uns diese Information zugespielt? Ein Mann, der zwar nicht so berühmt ist wie die Helmsleys, dessen Namen aber einige von Ihnen bestimmt schon gehört haben: Herbert P. Birthwhistle, der amtierende Präsident der Gesellschaft.

»Wir tragen noch Informationen zusammen«, teilte uns Präsident Birthwhistle mit, der zurzeit beim Schottland-Ableger der Gesellschaft zu Besuch ist. »Aber schon jetzt kann ich sagen, der Eisberg war kein unglücklicher Zufall. Wir wissen, dass die Helmsleys auf einen Eisberg geklettert sind und trotz intensiver Suche nicht gefunden wurden. Wir glauben, die Helmsleys *wollten* nicht gefunden werden.«

Für Leser, die es nicht wissen: Die Gesellschaft ist eine Vereinigung von Forschern und Entdeckern mit Hauptquartier in Barrow's Bay.

»Ich rede nicht gern schlecht über Kollegen«, erklärte Präsident Birthwhistle, »deshalb möchte ich keine Einzelheiten preisgeben. Aber als Präsident der Gesellschaft hat Ralph Helmsley zuletzt einige wunderliche Entscheidungen getroffen. Viele Mitglieder hegten den Verdacht, dass das in die Jahre gekommene Forscherpaar den Verstand verloren hätte. Viele glaubten, sie hätten die Gesellschaft zerstören wollen. Ralph sollte sogar als Präsident abgesetzt werden. Aus Angst vor der Blamage sind die Helmsleys verschwunden, bevor es dazu kommen konnte.

»Einige berühmte Forscher wurden zu Legenden, weil sie in der Antarktis verschollen sind. Vermutlich haben sich die Helmsleys ähnlichen Ruhm erhofft«, erklärte Birthwistle in unserem Gespräch. »Ich weiß nicht, wie sie überlebt haben. Ich weiß nicht, warum sie plötzlich nach Hause kommen. Aber sie sind auf dem Weg. Die Mitglieder der Gesellschaft wurden alarmiert. Und ich betrachte es als meine Pflicht, die Bürger von Rosewood ebenfalls zu warnen. Ich sage es nicht gern, aber: Die Helmsleys sind eine Gefahr für alle.«

»Das ist *übel.*« Adélaïde riss den Artikel aus der Zeitung heraus, während ihr Vater sich einen Weg durch das brechend volle Café bahnte. Er stellte zwei Becher Kakao vor ihnen ab. Adélaïde und Oliver umschlossen sie mit den Händen, um sich die Finger zu wärmen.

»Schön, dass du mal wieder vorbeischaust, Otto«, sagte Mr Belmont.

»Er heißt Oliver«, verbesserte Adélaïde grinsend.

»Hübscher Name.«

Ein eisiger Wind schoss durchs Café, als eine kleine Frau in einem geblümten Mantel hereinstürzte.

»Diese Kälte!«, rief sie und warf die Tür hinter sich zu. »Diese entsetzliche Kälte! Diese schrecklich entsetzliche Kälte! In meinem ganzen Leben habe ich keinen derart kalten Winter erlebt! Das *muss* am Fluch liegen! Ja, mit Sicherheit liegt es am Helmsley-Fluch!«

»Der Helmsley-Fluch!«, echoten die Gäste. Der *Rosewood Chronicle* hatte sich den Namen ausgedacht, als Erklärung dafür, dass die Stadt auf den härtesten Winter aller Zeiten zusteuerte. »Je näher die Helmsleys kommen, desto kälter wird es«, empörte sich einer der Gäste. »Vermutlich bringen sie ihren Eisberg mit.«

»Man sollte den Hafen zusperren und sie nicht in die Stadt lassen.«

Die Frau im geblümten Mantel nickte wie wild und quetschte sich zwischen die Leute am Tresen. »Einen Vierfachen! Einen vierfachen Espresso! Und zwar richtig *heiß*!«

»Fürs Geschäft ist die Kälte kein Fluch«, murmelte Mr Belmont und eilte zum Tresen zurück.

Oliver wischte sich den Kakaoschnurrbart weg. »Ich glaube nicht an Flüche«, flüsterte er.

Adélaïde wies ihn darauf hin, dass er den Kakaobart an seinem Kinn vergessen hatte, bevor sie erwiderte: »Ich auch nicht. Aber du musst zugeben, die ganze Geschichte ist schon *sehr* merkwürdig.«

»Mein Vater sagt, der *Chronicle* ist ein Schmierblatt«, erklärte Oliver und las den Artikel ein zweites Mal. Seinem Vater, Mr Glub, gehörte die kleine Zeitung *Doldrums Press*. »Archers Großeltern sollen den Verstand verloren haben? Sie *wollten* verschwinden?«

»Wer sollte sich so was ausdenken?« Adélaïde zwirbelte den Dampf, der von ihrem Becher aufstieg, mit einem Finger auf. »Glaubst du nicht, es könnte was Wahres dran sein?«

Oliver öffnete den Mund, um zu antworten. Doch dann nahm er lieber einen großen Schluck heißen Kakao.

»Wir müssen los.« Oliver stürzte den letzten Tropfen Kakao hinunter. »Die Post wird gleich abgeholt.«

Adélaïde und Oliver verließen das Café und überquerten den Zickzackweg, an dem der Postkasten unter Schnee begraben lag. Oliver fegte die Klappe frei und zog sie mühsam auf. Adélaïde warf den Brief ein.

»Wie weit ist Raven Wood eigentlich weg?«, fragte sie.

»Mit dem Zug drei Stunden«, erklärte er.

Und mit dem Zug sollte auch ihr Brief reisen. Er wurde wenig später abgeholt, zum Postamt gebracht, in einen schmutzigen Sack gesteckt, zum Bahnhof von Rosewood gefahren und in den Postwaggon verfrachtet. Der Zug setzte sich in Richtung Norden in Bewegung, ratterte über eine Brücke über den zugefrorenen Kanal und verließ die Stadt. Er schlängelte sich an der felsigen Küste entlang und blies Dampf über schneebedeckte Kiefern, bis er das Dorf Stonewick erreichte. Die Briefe wurden erneut sortiert und in den Laderaum eines Postautos geworfen. Der Wagen tuckerte los, bog in einen dichten Kiefernwald ein, fuhr unter einem schiefen, schmiedeeisernen Tor hindurch und erreichte eine Lichtung, an deren Rand, gedrängt auf einem steilen Kliff, das Internat Raven Wood stand.

✦ TEIL 1 ✦

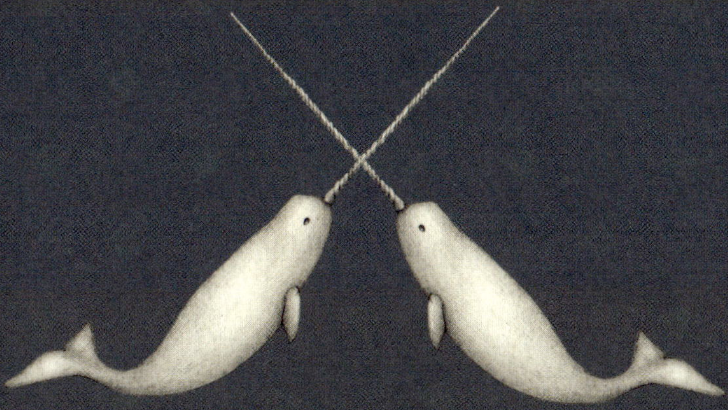

Ein Eisberg in Rosewood

1

✦ Raven Wood ✦

Archer konnte nicht schlafen. Er schob eine taub gefrorene Hand unter der Bettdecke hervor und fummelte am Heizungsknopf. Es nützte nichts. Die Heizung war eine Katastrophe. Wie fast alles in Raven Wood.

Auf der anderen Seite des Zimmers schnarchte sein Mitbewohner Benjamin Birthwhistle.

Archer wickelte sich in die Decke, schlich auf Zehenspitzen zu seinem Tisch und schaute aus dem mit Eisblumen überzogenen Fenster. Die Sonne ging gerade über dem Meer auf, Schnee fiel auf Wellen, die sich an Felsen brachen. Der Anblick war nicht gerade fröhlich, aber Archer gefiel er trotzdem. Der Weg an der zerklüfteten Küste entlang führte nämlich in Richtung Rosewood.

Archer nahm einen Stift und malte ein weiteres X in seinen Kalender. »Nur noch ein Tag«, murmelte er.

Der Zug nach Rosewood sollte am nächsten Nachmittag gehen. Morgen würde er Oliver und Adélaïde wiedersehen.

Würde sonst noch jemand auf ihn warten? Seit seiner Abfahrt nach Raven Wood hatten seine Eltern nicht mit ihm gesprochen. Das wunderte ihn nicht. Aber in den zweieinhalb Monaten auf dem Internat hatte er auch von seinen Großeltern nichts mehr gehört. Sie hatten ihm ein Stück Eisberg mit der Post geschickt, doch seitdem hatten sie sich nicht mehr bei ihm gemeldet. Waren sie ins Haus der Helmsleys zurückgekehrt? Er hatte keine Ahnung. Und das beunruhigte ihn.

Hinter ihm hörte Benjamin auf zu schnarchen. Archer schaute über die Schulter.

»Archer, warum bist du so früh schon auf?« Benjamin blinzelte schlaftrunken.

»Es war so kalt. Ich konnte nicht schlafen.«

Benjamin streckte die Füße unter der Bettdecke hervor. Sie waren doppelt so dick wie sonst.

»Deine Füße sind geschwollen«, sagte Archer und setzte sich an den Tisch. »War die Spinne wieder da? Hat sie dich gebissen?«

Benjamin grinste und schüttelte den Kopf.

Gestern Abend hatten sich die beiden Jungen in ihrem Zimmer eine Schlacht mit einer riesigen Spinne geliefert. Archer hatte mit einer Lampe, drei Büchern und, zu Benjamins Entsetzen, einer Topfpflanze nach ihr geworfen, aber das achtbeinige Ungetüm war unverletzt geflüchtet.

»Das sind nur Strümpfe.« Benjamin gähnte. »Ich hab vier

Paar angezogen.« Er rubbelte sich durch die langen, zerzausten Haare. Ein Blatt fiel heraus. »Aber ich frage mich, wo die Spinne herkam.«

Für Archer war die Antwort sonnenklar. Auf Benjamins Seite des Zimmers standen unzählige Pflanzen, sein Tisch war unter ihnen kaum noch zu erkennen. Es waren merkwürdige Pflanzen, ganz anders als diejenigen, die in den Gärten der Weidengasse wuchsen.

Archer beugte sich vor und stupste eine Pflanze auf Benjamins Tisch an. »Die hier sieht aus, als würde sie Spinnen ausbrüten.«

»Ist das mein Moderkraut?«, fragte Benjamin. »Oder die Didactus, die gestern ausgetrieben hat? Wenn die Blätter rosa gesprenkelt sind, dann ist es das Beißblatt.«

In den letzten beiden Monaten hatte Archer immerhin so viel von Benjamin gelernt, dass er sich sicher war, keine der drei Pflanzen vor sich zu haben. Diese hatte lange, spiralförmige Stängel, die mit kleinen Knubbeln übersät waren, als säße etwas darin, das nach draußen wollte.

»Ach.« Benjamin stakste steifbeinig zum Schreibtisch. »Das ist meine *Paria glavra*. Bei der musst du aufpassen. Die ist ein bisschen bösartig.«

»*Bösartig*?« Archer zog die Hand schnell weg.

Benjamin klappte sein Notizheft auf und inspizierte die Pflanze. »Wie viele aus der Gattung *Paria* ist auch die *glavra* am Anfang völlig harmlos«, erklärte er. »Später kann sie gefährlich werden. Manchmal sogar mit tödlicher Wirkung.«

Archer warf die Decke ab und lief zum Waschbecken, um sich die Hände zu waschen. Es hätte ihm gerade noch gefehlt, tot umzufallen, bevor er seine Großeltern kennenlernen konnte.

»Die Dornen sind noch nicht draußen«, rief Benjamin, der die kleinen Knubbel mit einem Stift ausmaß. »Vor denen musst du dich nämlich in Acht nehmen.«

Dornen hin oder her, Archer hätte eigentlich wissen müssen, dass er eine Pflanze erst anfassen durfte, wenn Benjamin sie für ungefährlich erklärt hatte. Er seifte sich die Hände ein, während Benjamin in seinem Notizheft die Größe der Knubbel und andere Beobachtungen notierte. Als würde er seine Hausaufgaben machen. Benjamin hatte einmal gesagt, Archer würde ihn verstehen, sobald er begriffen hatte, was Pflanzen alles bewirken konnten. Aber Archer wusste nur, dass Benjamin mit seinen langen, schlierigen Haaren und den zweigdünnen Armen und Beinen selbst an einen seiner Ableger erinnerte.

»Nach dem Frühstück will ich in die Poststelle gehen.« Archer trocknete sich die Hände ab.

»Schon wieder?« Benjamin zog ächzend den dritten Pullover über seinen Kopf. »Deshalb konntest du nicht schlafen, oder? Das lag nicht an der Kälte, sondern an deinen Großeltern.«

Benjamin hatte recht. Archer hatte die ganze letzte Woche nicht geschlafen.

»Vielleicht haben sie mir ja endlich geschrieben.«

Benjamin setzte sich aufs Bett und band seine Schnürsenkel zu. Er schaute zu Archer, der ein Ohr an die Tür gelegt hatte. In Raven Wood wohnten nur wenige Schüler, aber wenn sie in den schummerigen, staubigen Fluren zusammenströmten, verwandelten sie sich in eine wilde Horde.

»Wir warten lieber noch«, sagte Archer. »Sonst rennen sie dich wieder über den Haufen.«

»Das war schrecklich«, erwiderte Benjamin lachend. Er zog ein weißes Hemd aus seinem Koffer. »Siehst du? Die Fußabdrücke sind immer noch nicht ganz rausgewaschen!«

Die Schüler von Raven Wood mussten sich an einen strikten Stundenplan halten. Jeder, der zu spät kam, wurde streng bestraft. Archer verspätete sich oft, aber Ärger bekam er nie.

Benjamin warf das Hemd in den Koffer zurück. »Du hast Glück, Mr Churnick mag dich.«

✦ Glück im Unglück ✦

Mr Churnick war der Direktor von Raven Wood. Ein eher missmutiger, stämmiger Mann mit langen Hasenzähnen, an denen häufig Reste von Käsekuchen klebten. Mr Churnick mochte Käsekuchen für sein Leben gern. Und er mochte Archer, was ein mittleres Wunder war, wenn man bedachte, wie er Archer bei seiner Ankunft begrüßt hatte.

»Üblicherweise nehme ich in meiner Schule keine Problemkinder auf, Archer Helmsley. Aber leider macht Raven Wood schwere Zeiten durch. Nur aus diesem Grund sitzt du jetzt vor mir.«

Archers Mutter hatte sich über jede Schandtat von Archer ausgelassen und nicht die geringste Kleinigkeit vergessen. Alles stand in der Akte, die aufgeschlagen vor Mr Churnick auf dem Tisch gelegen hatte: angefangen bei Archers Gesprächen mit ausgestopften Tieren bis hin zu dem Vorfall mit den Tigern.

»Du hast also Tiger im Museum losgelassen?«, grummelte Mr Churnick. »*Hunderte* von Menschen wären deinetwegen beinahe gestorben! Aber deine Streiche haben nur ein Opfer gefordert. Ein Glück im Unglück. Ja, hier steht, du hast eine Frau ernsthaft verletzt. Eine Mrs Murk… Mrs *Murkley*? Du hast Mrs Murkley k. o. geschlagen? Aber du bist so … und sie ist so – ach! Du hast sie mit einem EISBÄREN niedergestreckt?!«

Mrs Murkley war Lehrerin in Raven Wood gewesen, bevor sie in der Rosewood-Schule aufgetaucht war, wo sie Archer, Oliver und Adélaïde unterrichtet hatte. Die drei hatten keine Ahnung, warum Mrs Murkley aus Raven Wood versetzt worden war. Aber sie hatten selbst erlebt, was für ein schrecklicher Drachen die Frau war, und waren zu dem Schluss gekommen, dass sie etwas richtig Schlimmes getan haben musste – ähnlich schlimm wie eine Lehrerin unter einem Eisbären zu begraben.

»Hast dem alten Wildschwein den Hauer gezogen, was, Archer?« Mr Churnick hatte losgeprustet und war beinahe vom Stuhl gefallen. »Endlich hat sie ihre gerechte Strafe bekommen! Von dir! Aber wieso hab ich das nicht schon früher erfahren? Wahrscheinlich verbreiten sich gute Nachrichten eben doch langsamer als schlechte.«

Archer hatte den freudigen Ausbruch von Mr Churnick nicht deuten können. Benjamin war ihm auch keine große Hilfe gewesen. Er wohnte nur dann im Internat, wenn sein Vater, der Reiseführer war, für längere Zeit wegmusste. (Seine Mutter erwähnte er nie. Archer war sich nicht sicher, ob er überhaupt eine hatte.) Aber die Geschichte von Mrs Murkley hatte Archer Stück für Stück zusammengepuzzelt.

Obwohl die Einzelheiten je nach Erzähler voneinander abwichen, stimmten alle Berichte grundsätzlich überein: Ein Schüler namens Phillip war in Raven Wood vom Dach aus vier Stockwerke in die Tiefe gestürzt und hatte nur überlebt, weil er in einem Buchsbaum gelandet war, der die Form eines Raben hatte. Das hatte für einen *waschechten* Skandal gesorgt, in dessen Mittelpunkt Mrs Murkley gestanden hatte. Man hatte ihr zwar nichts nachweisen können, aber die meisten Eltern hatten ihre Kinder trotzdem von der Schule genommen. Raven Wood war an den Rand des Ruins getrieben worden. Und das sah man dem Internat auch an. Die Räume waren verdreckt. Das Licht ging ständig aus. Der Garten war von Unkraut überwuchert. Ganz zu schweigen vom Essen …

✦ Benjamins Brief ✦

Archer und Benjamin huschten in den Speisesaal und setzten sich in ihre übliche Ecke. Eine traurig dreinblickende Küchenhilfe stellte mit unerwartet lautem Knall Schalen vor ihnen ab. Archer zog den Löffel aus seiner und beäugte die klumpige graue Masse.

»Der Haferschleim wird von Tag zu Tag ekliger«, stöhnte Benjamin verzweifelt.

»Dachte, das geht gar nicht.« Archer leckte am Löffel und wünschte sich sofort, er hätte es bleiben lassen. »Heute schmeckt es nach Karton mit Kleister.«

»Plus ein Pfund Schmalz?«, tippte Benjamin.

Zwei große Hände legten sich von hinten auf Archers Schultern. »Morgen, Jungs.« Mr Churnick machte seine Runde. »Meine Güte, Archer! Du bist ein Eisklotz! Tut mir leid, dass wir die Heizung drosseln mussten. Ich gebe mein Bestes. Aber wir müssen nun mal sparen.« Mr Churnick beugte sich über Archer und besah sich den Inhalt der Schüssel. »Immerhin ist das Essen etwas besser geworden.«

»Dürfen wir das Frühstück ausfallen lassen?«, fragte Archer und ließ den Löffel in die Schüssel plumpsen. »Ich würde gern ins Postzimmer gehen.«

Mr Churnick sah sich verstohlen im Speisesaal um und nickte. »Aber schnell. Die anderen müssen es nicht unbedingt mitbekommen.«

»Archer, ich wollte dich was fragen«, fuhr Mr Churnick auf dem Weg zum Postzimmer fort. »Es geht um die Rosewood-Schule. Welchen Eindruck hast du von ihr?«

Obwohl Archer von der Schule geflogen war, hatte er im Grunde nichts gegen sie. »Bevor Mrs Murkley aufgetaucht ist, war es dort sehr schön.«

»Darauf wollte ich hinaus. Ich hatte etwas Wichtiges mit der Schulleiterin Mrs Littell zu besprechen, aber sie wollte mir nicht verraten, *warum* sie die faulige Auster eingestellt hat, nachdem ich sie rausgeworfen hatte. Ihre Entscheidung war, gelinde gesagt, zweifelhaft, und ich hatte gehofft, jemand Zweites nach seiner Meinung fragen zu können.«

»Sie könnten mit Miss Whitewood reden«, schlug Archer vor. »Sie ist die Bibliothekarin und sehr nett.«

»Danke für den Hinweis. Und versuch bitte, nicht *schon wieder* zu spät zum Unterricht zu kommen. Die anderen Lehrer scheinen langsam zu merken, dass sich deine Nachsitzzettel in meinem Büro immer in Luft auflösen.«

Mr Churnick schlug Archer so kräftig auf den Rücken, dass er beinahe durch die Wand geflogen wäre, und ließ die Jungen vor dem Postzimmer stehen. Es war ein winziger, schmuddeliger Raum mit Fächerregalen ringsum. Benjamin schoss vor Archer hinein und prallte gegen einen kleinen Tisch. Der Stapel Zeitungen obendrauf wackelte und fiel in einen leeren Postwagen. Archer sprang zu seinem Fach und entdeckte einen Brief und zwei Pakete.

»Ist der von deinen Großeltern?«, fragte Benjamin leicht nervös, während er einen Brief aus dem eigenen Fach zog.

»Nein, von Oliver und Adélaïde.« Archer strich über den Kakaofleck auf dem Umschlag. »Und Mrs Glub hat wieder Kuchen geschickt.«

Benjamin tat so, als würde er ohnmächtig werden.

Olivers Mutter war die beste Bäckerin in ganz Rosewood. Archer wäre in Raven Wood längst verhungert, wenn sie ihn nicht regelmäßig mit Kuchenpaketen eingedeckt hätte. Auch Benjamin war ihr dafür von Herzen dankbar.

»Sind *beide* Pakete für uns?«

»In einem ist Käsekuchen für Mr Churnick.« Archer begutachtete die durchgeweichte Schachtel von allen Seiten. »Hoffentlich ist er nicht total zermatscht.«

Er legte die Schachtel ins Fach zurück, nahm den Brief und das zweite Paket und lief mit Benjamin zum Vordereingang der Schule. Dort zog er einen Mantel vom Haken und gab Benjamin einen zweiten. Die Mäntel waren für Erwachsene gedacht und reichten weit bis über ihre Knie, aber das störte sie nicht. Benjamin folgte Archer durch die schwere Eichentür und über den gepflasterten Weg, der am Meer vorbeiführte.

»Ich verstehe nicht, warum ich immer noch nichts von meinen Großeltern gehört habe«, sagte Archer und rutschte beinahe auf einem spiegelglatten Stein aus. »Oder von meinen Eltern. Niemand erzählt mir was.«

»Wenigstens darfst du morgen nach Hause fahren.« Benjamin seufzte. »Ich werde den Fraß sogar Weihnachten vorgesetzt bekommen.«

Archer verzog das Gesicht. Benjamin würde die Feiertage in Raven Wood verbringen, weil sein Vater immer noch auf Reisen war. Über Mr Birthwhistle wusste Archer nicht viel, aber er wurde den Verdacht nicht los, dass er den Namen schon einmal gehört hatte. Er hatte Benjamin davon erzählt, aber der hatte vermutet, er müsse es sich einbilden.

Sie hatten die Bank mit Blick aufs Meer erreicht. Archer fegte den Schnee mit seinen überlangen Mantelärmeln weg und sie setzten sich hin. Dann öffnete Archer die Kuchenschachtel und gab seinem Freund einen Walnussmuffin. Benjamin hielt ihn auf der flachen Hand wie einen anbetungswürdigen Gegenstand. Archer lachte und riss seinen Briefumschlag auf.

Lieber Archer,
ich hoffe, in Raven Wood ist alles in Ordnung. Bei uns ist alles wie immer. Na ja, Oliver hat ein blaues Auge. Er hat sich in der Schule mit Charlie Spindle geprügelt. Charlie hatte sich wieder mal über Dich und Deine Familie lustig gemacht und Oliver ist auf ihn losgegangen.
Ich glaube, Oliver wollte Dir von unserer neuen Nachbarin erzählen. Sie ist so alt wie wir und heißt Kana Misra. Aber das soll er Dir selbst schreiben. Nur so viel: Ich glaube, sie mag ihn! (Er wird immer wütend, wenn ich das sage.)
Deine Großeltern habe ich noch nicht gesehen. Aber in Rosewood reden alle über sie. Hast Du schon was gehört? Ich denke, sie werden bald nach Hause kommen. So wie Du.
Wir vermissen Dich,

Adélaïde

Lieber Archer,
Charlie Spindle hat sich in der Schule über Dich lustig gemacht. Adélaïde ist auf ihn losgegangen und hat mich in die Sache mit reingezogen. Ich weiß nicht mehr, was passiert ist, aber am Ende war ich derjenige, der eins auf die Nase bekommen hat. Adélaïdes Verhalten war ja schon immer selbstmörderisch, aber jetzt wird es mit jedem Tag noch schlimmer.
In meinem letzten Brief habe ich etwas vergessen: Wir haben eine neue Nachbarin. Sie ist in das Haus von Mrs Murkley gezogen: Diptikana Misra. In der Schule haben wir kein einziges Fach zusammen, aber sie hat dunkle Haare und hellblaue

Fischaugen, die dich zwar anschauen, aber nicht zu sehen scheinen. Langsam macht sie mir Angst. In letzter Zeit habe ich sie oft dabei ertappt, wie sie mich anglotzt. Vielleicht spioniert sie mir sogar hinterher. Adélaïde glaubt etwas anderes, aber darüber möchte ich nicht reden.

Gute Fahrt,
Oliver

PS: An dem Abend, an dem Du zurückkommst, findet bei uns eine Weihnachtsfeier statt. Dein Vater hat meinem gesagt, dass Du kommen darfst.
PPS: Ich muss Dir etwas über Schleck & Schmeck erzählen. Aber hier ist kein Platz mehr, deshalb sage ich es Dir, wenn wir uns sehen.

Archer konnte es kaum noch erwarten, seine Freunde wiederzusehen.

»In Rosewood rede ich mal mit Mrs Glub.« Er faltete die Briefe zusammen und steckte sie in den Umschlag. »Ich schicke dir von zu Hause so viel Kuchen, wie ich kann. Und wenn ich die meisten Sachen hierlasse und einen leeren Koffer mitnehme, kann ich ihn auf dem Rückweg …«

»Ich fahre morgen auch nach Hause«, unterbrach ihn Benjamin und senkte seinen Brief. »Mein Vater hat die Reise abgebrochen und ist auf dem Weg nach Rosewood.«

»Heißt das, du kommst nach den Ferien nicht zurück?«

Benjamin nickte. Er würde wieder in seine alte Schule in Rosewood gehen, die private Lehranstalt Drabblefort. Archer war traurig, aber auch ein bisschen neidisch. Insgeheim hoffte er, seine Eltern würden ihm erlauben, nach den Ferien in Rosewood zu bleiben. Doch seine Mutter würde sich bestimmt querstellen. Und jetzt würde ihn auch noch sein einziger Freund auf dem Internat verlassen. Wenigstens Benjamin hätte sich über die gute Nachricht freuen sollen, aber der sah aus, als hätte er Bauchschmerzen.

»Stimmt was nicht?«, fragte Archer.

Benjamin biss vom Walnussmuffin ab und kaute langsam. »Ich hab über deine Großeltern nachgedacht«, sagte er schließlich. »Du erzählst über sie nur Gutes, aber was, wenn sie nicht so sind, wie du sie dir vorstellst?« Benjamin versenkte die Zähne noch einmal in den Muffin. »Es muss einen Grund geben, warum deine Mutter sie seit zwölf Jahren nicht in deine Nähe lässt.«

Archer pulte eine Walnuss aus seinem Muffin. Er war erst zwei Tage alt gewesen, als seine Eltern seinen Großeltern das Versprechen abgenommen hatten, sich bis zu seinem zwölften Geburtstag von ihm fernzuhalten.

»Meine Mutter hat was gegen ihren Beruf«, erklärte er und schnipste die Walnuss in seinen Mund. »Dass sie Forscher sind, gefällt ihr nicht. Sie will nicht, dass ich so werde wie sie.«

»Aber was ist, wenn deine Mutter in Wahrheit etwas gegen *sie* hat?«, fragte Benjamin. »Vielleicht sind sie keine guten Menschen. Vielleicht sind sie sogar *gefährlich*.«

Bei der Vorstellung hätte Archer beinahe laut losgeprustet, aber das Lachen blieb ihm im Hals stecken. Benjamin sah ihn ernst an.

»Wieso sollten sie gefährlich sein?«

»Ich meine nur, du kennst sie doch gar nicht. Und ich glaube, du solltest auf eine Überraschung vorbereitet sein.«

Den ganzen Tag über schien Benjamin noch jede Menge anderer Sachen sagen zu wollen, aber Archer konnte noch so bohren, er rückte nicht damit heraus. Als sie abends in ihr Zimmer zurückkehrten, ging Benjamin sofort ins Bett, dabei waren es ihre letzten gemeinsamen Stunden im Internat. Er ließ sogar seine abendliche Pflanzeninspektion ausfallen.

»Warum sagst du nicht, was los ist?«, fragte Archer.

Benjamin zog sich die Decke über den Kopf.

»Ich bin nur müde, mehr nicht. Wir haben morgen eine lange Fahrt vor uns.«

Archer trommelte mit den Fingern auf der Tischplatte. Seit ihrer ersten gemeinsamen Woche war Benjamin nicht so schweigsam gewesen. Wollte er etwa nicht nach Hause? Von seinem Vater erzählte er nur selten. Vielleicht kamen sie nicht miteinander klar. Noch mehr grübelte Archer allerdings über Benjamins Bemerkung nach, seine Großeltern könnten gefährlich sein. Wie kam er nur darauf?

Archer löschte das Licht und kroch ins Bett. Als die Uhr im Flur Mitternacht schlug, lag er immer noch wach. *Gefährlich?* Archer spähte durch das unheimlich stille Zimmer. Benjamin hatte weiterhin die Decke über den Kopf gezogen. Er schnarchte nicht. Benjamin schnarchte sonst immer.

2

✦ Ein merkwürdiger Abschied ✦

Archers letzte Stunden in Raven Wood zogen sich wie Kaugummi und Benjamins anhaltendes Schweigen ließ sie noch länger wirken. Als die Schulklingel zum letzten Mal ertönte, hatte Archer seinen scharlachroten Koffer bereits gepackt.

»Geh doch schon mal zum Bus vor«, sagte Benjamin, der in seinem Koffer Platz für die *Paria glavra* zu schaffen versuchte.

Also schleppte Archer seinen Koffer in den Flur und ging ins Büro von Mr Churnick. Der war nicht da, deshalb legte er ihm den Käsekuchen und die Dankeskarte auf den Tisch. Als er aus dem Zimmer kam, wäre er beinahe mit Benjamin zusammengestoßen, aber der verzog keine Miene. Sie gingen nach draußen, befolgten die Anweisungen der Lehrer und stellten sich in die Reihe der Schüler, die in den klapprigen Bus stiegen. Nachdem Archer sich auf seinen Platz gesetzt hatte, sah er Mr Churnick aus der Eingangstür der Schule stürmen. Der Direktor lief die Fenster des Busses ab und blieb vor Archer stehen. Er sagte etwas, aber der Motor dröhnte und der Bus fuhr los. Archer konnte nur noch winken, während Mr Churnick immer kleiner wurde.

Im Bahnhof von Stonewick quetschte sich die aufgeregte Schülerschar in den wartenden Zug.

»Drei Wochen schulfrei!«, rief einer. Alle johlten.

Benjamin setzte sich Archer gegenüber, wühlte in seinem Ranzen und legte ein smaragdgrünes Buch auf seinen Schoß. Er steckte die Nase in jeder freien Minute in das Buch mit den detaillierten Pflanzenzeichnungen und Beschreibungen.

»Hast du mal von der Gesellschaft gehört?«, fragte Archer. »Das ist eine Vereinigung von Forschern und Entdeckern. Sie hat ihr Hauptquartier in Rosewood. Leider bin ich nie da gewesen. Mein Großvater war dort früher Präsident. Hoffentlich kann ich in den Ferien mal hin. Du solltest mitkommen. Da gibt es bestimmt jede Menge Pflanzenleute.«

Benjamin starrte immer noch auf das Buch, aber Archer wusste, dass er nicht mehr las.

»Klingt interessant«, sagte Benjamin und blätterte um. »Und übrigens nennt man sie Botaniker.«

Archer schaute aus dem Fenster.

Während der Zug in Richtung Süden brauste, sah man draußen statt der schneebedeckten Kiefern bald immer mehr Häuser. Drei sehr lange und schweigsame Stunden später überquerten sie den zugefrorenen Kanal und fuhren in Rosewood ein. Die Schüler belagerten die Fenster, um einen besseren Blick auf die mit Lichtern gepunktete, dunkle Stadt zu erhaschen. Benjamin schob einen fremden Ellenbogen aus seinem Gesicht und grinste Archer an. Aber das Grinsen erstarb so schnell, dass Archer dachte, er müsse es sich eingebildet haben.

Im Bahnhof von Rosewood herrschte großer Trubel. Das Zugpersonal stapelte Koffer und Taschen auf den Bahnsteig. Archer und Benjamin bahnten sich einen Weg durch Familien, die sich fröhlich in die Arme fielen, und stellten sich dann neben ihre Koffer. Archer startete einen letzten Versuch, um herauszufinden, was Benjamin bedrückte.

»Wir hatten in Raven Wood eine gute Zeit, Archer«, sagte Benjamin und suchte die Menge ab. »Aber es gibt etwas, das ich dir hätte sagen sollen. Ich konnte es nicht. Du hättest mir sowieso nicht geglaubt. Aber du wirst es bald verstehen. Und dann wirst du mich hassen.« Benjamin nahm einen der Seitengriffe seines Koffers und nickte einer rundlichen Frau zu, die in ihre Richtung hetzte. »Das ist Mrs Fig. Bis mein Vater wieder da ist, wohne ich bei ihr.«

»Willkommen zu Hause, Benjamin!«, kreischte Mrs Fig und zog den Jungen an sich, als wollte sie ihn zerquetschen. Ihr knallgrüner Mantel konnte einen blind machen und ihr breites Grinsen war eher angsteinflößend. »Digby war *völlig* aus dem Häuschen, weil du Weihnachten mit uns feierst!«

Ihre Festtagsstimmung verflog, als sie Archer bemerkte.

»*Du?*« Sie nahm den anderen Griff von Benjamins Koffer und zog Jungen und Gepäckstück weg. »Du bist doch Archer Helmsley! Ja, ich erinnere mich an dich. Deinetwegen wäre mein Digby fast von einem Tiger gefressen worden! Und nun noch diese Geschichte mit deinen Großeltern …« Mrs Fig fuchtelte mit einem salamiartigen Finger vor Archers Nase herum. »Ihr solltet euch allesamt schämen! Beeilung, Benjamin. Um diese Person und seine schreckliche Familie macht man besser einen großen Bogen.«

Einen Augenblick später war Benjamin verschwunden.

Archer hockte sich auf seinen Koffer. War sein Freund verrückt geworden? Hatte er in Raven Wood eine Überdosis ekligen Haferschleim abbekommen?

»Archer! Hier! Tut mir leid, dass ich zu spät bin!«

Archers Vater schlängelte sich durch die Menge. Mr Helmsley war ein langer, dünner, bebrillter Anwalt – ein ehrbarer und angesehener Beruf, auch wenn Archers Großeltern von der Berufswahl ihres Sohnes enttäuscht gewesen waren.

»Wie wir hörten, hat die Landluft Wunder gewirkt!« Mr Helmsley umarmte Archer und betrachtete ihn von oben bis unten. »Mr Churnick lobt dich in den höchsten Tönen. Deine Mutter wollte ihm erst nicht glauben. Hast du etwa abgenommen? Hattest schon vorher nicht viel auf den Rippen!«

»Das Essen in Raven Wood war schrecklich.« Archer grinste.

Obwohl er das Gefühl hatte, es beiden Eltern nie recht machen zu können, kam er mit seinem Vater immerhin ein bisschen besser aus als mit seiner Mutter.

»Klingt, als wären da ähnliche Küchenmeister am Werk wie in meinem Internat. Ich habe heute noch Albträume von dem Essen dort.« Mr Helmsley schaute auf die Uhr. »Aber auf der Weihnachtsfeier der Glubs wird es lauter gute Sachen geben. Wir beeilen uns besser, sonst macht deine Mutter noch Suppeneinlage aus uns!«

Sie schleppten Archers Koffer aus dem Bahnhof und verstauten ihn in einem Taxi. Während der Fahrt betrachtete Archer staunend die Schneemassen. Die Haufen waren fast so hoch wie das Auto. Ganz Rosewood lag unter einer Schneedecke begraben.

»Hast du was von deinen Großeltern gehört?«, fragte Mr Helmsley, während er sich mit dem Krawattenende Schnee von der Brille putzte.

»Nein.« Archer schaute zu den Flocken, die am Fenster vorbeiwirbelten. »Sie haben mir keinen einzigen Brief geschrieben.« Plötzlich wurde ihm mulmig zumute und er schaute zu seinem Vater. »Sind sie schon zu Hause?«

»Noch nicht. Und nimm's nicht persönlich. Seit bekannt wurde, dass sie noch leben, haben sie um ihre Rückkehr ein Geheimnis gemacht. Nach meinen spärlichen Informationen dürften sie jeden Tag vor der Tür stehen.«

✦ Das schreckliche Wesen ist zurück ✦

Das Taxi hielt schlitternd vor dem Haus der Helmsleys an. Archer und sein Vater schleppten den scharlachroten Koffer die vereiste Treppe hinauf und wuchteten ihn in die Eingangshalle. Mit dumpfem Plopp landete er auf dem Boden. Mrs Helmsley steckte den Kopf aus einer Tür am Ende des Flurs. Archers Mutter war eigentlich ein ruhiger und besonnener Mensch – das Musterbeispiel einer braven Bürgerin. Doch im Moment erinnerte sie eher an die zerstreute Mrs Glub.

»Ach! Ich dachte schon, *sie* sind es«, stöhnte sie.

»Gibt's was Neues?«, fragte Mr Helmsley.

»Nein. Und ich weiß, du hältst es nicht für notwendig, aber lies dir bitte die Broschüren einmal durch. In diesen Einrichtungen finden sie vielleicht Hilfe.«

Mrs Helmsley trat in den Flur und näherte sich Archer, wie man sich einem Blindgänger nähert, der jederzeit hochgehen kann. Sie bückte sich, drückte ihm einen flüchtigen Kuss auf die Stirn und musterte ihn von oben bis unten.

»Mr Churnick scheint ein echtes Wunder vollbracht zu haben«, sagte sie, die Hände hinter dem Rücken verschränkt. »Er meinte, du wärst einer der besten Schüler, die er je hatte. Und er glaubt sogar, du hättest deine Neigungen endgültig überwunden.«

Neigungen. Das war das Wort, das Mrs Helmsley immer benutzte, wenn Archer etwas tat, das ihr nicht gefiel, wie zum Beispiel einen Gast aus Versehen in Brand stecken. Archer vermutete, es könnte auch damit zusammenhängen, dass er Ähnlichkeit mit seinen Großeltern hatte. Da er sie nie kennengelernt hatte, konnte er das natürlich nicht beurteilen.

»Heißt das, ich muss nicht mehr nach Raven Wood?«, fragte er hoffnungsvoll.

Im nächsten Moment wurde ihm klar, wie dumm die Frage gewesen war. Seine Mutter schien überzeugt zu sein, dass der Blindgänger vorerst unter strenger Beobachtung bleiben musste.

»Mr Churnick hat *hervorragende* Arbeit geleistet. Bei ihm bist du am besten aufgehoben. Und ich würde gern wissen, was sein Geheimnis ist«, murmelte sie.

»Aber wir haben auch Neuigkeiten, die dich freuen werden«, sagte Mr Helmsley und stupste Mrs Helmsley mit dem Ellenbogen an.

»Ja. Dein Vater und ich haben lange überlegt und sind zu dem Schluss gekommen, dass es deine Fortschritte beschleunigen wird, wenn du in den Ferien häufiger aus dem Haus gehst.«

Archer fiel die Kinnlade fast bis auf den Boden. Seit seine Großeltern verschwunden waren, hatten seine Eltern ihn praktisch wie einen Gefangenen im Haus der Helmsleys gehalten.

»Jetzt lauf nach oben und wasch dich. Du riechst wie ein muffiges Eisenbahnabteil. Die Glubs erwarten uns jede Sekunde.«

Mr und Mrs Helmsley verschwanden. Archer blieb in der Eingangshalle stehen und betrachtete die ausgestopften Tiere und Schätze seiner Großeltern. Sein alter Freund, der Dachs, stand auf einem kleinen Tisch und trug einen weihnachtlichen Pullover.

»Willkommen zu Hause, Archer«, sagte der Dachs kläglich. »Würdest du mir aus diesem Ding helfen? Warum tut sie mir das jedes Jahr wieder an?«

»Sie findet, du siehst darin aus wie ein feiner Herr«, sagte Archer und zog ihm den winzigen Pullover über den Kopf.

Der Dachs schnaubte, während Archer ihm das Fell glättete. »Ich bin im Leben weder fein noch ein Herr gewesen, und ich begreife nicht, warum sie das im Tod aus mir machen will!« Er senkte die Stimme. »Ich freue mich, dass du wieder da bist, aber ich muss dir sagen, hier gehen merkwürdige Dinge vor sich. Warum hat Benjamin gesagt, dass du ihn hassen wirst? Warum hast du nichts von deinen Großeltern gehört? Und warum war Mrs Fig so wütend auf sie? Ich habe zwar keine Ahnung, was da los ist, aber für mich klingt das ziemlich übel.«

Archer starrte den Dachs an. »Wieso weißt du das alles?«

»Weil du es weißt.«

»Was ist da los?«, rief ihnen der Strauß aus einem anderen Zimmer zu. »Seit mir jemand einen Lampenschirm auf den Kopf gesetzt hat, sehe ich nichts mehr! Ist das Wesen wieder da? Sagt nicht, das Wesen mit den schmutzigen Händen ist zurück!«

✦ Nur eine Weihnachtsfeier ✦

Das Haus der Glubs nebenan war voller Musik, Menschen und Leckereien. Alle hatten sich in dem Zimmer versammelt, das trotz abblätternder Farbe und loser Bodendielen die gute Stube genannt wurde. Adélaïde saß auf dem karierten Sofa vor dem knisternden Kaminfeuer. Drei hohe Fenster an der Seite des Sofas boten Ausblick in den verschneiten Garten. Oliver hastete ins Zimmer und pflanzte sich neben Adélaïde.

»Ich hab Holz nachgelegt«, sagte er und hielt die zitternden Hände ans Feuer. »Draußen ist es bitterkalt. Nächstes Mal gehst du.«

Adélaïde zeigte auf ihr Holzbein. Oliver verdrehte die Augen.

»Wie lange willst du noch darauf rumreiten?«

In einer Ecke des Zimmers, unter einem mit bunten Anhängern und Lichterketten geschmückten Baum, wuselte Olivers kleine Schwester Claire herum.

»Was macht sie da?«, fragte er langsam.

»Sie schiebt ihre Geschenke nach außen und deine nach innen.«

Claire schaute über die Schulter zu Adélaïde. Beide fingen an zu kichern.

»Das gefällt mir gar nicht«, grummelte Oliver. »Ihr werdet keine Freundinnen. Das verbiete ich.«

Von der anderen Seite des Zimmers wehte ein köstlicher Duft herüber. Mrs Glub rannte zwischen Küche und guter Stube hin und her und belud einen langen Tisch mit Gebäck.

»Vorsicht!«, rief sie und stellte einen würzigen Schokokuchen ab. »Heiß!«

Miss Whitewood, die auf Adélaïdes Bitte hin ebenfalls eingeladen worden war, bediente sich am Büfett und erklärte Amaury Guilbert, dem Kellner aus dem Café Belmont, was als Bibliothekarin der Rosewood-Schule zu ihren Aufgaben gehörte. Amaury interessierte sich allerdings mehr für die Aufgabe von Mrs Glubs Kuchen, die selbstverständlich darin bestand, gegessen zu werden.

»Diese Himbeer-Plunder sind ein Gedicht«, sagte er in Mr Belmonts Richtung. »Die sollten wir im Café anbieten!«

Mr Belmont hörte nicht zu. Er hatte den Glubs eine Espressomaschine geschenkt und zeigte Mr Glub, wie man sie bediente. Dafür brühte er eine brandneue Espressosorte auf, die er über Wochen entwickelt und endlich für gut befunden hatte.

»Und dann drückst du diesen Hebel.«

Dunkle, dampfende Flüssigkeit schoss in eine kleine Tasse.

»Äußerst interessant!«, sagte Mr Glub. Er hob die Tasse an die Lippen und nippte. »Und äußerst delikat! Aber sag mal, François … was schmecke ich da? Warte – das ist Haselnuss, oder? Ja, das ist ganz sicher Haselnuss!«

»Nicht *Karamellbonbon?*« Mr Belmont runzelte die Stirn. »Ein Hauch von Karamellbonbon?«

»Karamellbonbon?« Mr Glub nippte noch einmal. »Faszinierend! François, du bist ein Genie! Hatte ja keine Ahnung, dass Karamellbonbons wie Haselnüsse schmecken können.«

Mr Belmont murmelte ein paar Wörter auf Französisch, öffnete ein Notizbuch und strich etwas durch. Mrs Glub, nun bewaffnet mit einem Tablett Kirsch-Mandel-Keksen, kehrte aus der Küche zurück und bedachte die beiden mit einem Kopfschütteln.

»Ich mag deine Familie«, sagte Adélaïde. »Ich wünschte, meine wäre auch so.«

»Klar«, sagte Oliver. »Sie sind toll. Aber wann kommt Archer?«

»Die Helmsleys dürften jeden Augenblick hier sein.« Mrs Glub kam zum Sofa. »Und zum letzten Mal: Ihr beide werdet gegenüber Archer kein Wort über die Zeitungen oder seine Großeltern verlieren.«

»Aber es sind *seine* Großeltern«, erwiderte Adélaïde und schaute zu ihr hoch. »Finden Sie nicht, er sollte erfahren, was jeder in Rosewood längst weiß?«

»Und ob ich das finde, Adélaïde«, sagte Mrs Glub ernst. »Solange ich den Jungen kenne, hat er auf diesen Augenblick gewartet. Er redet über nichts anderes. Aber leider haben wir nicht darüber zu entscheiden. Ich musste Mr und Mrs Helmsley versprechen, in seiner Gegenwart nichts zu erwähnen. Ich vermute und *hoffe*, hinter der Geschichte steckt mehr, als wir ahnen.«

✦ Geheimnisse und Schneebälle ✦

Oliver und Adélaïde verließen das Wohnzimmer und gingen zu einem Fenster, das zur Straße zeigte. Oliver zog mit aller Kraft am Riegel, schob das Fenster hoch und steckte den Kopf hinaus. In der Weidengasse war niemand zu sehen.

»Wir müssen es ihm sagen.« Adélaïde schob den Kopf ebenfalls aus dem Fenster.

»Ich weiß. Aber ich habe Angst, dass er sauer wird, weil wir es ihm nicht längst geschrieben haben.«

»Wenn wir es jetzt nicht tun, wird er *richtig* sauer werden.«

Oliver wollte nicken, als ihn ein Schneeball mitten im Gesicht traf. Ruckartig riss er den Kopf hoch und donnerte damit gegen den Fensterrahmen. *»Wer war das?«*

»ARCHER!«, rief Adélaïde.

Oliver wischte sich den Schnee aus den Augen. Dort, wo der Fußweg hätte sein sollen, stand Archer hinter einem Haufen Schnee und grinste sie an. Adélaïde und Oliver rasten ohne Mäntel die Treppe hinunter und fielen über ihn her, bis sie alle drei im Schnee lagen.

»Wurde aber auch Zeit!« Oliver zog seinen rechten Arm unter Adélaïde hervor. »Aber ein Hallo hätte auch gereicht.«

»Hallo«, sagte Archer. Er setzte sich auf und inspizierte Olivers Gesicht. »Tut mir leid.«

»Nichts passiert«, versicherte Adélaïde. »Er hat einen dicken Schädel.«

Oliver stand grinsend auf und half seinen Freunden hoch. Sie klopften sich den Schnee von den Sachen und gingen ins Haus. Archer schnupperte. Es duftete nach Lebkuchen, Karamell und Tannenzweigen. Es duftete nach zu Hause.

»Archer, lass den Mantel an.« Oliver zog seinen vom Haken und gab Adélaïde ihren. »Wir gehen rauf. Aber erst musst du drinnen Guten Tag sagen. Alle warten nur auf dich.«

Sie durchquerten den Flur und betraten das Wohnzimmer, wo Archer wie ein König empfangen wurde.

»Willkommen zu Hause, Archer!«, rief Mr Glub fröhlich und klopfte ihm auf den Kopf. »Seit du nicht mehr herkommst, ist unser Haus nicht mehr das alte!« Er zeigte auf Oliver und Adélaïde. »Du hättest sie sehen sollen. Ohne dich sind sie hier nur noch rumgeschlichen.«

»Vielen Dank für die Muffins und den Käsekuchen«, sagte Archer, als Mrs Glub ihn herzlich umarmte.

»Gern geschehen, mein lieber Archer. Heute kannst du dich mal so richtig satt essen. Wo sind deine Eltern?«

»Sie kommen gleich nach.«

Claire, die noch immer unter dem Weihnachtsbaum herumwuselte, sprang mit einem von Olivers Geschenken auf. Sie warf es achtlos über die Schulter und gesellte sich zur fröhlichen Menge. Erst sah es aus, als wollte sie Archer umarmen, aber dann schüttelte sie ihm nur die Hand. »Das war aber sehr steif, Claire«, stellte Mr Glub lachend fest.

Mr Belmont lächelte, blieb aber hinter den Glubs stehen. Amaury, der erst vor Kurzem aus Frankreich gekommen war, schien sich insgeheim zu fragen, warum alle so einen Wirbel um diesen Archer machten.

»Und wie ist die Bibliothek in Raven Wood?«, fragte eine vertraute Stimme.

Während Miss Whitewood auf die Kinder zutrat, flüsterte Oliver Archer ins Ohr. »Adélaïde hat sie eingeladen. Ich weiß noch nicht, was ich davon halten soll, dass eine Lehrerin bei uns zu Besuch ist. Ich möchte Schule und Privates lieber getrennt halten.«

Archer hatte Miss Whitewood vor dem Vorfall mit den Tigern zum letzten Mal gesehen und stellte zufrieden fest, dass sie immer noch nach Büchern roch. »Der Direktor von Raven Wood wollte mit Ihnen reden«, sagte er. »Mr Churnick. Haben Sie schon mit ihm gesprochen?«

»Das habe ich.« Miss Whitewood drückte Archer ein Kärtchen in die Hand. »Oliver und Adélaïde haben auch eins bekommen. Falls du mich besuchen möchtest, kannst du damit auch in den Weihnachtsferien in die Bibliothek. Aber sei bitte vorsichtig. Mrs Littell darf dich nicht in der Knopffabrik erwischen.«

Oliver nahm ein Tablett mit Schokokrümelkeksen vom Tisch. »Wir gehen in mein Zimmer«, verkündete er.

»Was wollt ihr da?«, fragte Mrs Glub.

»Ihr braucht im Zimmer Mäntel?«, hakte Mr Glub nach.

»Oben ist es kalt«, erklärte Oliver. »Meine Heizung hat den Geist aufgegeben. Sie klickert und klackert, aber sie tut nur so, als würde sie arbeiten. Es wird nicht warm.«

Mr Glub zwinkerte Archer wissend zu. »Als Sohn eines bescheidenen Zeitungsmannes hat man es nicht leicht.«

Mrs Glub tippte mit der Fußspitze auf den Boden. »Na schön. Ich weiß, ihr habt euch viel zu erzählen. Aber, bitte, kommt nicht wieder auf *seltsame* Ideen.«

»Und kein Klatsch und Tratsch«, warnte Mr Glub. »Wir sind eine *Doldrums*-Familie. Keine *Chronicle*-Familie.«

✦ Hiobsbotschaften ✦

Oliver führte seine Freunde nach oben in sein Zimmer und auf den Balkon, wo sie über eine Metallleiter aufs Dach kletterten. Als Archer über den Dachrand schaute, entdeckte er einen frei geschaufelten Weg und ein loderndes Feuer in einem verbeulten Metallkessel.

»Wir wollten alleine mit dir reden«, erklärte Adélaïde.

Archer schaute auf die Gärten der Weidengasse, dann wanderte sein Blick über die Dächer und blieb schließlich an den alles überragenden Schornsteinen der Knopffabrik hängen, in der seine alte Schule untergebracht war. Er war *tatsächlich* zu Hause. Aber irgendetwas war anders. Das Haus neben dem von Adélaïde, in dem Mrs Murkley früher gewohnt hatte, war hell erleuchtet.

»Da wohnt das Mädchen, von dem ich dir geschrieben habe«, sagte Oliver. »Zwei Wochen, nachdem du weg bist, ist sie eingezogen. Diptikana Misra.«

»Aber sie heißt bei allen nur Kana«, fügte Adélaïde hinzu.

»Nein, es heißt bei allen nur, sie sei *verrückt*.«

»Sie hat eine silberne Strähne im Haar. Das deutet auf ein traumatisches Erlebnis hin.«

»Und wir wissen auch, was es war.« Oliver zeigte auf den Metallkessel. »Weißt du noch, unser letztes Feuer hier oben, vor der Geschichte mit den Tigern? Wir haben eine Zeitung zerrissen und zum Anheizen benutzt. Dort stand eine Geschichte über ein Mädchen, das in einen Wunschbrunnen gefallen ist. In der Knopffabrik sagen alle, das war Kana.«

Adélaïde nickte. »Das Wasser im Brunnen soll ihr hellseherische Fähigkeiten verliehen haben.«

»Den Teil der Geschichte glaube ich nicht«, sagte Oliver verächtlich. »Sie war bestimmt schon vorher merkwürdig. Und jetzt starrt sie mich ständig an. Ich glaube, ich *soll* es merken – als ob sie mir etwas ohne Worte sagen will. Unheimlich ist das.«

»Vielleicht will sie dir sagen, dass sie dich mag«, tippte Adélaïde und klimperte mit den Wimpern.

Oliver zog die Stirn kraus und setzte sich ans Feuer. Archer und Adélaïde hockten sich daneben. Archer erzählte den beiden alles über Raven Wood und die Gerüchte über Mrs Murkley. Oliver und Adélaïde machten lange Gesichter, als er sagte, er müsse nach den Ferien wieder zurück. Auch sie hatten gehofft, seine Eltern würden ihm erlauben, zu bleiben.

»Das hat mit der Rückkehr meiner Großeltern zu tun«, erklärte er. »Meine Eltern haben sogar gesagt, ich soll in den Ferien häufiger rausgehen. Irgendwas stimmt da nicht. Mein Mitbewohner aus Raven Wood hat am letzten Tag gemeint, meine Großeltern könnten gefährlich sein, aber mehr wollte er nicht sagen. Und heute am Bahnhof kam Mrs …« Archer verstummte. Adélaïde und Oliver schienen sich mit Blicken zu streiten. »Wisst ihr irgendwas?«

Oliver seufzte. »Wir dürfen dir nichts verraten, aber wir haben eine Menge gehört. Leider nichts Gutes.«

Archer saß reglos da und starrte seine Freunde an. Adélaïde stupste Oliver an. Er seufzte erneut, aber dann redete er weiter. »Alle sagen, der Eisberg sei ein Schwindel gewesen und deine Großeltern hätten niemals zwei Jahre darauf festgesessen. Die Leute sagen sogar, sie wären auf den Eisberg geklettert, weil sie verschwinden wollten.«

»Genaues wissen wir nicht«, sagte Adélaïde. »Aber angeblich haben sich deine Großeltern in der Gesellschaft schon vor ihrem Verschwinden merkwürdig benommen. Die anderen Mitglieder haben befürchtet, sie wären verrückt geworden und hätten die Gesellschaft zerstören wollen. Sie haben sogar versucht, deinen Opa als Präsidenten abzusetzen. Dann sind deine Großeltern verschwunden.«

»Alle halten sie für gefährlich«, fuhr Oliver fort. »Sie glauben, deine Großeltern hätten einen Fluch über die Stadt gebracht. Sie geben ihnen die Schuld an dem ganzen Schnee.«

Adélaïde zog Zeitungsausschnitte aus ihrer Manteltasche und reichte sie Archer. Während er die Schlagzeilen überflog, verfinsterte sich seine Miene, und er schüttelte den Kopf. DER HELMSLEY-FLUCH! EISBERG-SCHWINDEL! LASST SIE NICHT REIN! DER EISBERG KOMMT NACH ROSEWOOD! Er ließ die Hände sinken und starrte ausdruckslos auf die kleinen Schneehügel, die im Schein des Feuers glitzerten.

»Das fing an, als ich weg bin.« Archers Hände zitterten. »Warum habt ihr mir nichts davon geschrieben?«

»Deine Eltern haben es uns verboten«, erklärte Adélaïde. »Gibt es in Raven Wood denn keine Zeitungen?«

Seit seiner Abfahrt aus Rosewood hatte Archer keine Zeitung mehr gelesen. Im Postzimmer von Raven Wood lagen zwar welche aus, aber Benjamin hatte entweder auf ihnen gesessen oder den Stapel aus Versehen umgeworfen oder ihm die letzte vor der Nase weggeschnappt.

»Wir wissen auch nicht …« Adélaïde sagte noch etwas, aber Archer hörte sie nicht mehr.

Er hörte gar nichts mehr. Das Feuer verschwamm vor seinen Augen. Seine Freunde verschwammen vor seinen Augen. In seinem Kopf drehte sich alles. Zwei Jahre lang hatte er gehofft, dass seine Großeltern noch am Leben waren. *Zwei Jahre*. Wenn sie nicht auf dem Eisberg gewesen waren, wo dann? Warum hatten sie ihn glauben lassen, sie wären tot? Das konnte nicht wahr sein. Seine Großeltern würden ihm das niemals antun. Archer schüttelte sich.

»Die Artikel erscheinen vor allem im *Rosewood Chronicle*«, sagte Adélaïde gerade. »Sie schreiben über nichts anderes mehr.«

»Mein Vater weigert sich, etwas zu drucken, bevor er mit deinen Großeltern gesprochen hat«, fügte Oliver hinzu. »Er hat ein schlechtes Gewissen, weil er die Geschichte beim ersten Mal nicht richtig wiedergegeben hat. Er ist sich nicht sicher, ob es ein Schwindel war.«

»Was soll das heißen, *er ist sich nicht sicher?*« Archer funkelte Oliver wütend an. »Natürlich war es kein Schwindel. Sie haben mir ein Stück von dem Eisberg geschickt. Du hast es selbst gesehen. Sag nicht, du glaubst diesen Käse.«

»Sei nicht sauer auf Oliver«, versuchte Adélaïde, ihn zu beruhigen. »Niemand sagt, deine Großeltern wären *nicht* auf dem Eisberg gewesen. Sie sagen nur, sie hätten verschwinden *wollen*.« Archers Herz pochte in seinen Ohren. Warum hätten seine Großeltern verschwinden wollen? Jemand, der so etwas wollte, konnte nicht mehr bei klarem … Sein Herz setzte einen Schlag aus.

Er sprang auf und stopfte die Artikel in seine Manteltasche.

»Meine Großeltern waren verschollen.« Er stapfte zur Leiter. »Jetzt kommen sie nach Hause. Fertig, aus. Wenn sie erst alles richtiggestellt haben, werden sich die Leute ziemlich blöd vorkommen. Vielleicht sagt ihr beide jetzt lieber nichts mehr.«

✦ Ein Kuchen hängt im Tannenbaum ✦

Archer kletterte schnell die Leiter hinunter. Er lugte ins Wohnzimmer der Glubs und sah seine Eltern mit Miss Whitewood lachen. Die Festtagsstimmung steckte jeden an, nur um Archer machte sie einen großen Bogen. Er ging in die Küche, in der heilloses Durcheinander herrschte. Er öffnete das Gefrierfach, schob einen gefrorenen Fisch und einen tiefgekühlten Braten zur Seite und entdeckte ganz hinten einen großen Klumpen Eis – sein Stück von dem Eisberg, das seine Großeltern ihm vor zwei Monaten geschickt hatten. Aus Angst, seine Mutter könnte ihn in den Backofen stecken, hatte er ihn bei Oliver gelassen.

Er zog den Klumpen aus dem Gefrierfach und legte ihn

auf den Küchentisch. Das Kinn auf die Fäuste gestützt, betrachtete er den Brocken. Er bewies, dass seine Großeltern auf dem Eisberg gewesen waren. Er bewies nicht, dass sie durch einen unglücklichen Zufall dort gelandet waren. Und er bewies auch nicht, dass sie zwei Jahre lang darauf festgesessen hatten. Aber wenn sie nicht dort gewesen waren, wo dann? Und was Archer noch mehr wurmte, warum hatten sie ihm kein weiteres Lebenszeichen geschickt? Einen Brief. Ein heimliches Geschenk. Irgendetwas. Hatten Oliver und Adélaïde recht? Hatten alle in Rosewood recht? Tickten seine Großeltern nicht mehr ganz richtig?

Archer hatte keine Lust, zur Feier zurückzukehren. Aber wenn er noch länger wegbliebe, würden ihn die anderen mit Fragen löchern, wo er gesteckt hatte. Er verstaute das Stück vom Eisberg im Gefrierfach und schlich ins Wohnzimmer. Oliver und Adélaïde saßen auf dem Sofa. Archer ging zum Tisch mit den Leckereien, aber ihm war der Appetit vergangen.

»Da bist du ja«, sagte Mrs Glub. »Oliver meinte, du wärst an die frische Luft gegangen. Alles in Ordnung?«

Archer zwang sich zu einem Lächeln, aber seine Gesichtszüge entgleisten. Mrs Glub sagte nichts, schien aber alles zu wissen. Sie warf Oliver und Adélaïde einen strengen Blick zu und nahm einen Teller vom Stapel.

»Du musst was essen, mein Lieber«, sagte sie und füllte den Teller bis oben hin voll. »Mit leerem Bauch kommt einem alles viel schlimmer vor. Hier, nimm und setz dich ans Fenster.«

Archer suchte sich einen Platz und Claire setzte sich neben ihn. Sie sagte nichts, lächelte ihn aber jedes Mal an, wenn sie ein Stück Kuchen von seinem Teller stibitzte. Archer spürte die Blicke von Mr und Mrs Glub. Er wusste nicht, was schlimmer war: dass er sich blöd vorkam oder sauer auf seine Freunde war. Und er merkte nicht, dass Oliver und Adélaïde an ihn herangerückt waren.

»Wir haben nicht gesagt, dass wir deine Großeltern für gefährlich halten«, flüsterte Adélaïde.

»Nur, dass was im Busch ist«, fügte Oliver hinzu.

Archer sprang auf und wollte weglaufen. Dabei stolperte er über das Geschenk, das Claire vorhin auf den Boden geworfen hatte. Die Kuchen auf seinem Teller flogen in die Luft und Archer stürzte kopfüber in den Weihnachtsbaum. Einen Augenblick später lag er, alle viere von sich gestreckt, auf dem Sofa und der Baum auf ihm drauf. Während er sich aus Zweigen und Weihnachtsschmuck befreite, verstummten alle.

»Tut mir leid!«, ächzte er, als er auf den Knien herumkroch und Sterne, Figuren und Kuchen vom Boden klaubte.

»Schon gut, Archer!«, rief Mrs Glub. Sie eilte Mr Glub zur Hilfe, der den Baum aufzurichten versuchte. »Siehst du? Gar nichts passiert!«, fügte sie hinzu, obwohl sie den Baum nicht wieder gerade bekamen.

Oliver und Adélaïde sahen entgeistert, dass Archer mit Figuren und Kuchen zum Baum stakste und anfing, Kuchenstücke statt Weihnachtsschmuck hineinzuhängen.

»Was ist denn los, Archer?«, fragte Mr Helmsley und nahm ihm die Sachen ab. »Die Glubs möchten bestimmt keinen Kuchen im Weihnachtsbaum haben.«

Archer sagte nichts.

»Ich mach das schon, Richard.« Mrs Glub nahm die Sterne und Figuren an sich. »Ja, den Kuchen kannst du mir auch geben. So ist's gut. Archer hatte einen langen Tag. Er ist vollkommen erledigt. Vielleicht muss er sich erst mal richtig ausschlafen.«

Kurz darauf standen die Glubs auf der zugeschneiten Treppe und schauten Archer und seinen Eltern hinterher. Archers Vater blieb vor der Haustür der Helmsleys stehen, an der ein Zettel mit fettigem Fingerabdruck klebte. Er las ihn laut vor.

Das Schiff von Ralph und Rachel läuft bald ein. Ihr könnt sie heute Nacht, spätestens morgen in eurem Haus erwarten.

Cornelius

Mrs Helmsley fiel beinahe in Ohnmacht und Mr Helmsley half ihr ins Haus. Dort flüchtete sie sofort in die Küche. Archer wollte in sein Zimmer gehen, blieb aber auf halber Treppe stehen und drehte sich zu seinem Vater um.

»Wieso hast du mir nicht erzählt, was los ist?«

Mr Helmsley nahm seine Brille ab und rieb sich über die Lider.

»Wir wollten nicht, dass du dir wegen irgendwas Sorgen machst, das am Ende gar nicht stimmt. Ich weiß nicht, was in Wahrheit vorgefallen ist, aber hoffen wir mal, es ist nicht schlimmer als die Gerüchte.«

Archer schüttelte den Kopf. »Kann es etwas Schlimmeres geben?«

Sein Vater wusste keine Antwort.

Archer trottete in sein Zimmer und legte sich ins Bett. Er konnte nicht schlafen. Der Mond schien ihm ins Gesicht, und er lauschte in die Dunkelheit, wie es viele Kinder in der Nacht vor Weihnachten tun. Aber noch war nicht Weihnachten und Archer wartete nicht auf Schlittengeläut. Er wartete auf Schritte, auf seine Großeltern.

»Sind sie vielleicht doch verrückt?«, murmelte er und schaute zum Fenster, das im Mondschein schimmerte.

✦ Einen Sturm säen ✦

Weit weg von Archers mondbeschienenem Fenster, hinter der verwinkelten Weidengasse und noch weiter hinter den kahlen Bäumen und gewundenen Kanälen, lief ein Mann mit Augenklappe im Hafen von Rosewood über einen spärlich beleuchteten Anleger, der sanft in den Wellen schaukelte. Er trug eine Holzkiste unter dem Arm und suchte mit dem guten Auge den Horizont ab. Ein Schiff lief in den Hafen ein. Das Horn blieb stumm, die Maschine tuckerte leise, während das Schiff an Eisschollen vorbeitrieb und am Anleger festmachte. Auf Deck standen zwei schemenhafte Gestalten.

Augenklappe rief ihnen zu: »Was sieht mein entzündetes Auge?!« Sein Lächeln verschwand, als er die Holzkiste aufklappte, in der ein Bündel Zeitungen lag. »Birthwhistle sät einen Sturm.«

3

✦ Wundersame Jahre ✦

Archer wurde von scheppernden Töpfen und Pfannen geweckt. Er rieb sich die Augen und sprintete dann in die Küche. Die Herdplatten glühten. Mrs Helmsley lief kopflos hin und her und kochte alles, was ihr zwischen die Finger kam. Archer blieb in sicherem Abstand stehen, aus Angst, sie könnte ihn aus Versehen in die Pfanne werfen. Sein Vater saß allein am Tisch.

»Sind Oma und Opa schon da?«, fragte Archer.

Mrs Helmsley fiel beinahe auf den Herd.

»Noch nicht«, antwortete Mr Helmsley.

Archer hatte zwar keinen Hunger, aber er wollte seinen Großeltern auch nicht mit leerem Magen gegenübertreten. Er holte sich Teller und Gabel und ging zum Küchentresen, der unter Eiern, Speck, Toast, Pfannkuchen und Haferschleim begraben lag – trotzdem wirbelte seine Mutter weiter in der Küche herum.

»Ich halte das bald nicht mehr aus«, sagte sie zu Mr Helmsley, der sich Kaffee nachschenkte. »Gestern war ich bei Feinkost Pingle, und an der Kasse sagte man mir, ich solle meine Einkäufe doch woanders erledigen! Wo sollen wir dann unser Essen herkriegen?«

»Sie werden alles richtigstellen«, versicherte Mr Helmsley. »Und ich möchte, dass sie wieder in ihr altes Zimmer ziehen.«

»Aber wir benutzen es als Abstellraum! Es ist von oben bis unten mit Kisten vollgestellt.« Mrs Helmsley schaltete den Herd aus und trocknete sich die Hände wie wild an der Schürze ab. »Wir dürfen sie nicht aufregen. Sonst werden sie womöglich gewalttätig!«

Mit diesen Worten raste Mrs Helmsley die Treppe hinauf. Mr Helmsley schlenderte hinterher.

Archer blieb allein in der Küche zurück. Langsam geriet er in Panik. Solange er denken konnte, hatte er auf diesen Augenblick gewartet. Und nun hatte er Angst, nichts würde so sein, wie er es sich vorgestellt hatte. Er wollte sich in seinem Zimmer verstecken und lief in den Flur.

In diesem Augenblick klopfte es an der Tür. Archer erstarrte. In allen Ecken des Hauses gerieten die ausgestopften Tiere vor Freude außer sich. Einen solchen Tumult hatte Archer noch nie erlebt.

»Es ist so weit!«, quietschte ein Stachelschwein. »*Endlich!*«

»Sie sind wieder da!«, jauchzte ein Zebra. »Wie sehe ich aus? Ich meine die Streifen. Ich hätte sie bügeln lassen sollen!«

»Halt die Klappe«, fauchte der Strauß. »Und würde endlich einer diesen dämlichen Lampenschirm von meinem Kopf nehmen?«

»Ist dir schlecht?«, erkundigte sich der Dachs bei Archer. »Du siehst aus, als müsstest du spucken.«

Archer konnte nicht antworten. Er schaute wie gebannt auf die Tür. In seiner Aufregung merkte er nicht, dass er die Gabel gezückt hielt, während er sich langsam auf den Eingang zubewegte.

»Wir waren elf Jahre weg und sie tauschen die Schlösser aus?«, hörte er eine Stimme auf der anderen Seite.

»Vermutlich wurden sie in dem Moment ausgetauscht, als wir aus dem Haus getreten sind.«

✦ Zwei Helden zum Tee ✦

Archer holte tief Luft und zog die Tür weit auf. Im nächsten Moment wurde er vom blendenden Weiß des hereinwirbelnden Schnees eingehüllt. Er konnte niemanden erkennen, hörte aber zwei fröhliche Stimmen. Archer verengte die Augen zu Schlitzen. Zwei Köpfe tauchten aus dem weißen Nichts auf. Er riss die Augen wieder auf und da standen sie direkt vor ihm: seine Großeltern.

»Na, wen haben wir denn da?«, sagten beide gleichzeitig und lächelten so breit, dass jedes andere Gesicht entzweigebrochen wäre.

Archer platzte fast vor Freude.

»Hallo.« Vor Aufregung war seine Stimme ganz leise. »Ich bin Archer Helmsley.«

»Du willst Archer Helmsley sein?«, fragte Opa Helmsley. »Der Archer, den ich vor vielen Jahren einmal gesehen habe, war wie ein Weihnachtsbaum rausgeputzt. Und wenn ich mich recht entsinne, hatte er eine besondere Vorliebe für Gurken.«

Opa Helmsley war ein hochgewachsener Mann. Sein grauweißer Bart hatte dieselbe Farbe wie das nach hinten gekämmte Haar. Aber am meisten faszinierte Archer das wilde Aufblitzen in seinen hellgrünen Augen.

»Ich glaube, das ist nicht mehr der Archer von damals«, sagte Oma Helmsley.

Sie war etwas kleiner und auch ein wenig rundlicher als Opa Helmsley. Ihr fülliger Körper war unter einem verblichenen roten Kleid und einem dicken Mantel verborgen. Und ihr Lächeln war so warm, dass ganz Rosewood mit Sicherheit davon aufgetaut wäre.

»Nein, das ist er ganz bestimmt nicht mehr«, pflichtete Opa Helmsley ihr bei. Dann zeigte er auf die Gabel in Archers Hand. »Du willst uns doch nicht etwa … Man könnte meinen, du wärst ein bisschen …«

»*Feindselig*«, beendete Oma Helmsley den Satz. »Das war doch das Wort, das du gesucht hast, oder?«

»In der Tat.«

Archer errötete und stopfte die Gabel in seine Hosentasche.

»Schon besser.« Opa Helmsley spähte auf die Straße, als würden sie beobachtet. »Dürfen wir reinkommen? Hier draußen ist zwar kein Eisberg, aber etwas frostig ist es doch.«

Seine Großeltern traten ins Haus, als kämen sie lediglich von einem langen Spaziergang zurück.

»Mach lieber die Tür zu, mein Schatz«, sagte Archers Oma. »In Rosewood gibt es viele neugierige Augen.«

Archer schloss die Tür und lehnte sich mit dem Rücken dagegen. Aus einem der oberen Stockwerke hörte man es poltern und rumpeln.

»Sind das deine Eltern?« Oma Helmsley hängte ihren schneebedeckten Mantel an ein Elchgeweih.

»Sie richten euer Zimmer her«, erklärte Archer. Sein Herz schlug immer noch wie verrückt.

»*Sehr* gut. Wir hatten gehofft, kurz mit dir allein reden zu können.«

»Gabeln bitte beiseite!«, raunte Opa Helmsley, legte eine Hand auf Archers Rücken und schob ihn in die Küche.

Oma Helmsley inspizierte das Festmahl auf dem Küchentresen und stupste den Zeigefinger kopfschüttelnd in einen Pfannkuchen. »Tee«, sagte sie dann bestimmt, nahm einen Kessel und ging zum Wasserhahn. »Am besten beginnt man mit einer Tasse Tee. Das regt den Appetit an.«

»Wunderbar!« Opa Helmsley zog einen Stuhl unter dem Tisch hervor. »Und während das Wasser aufkocht, möchte ich dich etwas fragen, Archer. Setz dich.«

Als Archer seinem Großvater gegenübersaß, hätte er sich am liebsten selbst gekniffen. Seine Großeltern waren für ihn wie Figuren aus einem Buch. Er hatte ihre Tagebücher gelesen. Er kannte ihre Abenteuer. Sie waren mit einem Flugzeug in der Wüste abgestürzt und hatten sich im Dschungel verirrt. Und jetzt waren sie hier, zwei Helden, die aus einem Buch gestiegen und in der Küche der Helmsleys gelandet waren.

Opa Helmsley beugte sich vor und faltete die kräftigen

Hände, als wollte er etwas Wichtiges sagen. »Also, Archer, sind die Geschichten *wirklich* wahr?«

Archer blinzelte ein paar Mal. *Geschichten?*

»Er meint die Tiger«, klärte Oma Helmsley ihn auf. Sie nahm ein Tablett aus dem Schrank und stellte drei Tassen darauf.

»Die Tiger!« Opa Helmsley haute auf den Tisch. Seine grünen Augen funkelten.

»Noch mehr interessiert uns«, sagte Oma Helmsley, »ob es wahr ist, dass du uns mit deinen beiden Freunden suchen wolltest.«

»Das wollten wir«, antwortete Archer. »Aber das ist keine gute Geschichte. Wir haben kläglich versagt.«

»*Kläglich?*«, schmetterte Opa Helmsley. »Du meinst wohl, *glorreich!*«

Seine Oma nahm den pfeifenden Kessel vom Herd. »Obwohl die ganze Geschichte sehr gefährlich klang«, sagte sie, »haben wir uns mächtig gefreut, als wir erfahren haben, warum ihr es gemacht habt.«

»Ich habe mich wie ein *Schneekönig* gefreut!« In Opa Helmsleys Augen funkelte es immer noch. »Tiger abhängen? So was hab ich noch nie gehört! Du bist durch und durch ein Helmsley, Archer!«

»Ich kann mir nicht vorstellen, dass Helena begeistert war.« Oma Helmsley setzte sich an den Tisch und goss jedem eine Tasse Tee ein.

»Nein«, gab Opa Helmsley ihr recht. »Aber rede nicht so einen Unsinn, dass es keine gute Geschichte sei, Archer. Wir wollen alles wissen. Jede noch so winzige Kleinigkeit.«

Archer hätte sich nie träumen lassen, dass sich seine Großeltern für *seine* Geschichte interessieren würden. Sie hatten schließlich sehr viel wichtigere Dinge zu besprechen. Als er zu Ende erzählt hatte, schwiegen die beiden. Opa Helmsley hatte das ganze Gesicht in Falten gelegt und Oma Helmsley klopfte Archer sanft auf die Schulter.

»Lass dich von der harten Schale deines Großvaters nicht täuschen. Innen drin ist er weich und süß wie ein Karamellbonbon.«

Opa Helmsley kicherte und räusperte sich. »Vergiss den Karamellbonbon, Archer. Es ist nur … sieh dich an! Du bist richtig groß geworden! Und wir haben alles verpasst.«

»Jetzt redest *du* Unsinn«, warf Oma Helmsley ein. »Er muss noch sehr viel größer werden. Was natürlich nicht heißen soll, dass du zu klein geraten wärst, Archer.«

Opa Helmsley musterte seinen Enkel von oben bis unten. »Bisschen kurz für dein Alter. Und dürr wie dein Vater. Aber mit etwas Geduld und Spucke wirst du bald so groß wie eine Eiche! Die Gesellschaft wird dir dabei helfen. Sobald du ein …«

»Nun, wir wollen nichts überstürzen«, unterbrach ihn Oma Helmsley.

Opa Helmsley nippte an seinem Tee. »Ja, zuerst müssen wir einiges richtigstellen.«

»Das mit dem Eisberg zum Beispiel?«, fragte Archer zögernd.

Opa Helmsley lehnte sich zurück und verschränkte die Arme. »Was hast du gehört?«

»Jede Menge.«

»Die Leute reden viel.« Oma Helmsley schüttelte empört den Kopf. »Vor allem, wenn sie nicht die geringste Ahnung haben, worüber sie reden. Dann kommen sie sich besonders schlau vor.«

»Sie behaupten, der Eisberg sei kein Unfall gewesen«, erklärte Archer. »Sie sagen, ihr hättet verschwinden wollen. Sie sagen, ihr wärt …« Er sprach nicht weiter, weil er seinen Großeltern nicht sagen wollte, dass man sie für verrückt hielt. Aber sie schienen es sowieso schon zu wissen.

Opa Helmsley lief rot an wie ein verstauchter Zeh. »Das ist kompletter Käse, Archer. Du darfst kein Wort davon glauben.«

»Aber wie war es denn wirklich? Wie habt ihr auf dem Eisberg überlebt?«

»Tja.« Opa Helmsley rieb sich den Bart. »Wir waren tatsächlich auf dem Eisberg. Aber nicht zwei Jahre. Eher drei Tage.«

»*Drei Tage?* Aber wo wart ihr dann die ganze …«

Archer verstummte. Seine Mutter war wie aus dem Nichts aufgetaucht. Sie stand im Türrahmen und starrte die Rücken seiner Großeltern an, als wären sie Geister. Oma und Opa Helmsley wirbelten herum.

»HELENA!«

Es war nur ein Wort, aber das schien für seine Mutter schon zu viel zu sein. Sie wollte etwas erwidern, gluckste aber stattdessen nur wie ein Wasserkanister, den man verkehrt herum hält. Sie gluckste und gluckste, bis doch ein Satz aus ihr heraussprudelte. »Ihr seid *tot*.«

Der Gerechtigkeit halber muss man hinzufügen, dass sie wahrscheinlich etwas anderes hatte sagen wollen.

»Ich bin tot?« Opa Helmsley zwinkerte Archer zu und schaute an sich herunter. »Warum hat mir das keiner schon früher gesagt? So was muss man doch wissen. Aber merkwürdig, ich *fühle* mich nämlich gar nicht tot. Fühlst *du* dich tot, Rachel?«

Mrs Helmsley lief rot an. »Das war nicht … das wollte ich nicht … tut mir leid, wenn ich …«

»Du musst dich nicht entschuldigen, Helena«, sagte Oma Helmsley und warf Opa Helmsley einen vieldeutigen Blick zu. »Ralph zieht dich nur ein bisschen auf. Für uns ist der Schock mindestens so groß wie für dich.«

Archer war sich nicht sicher, ob das überhaupt möglich war. Er hatte noch nie einen Menschen gesehen, der so geschockt aussah wie seine Mutter. Aber vermutlich würde sie sich schnell wieder erholen.

Mr Helmsley kam in die Küche und alle standen auf. Neben Opa Helmsley wirkte Archers Vater wie ein Zahnstocher.

»Spindeldürr wie eh und je.« Opa Helmsley umfasste die schmächtigen Schultern seines Sohnes mit seinen riesigen Händen. »Ich hab dich gewarnt, es tut nicht gut, den lieben langen Tag in einem Anwaltsbüro zu hocken. Aber es ist nie zu spät, den Kurs zu ändern! Unsere Gilde hat vielleicht noch einen Platz für dich frei!«

»Einen guten Anwalt könnt *ihr* vermutlich schon gebrauchen«, gab Mr Helmsley lächelnd zurück.

»Wäre das nicht ein Interessenkonflikt, oder wie nennt ihr Anwälte das noch mal?«

Mrs Helmsley war Schritt für Schritt zurückgewichen und flüchtete nun ins Esszimmer.

Oma Helmsley zog Archers Vater an sich und strich ihm das Haar glatt. »Die Reise war eine ziemliche Strapaze.«

»Das kommt davon, wenn man auf einem Eisberg reist«, erwiderte er und schob die beiden in Richtung Küchentisch. »Warum erzählt ihr mir nicht die ganze Geschichte?«

»Archer!«, rief Mrs Helmsley. »Komm bitte sofort her. Ich brauche Hilfe … beim Aufräumen des Besteckkastens!«

Archer schaute zu seinen Großeltern. Er hätte sich so gern mit an den Küchentisch gesetzt und sich die Geschichte angehört. »Keine Angst, Archer«, versicherte Opa Helmsley. »Wir gehen nicht weg.«

✦ Tropf, tropf, tropf ✦

»Ich wiederhole noch einmal, was ich gestern gesagt habe«, erkärte Mrs Helmsley, als Archer ins Esszimmer trat. Ihre Hände zitterten. »Es ist *sehr* wichtig, dass du häufiger vor die Tür gehst. Man wirft deinen Großeltern *gewisse Dinge* vor. Ich weiß nicht, was davon stimmt, aber ich habe Angst, dass sie nicht mehr … ganz *normal* sind. Also, noch weniger als sonst.«

Mrs Helmsley schloss die Schublade mit dem Besteckkasten, der noch genauso aussah wie in dem Moment, als sie ihn herausgezogen hatte, und ging mit Archer zu einem Schrank mit Putzzeug. »Ich muss mir erst mal ein Bild machen und du suchst dir so lange eine Beschäftigung.« Sie drückte ihm einen Staubwedel in die Hand.

»Und was soll ich abstauben?«, fragte Archer.

Mrs Helmsley schaute sich im blitzblanken Esszimmer

um, konnte aber, genau wie Archer, kein einziges Staubkorn entdecken.

»Die Vorhänge! Staub die Vorhänge ab!«

Archer ging murrend zum Fenster. *Wer staubt denn schon Vorhänge ab?* Er hob den Staubwedel und erstarrte, weil er etwas durch den Schlitz zwischen den Stoffbahnen entdeckt hatte. Vor dem Haus stand ein Lieferwagen. Archer kniff die Augen zusammen, um den Fahrer besser zu erkennen. *War das der schiefe Mann?* Vor dem Vorfall mit den Tigern waren Archer, Oliver und Adélaïde in einem schmuddeligen Laden gewesen, der Expeditionsausrüstungen verkaufte. Der Laden hieß *Straße von Magellan*. Der schiefe Mann war der fiese Besitzer – er hatte eine Stange Geld gewonnen, weil er gewettet hatte, dass Archers Großeltern nicht mehr am Leben wären.

»Was hat der vor unserem Haus zu suchen?«, murmelte Archer. Er legte den Kopf schief und las die Aufschrift an der Seite des Wagens. »Die Gesellschaft.«

War das etwa die Gesellschaft? Die, deren Präsident sein Opa gewesen war?

G
DIE GESELLSCHAFT
BARROW'S BAY • ROSEWOOD

Archer zog die Vorhänge auf, doch da fuhr der Lieferwagen an und brauste davon.

Das war der erste Fremde, der vor dem Haus der Helmsleys herumlungerte. Aber er sollte nicht der letzte bleiben. Keine Stunde später klopfte ein Reporter an die Haustür. Und bald klopfte es ununterbrochen. Als würde ein undichter Wasserhahn pausenlos tropfen.

»Lassen Sie mich rein!«, bettelte der sechste Reporter.

»Ich möchte nur einen Blick auf den Wahnsinn werfen, der in Ihrem Haus …«

Mrs Helmsley knallte ihm die Tür vor der Nase zu.

»Archer, hast du eine Ahnung, wo unsere Koffer sind?« Opa Helmsley schaute im Wohnzimmer hinter ein Sofa. »Ein Freund hat gesagt, er hätte sie hergebracht.«

»Einen hab ich nach Raven Wood mitgenommen«, antwortete Archer. »Die anderen sind im Keller. In einem Loch.«

»In einem *Loch*? Wer hat unsere Koffer …?«

Mrs Helmsley stürmte ins Zimmer und kreischte. Zwei Reportern war es gelungen, an der Fassade hochzuklettern, und nun knipsten sie Fotos durchs Fenster. Mrs Helmsley zog die Vorhänge so ruckartig zu, dass die Gardinenstange beinahe heruntergekracht wäre. »Die reinste Sintflut!«, rief sie. »Wenn ihr nicht bald mit jemandem redet, werden wir alle ertrinken!« Mit einem wütenden Blick auf Archers Großeltern marschierte sie aus dem Zimmer.

Archer konnte es kaum fassen. Zum ersten Mal in seinem Leben musste er seiner Mutter recht geben. Seine Großeltern hatten ihm die Sache mit dem Eisberg immer noch nicht erklärt. Er hatte zwar keine Ahnung, was sie seinen Eltern erzählt hatten, aber alles konnte es nicht gewesen sein.

»Warum sagt ihr nichts?«, fragte er.

»Es ist nicht immer einfach, die Wahrheit zu sagen«, erwiderte Opa Helmsley. »Manchmal halten einen die Leute nämlich für verrückt, wenn man die Wahrheit sagt.«

»Und genau das will er erreichen«, murmelte Oma Helmsley, die durch die Vorhänge auf die Horde der versammelten Reporter spähte. »Wetten, er lacht sich gerade ins Fäustchen?«

Mrs Helmsley raste mit einem Schild vorbei.

BITTE NICHT STÖREN
KEINE REPORTER
KEINE INTERVIEWS
KEINE BESUCHER

Archer hörte, wie die Reporter seine Mutter ausbuhten, als diese das Schild an die Haustür nagelte.

»Kommt mit.« Er führte seine Großeltern in den Keller, damit sie ihre Koffer holen konnten.

✦ Noch ein Stück vom Unmöglichen ✦

»Opas Pullover kommen in die obere Schublade, Liebes.«

Während Archer die Sachen einräumte, zog sein Großvater eine Holzkiste aus einem der Koffer. Archer erkannte sie wieder. Oliver hatte sie entdeckt, nachdem Adélaïde die scharlachroten Koffer im Keller gefunden hatte. In der Kiste befanden sich verkorkte Fläschchen mit bunten Pulvern und Flüssigkeiten.

»Was ist in den Fläschchen?« Archer schob einen leeren Koffer in die Abstellkammer und kehrte zu seinem Großvater zurück.

»Etwas, das wir auf der Fahrt zum Südpol über Bord hätten werfen sollen.« Oma Helmsley schaute besorgt auf die Kiste.

Opa Helmsley lächelte schief. »Sie waren so was wie ein Abschiedsgeschenk. Ich hatte sie ganz vergessen. Jede Flasche bewirkt etwas anderes.« Er stellte die Kiste auf den Boden und zog ein Fläschchen heraus, in dem sich ein dunkelblaues Pulver mit rosa Punkten befand.

»Das hier zum Beispiel.« Er platzierte es vorsichtig auf Archers Handfläche. »Das ist Paradox-Pulver. Eine Prise und du machst das Gegenteil von dem, was du sonst tun würdest. Wenigstens eine Zeit lang.«

Archer hielt das Fläschchen vor seine Augen. »Aber das wäre Zauberei.«

»Zauberei ist es nicht. Aber das Pulver hat eine sehr starke Wirkung. Wusstest du, dass in den westafrikanischen Tropen eine Frucht wächst, die Wunderbeere genannt wird? Wenn du reinbeißt, bewirkt der Saft auf der Zunge, dass Saures süß schmeckt.« Davon hatte Archer noch nie gehört.

»Ein Botaniker aus der Gesellschaft, er heißt Wigstan Spinler, hat mir erzählt, Paradox-Pulver würde ähnlich wirken, nur dass statt der Geschmacksknospen auf der Zunge die Rezeptoren im Gehirn angesprochen werden.«

Archer zog die Flasche von seinem Gesicht weg.

»Es ist stark, aber vollkommen harmlos.«

»*Harmlos?*« Oma Helmsley runzelte die Stirn. »Ganz ehrlich, Ralph, nach allem, was … Wenn es in die falschen Hände gerät, kann es *großes* Unheil anrichten.«

Archer schüttelte die Flasche und beobachtete, wie sich

das feine Pulver neu verteilte. Konnten winzige Krümel wirklich so viel Schaden anrichten?

»Es wird aus Pflanzen gemacht«, erklärte sein Großvater. »Auf der Rückseite müssten alle aufgelistet sein.«

»Tümpelwurz, Gelber Hokus und Beißblatt.« Archer senkte die Flasche. »*Beißblatt?*« Benjamin hatte eine Pflanze mit dem Namen gehabt.

»Ich glaube, die rosa Punkte stammen vom Beißblatt«, sagte Opa Helmsley. Archer gab das Gefäß zögernd zurück.

»Neugier ist gesund, Archer«, sagte seine Großmutter. »Aber mit diesen Fläschchen darf man nicht spielen. Vielleicht wäre es sogar besser, es gäbe sie gar nicht.«

»Auf jeden Fall sollte man sie anderen gegenüber nicht erwähnen«, fügte sein Großvater hinzu. »Die Arbeit von Mr Spinler ist nämlich streng geheim.«

»Mein Mitbewohner in Raven Wood hätte sich sehr dafür interessiert«, sagte Archer, als sein Großvater die Kiste auf den Kleiderschrank neben einen Igel stellte. »Er liebt Pflanzen und hat gemeint, ich würde ihn verstehen, wenn ich erst einmal begriffen hätte, was sie alles können.«

»Ach ja?« Oma Helmsley wühlte in ihrem Koffer. »Wie heißt er denn?«

»Benjamin Birthwhistle.«

Oma Helmsley schoss in die Höhe. In ihren Armen lagen Stapel von Pullovern, aber ihrem Gesichtsausdruck nach zu urteilen, hätte es Dynamit sein können. »Hast du gerade *Birthwhistle* gesagt?«

Archer nickte und schaute zu seinem Großvater, der ihn ebenfalls fassungslos anstarrte. »Kennt ihr Benjamin?«

Opa und Oma Helmsley wechselten einen Blick. »Vor allem kennen wir seinen Vater«, sagte Opa Helmsley langsam. »Herbert Birthwhistle. Aber ich sollte wohl besser *Präsident* Birthwhistle sagen. Nachdem wir *verschwunden* sind, hat er den Vorsitz über die Gesellschaft übernommen.«

Archer schüttelte den Kopf. Das konnte nicht sein. »Benjamins Vater ist Reiseführer.«

»*Reiseführer?*« Opa Helmsley lachte bitter. »Das hat er dir erzählt? Tja, in gewisser Hinsicht war sein Vater das früher auch. Aber auf die Dienste dieses Reiseführers werden wir in Zukunft verzichten.«

Archer wurde es mulmig. Er ahnte, wie die Geschichte weitergehen würde.

Sein Großvater machte ein ernstes Gesicht. »Du willst mehr über den Eisberg wissen und das sollst du auch. Ein Forscher will nämlich immer Licht ins Dunkel bringen.«

»*Ralph.*«

»Zunächst mal musst du eins wissen. Als Präsident der Gesellschaft habe ich Entscheidungen getroffen, die Mr Birthwhistle nicht gefallen haben. Aber für eine Entscheidung hat er mich richtig gehasst. Er wollte sie unbedingt rückgängig machen. Und wenn man etwas unbedingt will, ist man manchmal bereit, schreckliche Dinge zu tun.«

Archers Augen weiteten sich.

»Ralph, ich glaube, das reicht.« Oma Helmsley ließ die Pullover in den Koffer fallen und wandte sich an Archer. »Dein Großvater und ich müssen uns über verschiedene *Dinge* unterhalten.« Sie schob Archer zur Tür hinaus und machte sie zu.

»Wir waren uns einig, ihn nicht in die Sache reinzuziehen!«

»Aber ich ziehe ihn in nichts rein! Ich will nur, dass er die Wahrheit erfährt!«

Archer trat von der Tür weg. Er hörte Schritte auf der Treppe. Aus Angst, seine Mutter könnte ihn wieder Vorhänge abstauben lassen, lief er in sein Zimmer. In seinem Kopf drehte sich alles. *Benjamins Vater ist der Präsident der Gesellschaft? Er hat schreckliche Dinge getan?*

Es gibt Gedanken, die behält man besser für sich, deshalb sagte er nichts, als er an dem Eisbären in der Nische vorbeikam. »Ich weiß, was du denkst«, flüsterte der Eisbär. »Und wenn du noch ein wenig länger darüber nachdenkst, kommt es dir vielleicht gar nicht mehr so verrückt vor.«

Archer machte die Tür hinter sich zu. *Das kann nicht wahr sein.* Er ging zu seinem Schreibtisch und nahm sich die Zeitungsausschnitte vor. Da stand es. Schwarz auf weiß.

> *»Wir tragen noch Informationen zusammen«, teilte Präsident Birthwhistle mit. »Aber schon jetzt kann ich sagen, der Eisberg war kein unglücklicher Zufall.«*

Das Zimmer verschwamm vor Archers Augen. Er holte tief Luft, und als er sie wieder ausstieß, schoss der Gedanke mit heraus, den er eigentlich nicht aussprechen wollte. »Hat Benjamins Vater versucht, meine Großeltern *umzubringen*?«

4

✦ Im Zentrum des Labyrinths ✦

Am Weihnachtsmorgen saßen überall in Rosewood fröhliche Kinder unter Tannenbäumen, entwirrten die Knoten von Geschenkbändern und tranken mehr Kakao, als ihre Bäuche schlucken konnten. Im Haus der Helmsleys saß Archer umgeben von Zeitungsausschnitten auf seinem Bett und entwirrte seine Gedanken.

Wusste Benjamin, wer seine Großeltern waren? Ganz bestimmt. Aber wusste Benjamin auch, was Mr Birthwhistle getan hatte? Hatte er deshalb gesagt, Archer würde ihn hassen?

»Fröhliche Weihnachten, Archer! Komm runter!«, rief Mr Helmsley die Treppe rauf.

Archer kletterte aus dem Bett und trottete nach unten.

Ein bisschen fröhlich ging es an dem Weihnachtsmorgen im Haus der Helmsleys dann doch noch zu. Alle versammelten sich um den Baum, der mit Schiffen und Flugzeugen aus buntem Blech geschmückt war, tauschten Geschenke und wickelten sie aus. Wie jedes Jahr bekam Archer von seinen Eltern einen Kalender geschenkt. Und wie jedes Jahr tat er so, als würde er sich freuen, und bedankte sich artig. Mrs Helmsley bekam von Archers Großeltern einen ungeheuer bunten Pullover aus Yak-Wolle und wandte schnell die Augen ab, vermutlich aus Angst, sie könnte blind werden. Mr Helmsley bekam einen Briefbeschwerer mit einem roten Wappen, auf dem GILDE VON ORION stand. »Es ist nie zu spät«, sagte Opa Helmsley augenzwinkernd. Archer bekam von seinen Großeltern das mit Abstand wunderbarste Weihnachtsgeschenk, das er je ausgepackt hatte: ein fabelhaftes Fernglas aus poliertem Messing, mit Umhängeriemen aus Leder.

»Es gibt kein besseres.« Opa Helmsley hängte Archer das Fernglas um den Hals. »Und du wirst eins gebrauchen können, wenn du ein Green…«

Mrs Helmsley hustete laut in ihren neuen Pullover. Oma Helmsley brachte ihr schnell eine Tasse Tee. Als der Anfall vorbei war, hatte Opa Helmsley vergessen, wo er stehen geblieben war.

Nach einem üppigen Frühstück gingen Archers Großeltern in ihr Zimmer, Mr Helmsley schürte das Feuer im Kamin an, und Archer half seiner Mutter, Geschirr hinauszutragen. Abgesehen vom Hustenanfall, schien Mrs Helmsley gute Laune zu haben. Niemand hatte an die Tür geklopft. Aber dann klopfte es plötzlich doch. Archer hätte nicht sagen können, ob seine Mutter den Teller vor Schreck fallen ließ oder ob sie ihn vor Wut auf den Boden schmiss. Der Teller zerbrach jedenfalls und Archer wich in letzter Sekunde einer Porzellanscherbe aus. Seine Mutter stürmte zur Tür und schrie noch im Flur los.

»Es ist Weihnachten! Haben Sie denn keine Fam…«

Sie verstummte. Vor der Tür stand kein Reporter. Es war ein großer Mann in einem ölfleckigen Overall und mit einer Klappe über dem linken Auge. *Augenklappe!* So nannte Archer ihn. Er hatte Augenklappe zweimal gesehen, wusste aber nur, dass er der Kapitän eines Schiffes, ein Freund seiner Großeltern und furchtbar nett war.

»Fröhliche Weihnachten, Helena!«, rief Augenklappe. »Hoffe, ich störe nicht. Hab das Schild gesehen und wollte gerade wieder gehen. Aber ich muss eine *Eilsendung* der Gesellschaft übergeben. Hab mich gefragt, ob ich … *Helena?* Du siehst etwas blass um die Nase aus. Erinnerst du dich nicht mehr an mich? Es ist schon ein Weilchen her, aber ich dachte, das Öl …«

Mrs Helmsley verengte die Augen. Auf ihren Wangen bildeten sich hektische rote Flecken. Sie sah aus, als würde sie eine Erinnerung hervorkramen, die sie tief in ihrem Gedächtnis vergraben hatte.

»*Cornelius?*«, fragte sie mit zitternder Stimme.

Augenklappe lächelte. Mrs Helmsley nicht. Er schien den Grund zu kennen.

»Ich geb's ja zu, bei unserer ersten Begegnung hab ich mich etwas ungeschickt angestellt.« Sein Lächeln verblasste. »Ralph und Rachel hatten mich gebeten, im Wartezimmer zu bleiben. Und das bin ich auch. Aber plötzlich war da diese Taube. Sie stakste in das Kinderzimmer auf der Babystation und hockte sich auf sein Bettchen. Schmutzige Viecher, diese

Tauben.« Cornelius schaute an seinem schmierigen Overall hinunter. »*Okay*. Aber ich wollte sie nur verscheuchen. Und dabei ist etwas Öl auf seinem Gesicht gelandet. Ich wollte es abreiben, und, na ja, dann liefen die Dinge etwas aus dem Ruder. Aber du musst zugeben, dass du die Krankenschwestern ganz schön aufgehetzt hast. Sie hätten mich beinahe aus Rosewood gejagt.«

Mrs Helmsley gab keine Antwort. Cornelius fischte einen Brief aus seiner Overalltasche. Der Umschlag wäre blütenweiß gewesen, hätte ihn nicht ein Ölfleck verunziert. Er gab ihn Archers Mutter, die den Brief auf Armeslänge von sich weghielt.

»Für Ralph und Rachel.« Cornelius wischte sich die Hand an der Brust ab. »Tut mir leid wegen dem Öl. Das bringt der Beruf so mit sich.«

Mrs Helmsley blickte vom Brief zu Cornelius und wieder zurück. Archer wünschte sich, sie würde etwas sagen.

Cornelius kaute auf seiner Unterlippe. Sein Auge schaute nach links und rechts.

»Ich mach mich dann mal wieder auf den Weg.« Er ging rückwärts die Treppe runter und wäre fast auf einer glatten Stufe ausgerutscht. »Tut mir leid, wenn ich gestört habe. Schon wieder. Und … fröhliche Weihnachten?«

Mrs Helmsley knallte die Tür zu. »Dass diese Person ja nicht regelmäßig zu Besuch kommt.«

»Ging es in der Geschichte um mich?«, fragte Archer.

Seine Mutter nickte ernst. »Du hast friedlich in deinem Bettchen geschlafen. Eine Sekunde später hielt dich dieser ölige Einäugige in seinen Armen. Ich habe so laut geschrien, dass die Krankenschwestern glaubten, jemand hätte mich mit dem Messer angegriffen.«

Archer unterdrückte ein Grinsen und streckte seine Hand aus. »Ich bringe ihn nach oben.«

Mrs Helmsley war froh, den Brief loszuwerden. »Wasch dir danach die Hände.« Sie schnupperte an ihren Fingern. »Auch wenn es nur Öl ist – der Gedanke, wo es herkommt, ist überaus beängstigend.«

✦ Eilige Sendungen ✦

Archer hätte den Brief zu gern schon auf der Treppe gelesen, aber er überreichte ihn seinen Großeltern und wartete geduldig ab, bis sie ihn geöffnet und studiert hatten. Nun, ja, ganz so geduldig wartete er nicht. Er kniff die Augen zusammen, um durch das Papier hindurchzuschauen, und sah, dass etwas auf der Rückseite stand.

Bitte kommt. Die Gilde will euch helfen.
Birthwhistle wird nicht da sein.
Ihr müsst den anderen alles erzählen, bevor er zurück ist.
Cornelius

»Hinten steht noch was«, sagte Archer.

Seine Großmutter drehte den Brief um und Archer konnte endlich die Vorderseite lesen.

G
DIE GESELLSCHAFT

Ronald H. Suplard
Oberster Sonderermittler
Regeln und Richtlinien der Gesellschaft
Abteilung für Untersuchungen und Befragungen

An Ralph und Rachel Helmsley
Wie mir mitgeteilt wurde, halten Sie sich seit zwei Tagen in Rosewood auf, haben es aber bisher versäumt, der Gesellschaft einen Besuch abzustatten. Ich bitte darum, dies schnellstmöglich nachzuholen. Heute Abend findet im Großen Saal ein Bankett für Mitglieder statt, die während der Feiertage in der Stadt sind. Betrachten Sie dieses Schreiben als persönliche Einladung und dringende Empfehlung, an dem Bankett teilzunehmen.
Beste Grüße
Ronald Suplard

Oma Helmsley schaute sich beide Seiten des Briefs genau an, als suchte sie nach einem versteckten Hinweis. »Können wir Suplard trauen, Ralph?«, fragte sie.

»Es spricht nichts dagegen.«

»Dann gehen wir hin. Ich wünschte, du könntest mitkommen, Archer, aber dort sind …«

»Natürlich kommt er mit«, unterbrach Opa Helmsley. »Es ist ein Bankett. Er kann seine Freunde mitbringen und sich im Großen Saal umschauen, während wir uns um unsere Angelegenheiten kümmern.«

Oma Helmsley runzelte die Stirn, erwiderte aber nichts.

Opa Helmsley trug Archer erneut auf, seine Freunde einzuladen, und machte sich dann auf die Suche nach Mr Helmsley. Archer lief zu seinem Zimmer und blieb vor der Tür stehen. Er konnte das Hauptquartier der Gesellschaft unmöglich ohne Oliver und Adélaïde besuchen. Aber seit der Weihnachtsfeier bei den Glubs hatte er nicht mehr mit ihnen geredet. Vielleicht waren sie sauer auf ihn? Sie hatten allen Grund dazu. Er schlich in sein Zimmer und wusste nicht, ob er den Mut haben würde, ihnen ins Gesicht zu schauen.

Aber das musste er. Sie standen nämlich in seinem Zimmer. Adélaïde wollte gerade ein bunt verpacktes Geschenk auf den Tisch legen und erstarrte.

»Oh, äh, fröhliche Weihnachten«, sagte sie. »Wir dachten, du wärst unten, und wollten das hier für dich dalassen und sofort wieder verschwinden.«

»Wenn es dir lieber ist«, fügte Oliver hinzu, »können wir das immer noch.«

»Bitte geht nicht.« Archer schloss die Tür. »Tut mir leid

wegen neulich. Ich wollte euch das Weihnachtsfest nicht verderben. Ich war nur …«

»Du warst durcheinander«, sagte Adélaïde und hielt ihm das Geschenk hin.

Archer zögerte. »Ich hab aber nichts für euch.«

»Halb so wild«, sagte Oliver, während Adélaïde versuchte, Archer das Paket in die Hand zu drücken. »Mein Vater hatte recht. Ohne dich sind wir nur noch rumgeschlichen. Nun mach schon auf.«

Archer setzte sich aufs Bett und wickelte das Geschenk aus. Zwei Sachen waren darin. Das Erste war eine halb leere Schachtel mit Schokokaramell-Schildkröten von *Schleck & Schmeck*.

»Ich hab wohl ein, zwei gegessen.« Oliver wurde rot. »Aber ich mache dir ein paar Neue. Ich wollte es dir letztens schon erzählen – Mr Schleck von *Schleck & Schmeck* veranstaltet in seinem Laden ein großes Fest und hat mich gefragt, ob ich sein Assistent sein will. Er will mir zeigen, wie man Schokolade macht.«

Olivers rote Wangen strahlten vor Freude und er reckte die Brust ein wenig vor. *Schleck & Schmeck* war sein Lieblingsladen. Mit Ausnahme von Mr Schleck gab es in Rosewood niemanden, der den Laden besser kannte.

»Du wirst der weltbeste Assistent sein.« Archer schüttete Schildkröten auf seine Hand und hielt sie den Freunden hin.

Unter der halb leeren Schokoladenschachtel lag ein funkelnagelneues, in Leder gebundenes Notizbuch.

»Ich dachte, du kannst ein neues gebrauchen.« Adélaïde leckte Karamell von ihren Fingern. »Hoffentlich gefällt's dir.

Es ist von *Feder & Tinte*. Schau mal.« Sie klappte den Deckel auf. »Es hat sogar einen Stifthalter.«

Du kannst von allem Möglichen ein schlechtes Gewissen bekommen, aber wenn du deine Freunde schlecht behandelst und sie so tun, als wäre nichts geschehen, dann fühlst du dich richtig mies.

»Wunderbar«, stammelte Archer. »Danke schön.«

Adélaïde lächelte und setzte sich neben ihn. Ihr Blick wanderte über die Zeitungsausschnitte, die auf dem Bett verteilt waren.

»Wir haben gehört, deine Großeltern sind wieder da«, sagte Oliver zögernd. »Haben sie schon was vom Eisberg erzählt?«

»Nicht viel.« Archer seufzte. »Aber es war kein Schwindel. Meine Großeltern sind nicht gefährlich. Mr Birthwhistle schon. Er ist der Präsident der Gesellschaft, und ich glaube, ich weiß, was wirklich passiert ist.« Er machte eine kurze Pause. »Ich glaube, Mr Birthwhistle hat versucht, meine Großeltern umzubringen.«

Der Satz wollte nicht recht zur fröhlichen Weihnachtsstimmung passen. Oliver und Adélaïde brauchten einen Moment, um ihn zu verdauen.

»Wie kommst du darauf?«, fragte Adélaïde schließlich.

»Mein Opa hat das mehr oder weniger gesagt.« Archer suchte in den Zeitungsausschnitten nach dem Artikel mit der EISBERG-SCHWINDEL!-Überschrift und gab ihn Adélaïde. »Mr Birthwhistle hat als Erster mit den Reportern geredet. Und er hat es so hingestellt, als hätten meine Großeltern verschwinden wollen – als wären sie verrückt geworden. Ich glaube, er will jetzt die anderen Mitglieder der Gesellschaft davon überzeugen. Und wenn meine Großeltern die Wahrheit sagen und den anderen erzählen, dass Mr Birthwhistle sie umbringen wollte, dann denken alle, sie wären tatsächlich verrückt geworden. Keiner wird ihnen mehr glauben.«

»*Fait accompli*«, murmelte Adélaïde und ließ den Artikel sinken.

»Du und deine komischen französischen Wörter«, maulte Oliver. »Was soll das überhaupt bedeuten?«

»Es bedeutet, wenn Archer recht hat, dann hat Mr Birthwhistle die Sache so hingebogen, dass seine Großeltern in eine Falle tappen müssen.« Sie schaute zu Archer. »Aber warum will er sie umbringen?«

»Mein Großvater hat einen Streit erwähnt.«

Oliver runzelte die Stirn. »Adélaïde und ich streiten uns ständig, aber deshalb würde keiner von uns …« Er sprach nicht weiter, weil Adélaïde ihn komisch angrinste. »*Du* würdest mich vielleicht auf einem Eisberg zurücklassen. Aber ich würde so was niemals tun.«

»Mein Großvater hat mir nicht alles erzählt«, erklärte Archer. »Aber ich kenne jemanden, der mehr wissen könnte. Mein Mitbewohner aus Raven Wood. Bis vor Kurzem hatte ich keine Ahnung, aber Mr Birthwhistle ist sein Vater! Heute Abend findet in der Gesellschaft ein Bankett statt. Dort werde ich Benjamin suchen. Und ich möchte, dass ihr mitkommt.«

»Wir sollen zu Leuten mitkommen, deren Präsident versucht hat, deine Großeltern umzubringen?«, fragte Oliver langsam.

Es klopfte an der Tür und Archer stopfte die Zeitungsausschnitte unters Kopfkissen. Seine Großeltern kamen herein und lächelten übers ganze Gesicht.

»Ist das unser berühmtes Kleeblatt?«, fragte Opa Helmsley. »Adélaïde und Oliver, nehme ich an?«

»Freut mich sehr, euch endlich kennenzulernen.« Oma Helmsley schüttelte beiden die Hände. »Archer hat uns alles über euch erzählt. Über das Rettungsfloß und dein Holzbein. Ich hoffe, du nimmst mir die Frage nicht übel, Adélaïde, aber kommst du gut damit klar?«

»Es hat alles verändert«, erwiderte Adélaïde. »Aber ich hab mich inzwischen daran gewöhnt.«

»Du wirst dich in der Gesellschaft gut aufgehoben fühlen«, sagte Opa Helmsley. »Und wo wir gerade davon reden, Archer, deine Mutter war nicht sonderlich begeistert, aber dein Vater erlaubt es. Kommt ihr beiden auch mit?«

»Wir fragen unsere Eltern.« Adélaïde schaute Oliver durchdringend an. »Bestimmt haben sie nichts dagegen.«

»Wunderbar.« Opa Helmsley sah auf seine Uhr. »Cornelius holt uns in zwei Stunden ab. Aber wir möchten euch schon jetzt um etwas bitten. Rachel und ich müssen im Hauptquartier etwas regeln. Ich erwarte nicht, dass ihr die ganze Zeit an unserer Seite klebt. Tatsächlich wäre es mir lieber, wenn ihr das nicht tätet.«

»Allerdings erwarten wir, dass ihr in Sichtweite bleibt«, fügte Oma Helmsley hinzu. »Es gibt dort viel zu sehen, aber ihr dürft nicht auf eigene Faust losziehen. Wir werden den ganzen Abend im Großen Saal bleiben. Und wir erwarten von euch dasselbe. Ihr könnt mir glauben, dort treiben sich viele beeindruckende Persönlichkeiten herum.«

Mr Helmsley tauchte im Türrahmen auf. »Und sobald ihr wieder hier seid«, sagte er zu Archers Großeltern, »werdet ihr euer Versprechen einlösen und die Dinge endlich klarstellen.« Er bedeutete Archer, ihm in den Flur zu folgen.

»Ich weiß, wie aufgeregt du bist«, sagte er. »Aber im Hauptquartier hörst du auf Oma und Opa. Oma hat recht. Dort treiben sich viele beeindruckende Persönlichkeiten herum. Aber nicht alle sind harmlos. Gebrauch deinen Kopf und pass auf dich auf.«

✦ Das Geheimnis hinter den Brücken ✦

Zwei Stunden später zogen Archer und seine Großeltern im Hausflur die Mäntel an. Mrs Helmsley stand vor dem Wohnzimmerfenster und spähte durch den Gardinenspalt zu einem schmutzigen Lieferwagen, der vor dem Haus parkte. »Dass das hier nicht zur Gewohnheit wird«, murmelte sie. Ein Haus weiter beobachtete Oliver den Lieferwagen von der Vordertreppe aus. Adélaïde stand neben ihm und bewunderte die Rauchschwaden, die um den Wagen herumtanzten.

»Ist der Nebel nicht wunderschön?«, fragte sie.

»Das sind Abgase«, erwiderte Oliver.

Archer und seine Großeltern gingen zum Lieferwagen. Oliver und Adélaïde folgten ihnen. Cornelius steckte den Kopf zur Begrüßung aus dem Fenster und sah Adélaïde.

»Das Krokodil-Mädchen!«

Adélaïde machte einen Knicks.

»In Wahrheit ist sie nur das Laternenpfahl-Mädchen«, verbesserte Oliver.

»Das spielt keine Rolle. Ich freue mich jedenfalls, dich heute bei mir an Bord zu haben.«

Der Lieferwagen war innen so schmutzig wie außen.

»Hier riecht's nach Öl und kaltem Kaffee«, stellte Oliver fest, nachdem er zu Archer und Adélaïde auf die Rückbank geklettert war.

Oma und Opa Helmsley setzten sich zu Cornelius auf die Vorderbank. Sobald sie die Tür zugemacht hatten, trat er aufs Gas, und der Wagen raste durch die schneegesäumten Straßen. Archers Großeltern schienen das rasante Tempo nicht zu bemerken, während Archer, Oliver und Adélaïde verzweifelt nach einer Möglichkeit suchten, sich festzuhalten.

»Sonst steuert er wohl nur Schiffe«, flüsterte Archer und griff nach einer Halteschlaufe, die von der Decke baumelte.

»Außerdem hat er nur ein Auge«, warf Adélaïde ein und grapschte ebenfalls nach der Schlaufe.

»Vielleicht ist er auch einfach nur ein Draufgänger«, tippte Oliver, löste den Blick vom Fahrersitz und langte nach oben.

Der Lieferwagen schlitterte nach links und rechts. Die Reifen drehten auf der spiegelglatten Straße durch und spuckten Wellen von Schnee aus. Als der Wagen über eine belebte Kreuzung segelte, hätte Archer sich beinahe den Kopf am Fenster aufgeschlagen. Von allen Seiten blinkte und hupte es. Cornelius drehte seelenruhig am Lenkrad. In der nächsten Straße pflügten sie durch eine hohe Wehe und verursachten eine riesige Schneewelle, die auf einen Mann mit Hund niederging.

Der Mann schimpfte ihnen nach und fing dann blitzschnell an zu buddeln. Sein Hund war verschwunden. Cornelius raste unbekümmert weiter und scherte sich nicht um die Spur der Verwüstung, die der Lieferwagen hinter sich herzog. Die Kinder schlossen kurz die Augen. Als sie sie wieder öffneten, hatten sie das Weidengassen-Viertel hinter sich gelassen und fuhren auf die Lagerhäuser von Barrow's Bay zu.

Barrow's Bay war der östlichste Zipfel von Rosewood. Zwar wären die meisten Menschen dort nur hingefahren, wenn es sich absolut nicht vermeiden ließ, doch jetzt, im Dunkeln, mit den vielen im Mondlicht glitzernden Fenstern der Lagerhäuser wirkte das Viertel wie verzaubert. Der Lieferwagen überquerte eine Brücke, die von Straßenlaternen beleuchtet war. Unter ihnen steckten Holzboote im zugefrorenen Kanal fest. Dann verästelte sich der Hauptkanal und der Wagen raste über viele weitere Brücken. Die Straßen wurden immer enger, die Lagerhäuser standen immer dichter.

»Cornelius sollte langsamer fahren.« Oliver schloss wieder die Augen. »Sonst krachen wir noch irgendwo gegen.«

Aber Cornelius fuhr nicht langsamer. Ständig bog er um Ecken, bis Archer den Eindruck hatte, sie würden sich in einem Labyrinth bewegen. Was würden sie am Ziel finden? Benjamin, hoffte er. Aber was noch?

»Augen auf, Archer!«, rief Opa Helmsley. »Es ist hinter der nächsten Ecke.«

Archers Scheibe war beschlagen, aber er traute sich nicht, die Halteschlaufe loszulassen und sie frei zu wischen. Als der Lieferwagen endlich anhielt, öffnete er die Tür und sprang heraus.

DIE GESELLSCHAFT

KRONENSTRASSE 5 • ENTDECKER-INSEL

Sie standen auf einem großen, gepflasterten Platz, der ringsum von Lagerhäusern umgeben war. In der Mitte erhob sich das aus unterschiedlichsten Steinen erbaute Hauptquartier der Gesellschaft. Es war wie der Laden *Straße von Magellan* von einem Kanal umgeben. Aber auf der künstlich geschaffenen Insel stand nur ein Haus. Für alles andere gab es keinen Platz mehr. Das Hauptquartier war riesig groß. Die kunstvoll verzierten Türme und Dächer reichten bis in den sternenübersäten Himmel. Archer konnte nicht sehen, wie hoch es war.

Noch nie hatte er etwas Prachtvolleres gesehen.

Adélaïde zeigte auf die halb zugeschneiten Fußgängerbrücken, die von allen Seiten auf das Hauptquartier zuführten. »Als hätten wir ein Geheimnis entdeckt«, sagte sie. »Mitten in Rosewood.«

»Ein *großes* Geheimnis«, erwiderte Archer.

Oliver war von der wilden Fahrt noch ganz benommen und fiel beim Aussteigen beinahe hin. Auf Archers Schulter gestützt, richtete er sich auf und schaute nach oben. »Das ist beeindruckend.«

»Nicht wahr?« Opa Helmsley stellte sich neben die Kinder. »Ich werde den Tag, an dem ich es zum ersten Mal gesehen habe, nie vergessen. Damals war ich nicht viel älter als ihr.«

»Bis gleich im Großen Saal, Cornelius.« Oma Helmsley machte die Wagentür zu.

Cornelius fuhr den Lieferwagen zum Parkplatz, während Opa Helmsley die anderen zu einer Fußgängerbrücke führte.

»Und bitte denkt daran«, ermahnte Oma Helmsley.

»Bleibt im Großen Saal, damit wir euch im Auge behalten können.«

Als sie den Vorplatz erreichten, wehte ein beißender Wind vom Kanal hoch. Das hell erleuchtete Hauptquartier ragte über ihnen auf. Zwei steinerne Narwale mit gekreuzten Stoßzähnen bildeten das Tor zu einem schneebedeckten Weg. Opa Helmsley blieb stehen und forderte die Kinder auf, einen der Stoßzähne zu berühren.

»Das bringt Glück und sorgt für eine sichere Fahrt«, erklärte er. »Alle Forscher folgen diesem Brauch, bevor sie zu einer Expedition aufbrechen.«

Bald erreichten sie eine breite Treppe, die zu drei gewaltigen Türen führte. Opa Helmsley zog die mittlere auf und gab Archer ein Zeichen, als Erster hineinzugehen. Archer zögerte. Gleich würde er die Welt seines Großvaters betreten – eine Welt, in der Forschergeist, Mut und Verwegenheit beste Freundschaft pflegten. Und eine Welt, in der Mr Birthwhistle finstere Pläne schmiedete.

Archer blickte sich unsicher zu Oliver und Adélaïde um und trat ein.

5

✦ Das Greenhorn und sein Vater ✦

Die Eingangshalle des Hauptquartiers war so majestätisch, wie es das Gebäude von außen vermuten ließ. Vor Archer erstreckte sich ein Boden aus schwarzen und weißen Steinen. Am anderen Ende des Raums führten zwei geschwungene Treppen, in deren Mitte ebenfalls Narwale mit gekreuzten Stoßzähnen standen, zu einer Empore. Oliver und Adélaïde gesellten sich zu Archer, und gemeinsam schauten sie zu, wie ein dünner, blasser Mann einen schweren Schrankkoffer die Treppe hinunterzog. Er bemerkte sie erst, als er den Schachbrettboden fast überquert hatte.

»Wer … noch nie … neue Greenhorns?«, stammelte er.

Als Archers Großeltern in die Halle traten, verwandelte sich die Ratlosigkeit des Mannes in pures Staunen. Er ließ den Koffer auf den Boden fallen. »Es ist also wahr … hatte gehofft … war mir nicht sicher!« Er schaute aufgeregt zu Archer. »Dann musst du … bist du …«

»Mein Enkel!«, erklärte Opa Helmsley stolz. »Schön, Sie wiederzusehen, Harptree!« Er schüttelte Mr Harptrees Hand so heftig, dass Archer Angst hatte, er könnte den Mann auf die Empore katapultieren. »Harptree ist der Archivar der Gesellschaft.«

»Wo wollen Sie hin?« Oma Helmsley zeigte auf den gewaltigen Koffer.

»Schottland-Abteilung … Notfall im Archiv … Schiff … in einer Stunde … aber freut mich … willkommen zu Hause!«

Mr Harptree tippte sich mit einem Finger an die Stirn, hob den Koffer an und verschwand.

»Stimmt mit dem was nicht?«, fragte Oliver.

»Man merkt es ihm vielleicht nicht gleich an«, sagte Opa Helmsley und bedeutete den anderen, ihm zur Treppe zu folgen, »aber Harptree ist ein brillanter Kopf. Das Archiv ist riesig. Sich nicht darin zu verlaufen, schaffen die wenigsten. Er kennt jedoch jeden Zentimeter wie seine Westentasche. Leider neigen solche klugen Köpfe dazu, die einfachsten Dinge viel komplizierter zu machen.«

»Er hat noch nie einen Satz beendet«, erklärte Oma Helmsley.

Neben dem Treppengeländer standen Büsten der ehemaligen Präsidenten der Gesellschaft. Die letzte Büste zeigte niemand Geringeren als Opa Helmsley.

»Ein bisschen unheimlich ist das schon«, gestand Opa Helmsley, während er sich selbst ins Gesicht schaute. »Deine Mutter hat recht, Archer. Ich *bin* tot.«

Bald hatten sie die Tür zum Großen Saal erreicht. Es klang, als wäre dort eine gewaltige Menschenmenge versammelt.

»Ralph, Rachel! Da sind Sie ja!« Ein Mann lief ihnen im Flur entgegen.

»Archer, das ist Mr Suplard«, erklärte Oma Helmsley. »Er ist Oberster Sonderermittler in der Abteilung für Untersuchungen und Befragungen.«

Mr Suplard war kaum größer als Archer und trug vorne auf der Nase eine Brille mit runden Gläsern. Er sah aus wie ein Aktenschrank auf zwei Beinen. Unter beiden Armen trug er große Karteikästen mit Ordnern und Papieren.

»Ich würde Ihnen ja gern die Hand schütteln, Ex-Präsident Helmsley«, sagte er mit nasaler Stimme. »Aber wie Sie sehen, habe ich beide voll.« Er schaute zu Oma Helmsley. »In unserer Abteilung ist ein Notruf eingegangen. Oslo Grogger. Gilde von Holland. Zwischenfall mit einem Vulkan. Er weilt nicht mehr unter uns.«

»Zwischenfall mit einem Vulkan?«, wiederholte Oliver.

Mr Suplard nickte ernst. »Jemand hat ihm gesagt, dass er nicht aktiv sei. Das stimmte nicht.«

»Ein grausamer Scherz«, sagte Opa Helmsley. »Aber Humor liegt wohl im Auge des Betrachters?«

»In der Tat. Wir untersuchen den Fall noch.« Mr Suplard, der sich größte Mühe gab, nichts fallen zu lassen, deutete zur Tür. »Wir veranstalten ein Weihnachtsbankett. Betrachten Sie es als Willkommensgruß. Und ich heiße Sie willkommen. Die Gesellschaft spricht seit Tagen nur noch von Ihnen.«

Archer wusste nicht, wie er den Blick deuten sollte, den Mr Suplard über seine Großeltern wandern ließ.

»Sie scheinen beide gesund und munter zu sein. Das sind gute Nachrichten. Es gibt viel zu besprechen. Etliche Fragen müssen beantwortet werden. Ich komme, so schnell es geht. Aber ich muss Sie warnen. Die Abteilung für Untersuchungen und Befragungen mag unparteiisch sein, andere sind es nicht. Präsident Birthwhistle ist *sehr* verärgert.«

»Wir hörten davon«, gab Oma Helmsley zurück. »Er ist nicht hier, oder?«

»Nein. Er trifft wohl erst morgen ein.«

Und damit watschelte Mr Suplard davon und Archers Großeltern führten die drei Kinder in den Großen Saal.

✦ Augenschmaus und Gaumenfreuden ✦

Archer stockte der Atem. Gewaltige, mit Girlanden geschmückte Säulen trugen eine hohe, gewölbte Decke. Ein saphirblauer, mit Sternenbildern bestickter Teppich bedeckte fast den gesamten Boden. An langen Eichentischen, die die höhlenartige Halle säumten, saßen höchst wundersame Gestalten. Adélaïde war nicht die Einzige, der ein Bein fehlte, und Cornelius nicht der Einzige, dem ein Auge fehlte. Alle aßen, tranken und machten einen Heidenlärm, bis plötzlich jemand rief: »DIE HELMSLEYS?«

Der Saal verstummte und alle Augen richteten sich auf die fünf Neuankömmlinge. Viele blickten finster drein. Archer schaute zu seinen Großeltern, deren grimmige Mienen sich sofort aufhellten, als ein Grüppchen aufsprang und sie umringte. Hände wurden geschüttelt, Rücken geklopft und etliche »Ein Glück, dass euch das kalte Grab wieder ausgespuckt hat!«-Ausrufe vorgebracht. Seine Großmutter stellte Archer einer schlanken, dunkelhaarigen Frau vor, nicht viel älter als Miss Whitewood.

»Beatrice Lune«, sagte sie und streckte ihm die Hand entgegen. »Freut mich sehr, dich endlich kennenzulernen, Archer.«

»Beatrice ist die beste Pilotin der Gesellschaft«, erklärte Oma Helmsley.

»Deine Großmutter übertreibt. Aber immerhin bin ich noch nie mit einem Flugzeug in der Wüste abgestürzt.«

Oma Helmsley lachte. »Das war Ralphs Schuld!«

Beatrice ließ Archers Hand los, weil eine zweite, wesentlich größere Gruppe auf seine Großeltern zuströmte. Archer wurde mit Oliver und Adélaïde an den Rand gedrängt und verlor Oma und Opa Helmsley für kurze Zeit aus den Augen. Oliver mühte sich gerade ab, seinen Fuß unter einem riesigen verschlissenen Stiefel hervorzuziehen, als der Kopf von Opa Helmsley wieder über der Menschenmenge auftauchte. Er nickte in Richtung eines mit Essen beladenen Tisches.

»Schaut mal, ob ihr was findet, das ihr mögt!«

Die Kinder hatten zwar schon gegessen, aber bei Kälte verspürt der Mensch bekanntlich oft grenzenlosen Appetit. Am Tisch angekommen, beäugten sie das opulente Festmahl misstrauisch. Schließlich sprach Oliver aus, was alle dachten: »Das ist doch kein richtiges Essen.«

»Vielleicht schmeckt es nicht so schlimm, wie es aussieht«, sagte Adélaïde hoffnungsvoll.

Der Anblick war wirklich an Scheußlichkeit nicht zu überbieten, und Archer hoffte, dass Adélaïde recht behielt.

»Frittierte Tarantel?«, japste Oliver, während sie den Tisch abschritten. »Ich verzichte. Reisbällchen mit … sind das etwa gegrillte Heuschrecken? *Nein, danke.* Was gibt's sonst noch? Eingelegte Elchzunge, Schlange am Spieß, gepökelter Molch und – *habt ihr das gesehen?* Es hat *geniest!*«

»Keine Ahnung, was das ist.« Adélaïde suchte nach dem Kärtchen mit dem Namen.

»Ist doch egal. Ich esse nichts, was niest.«

Der Tisch wollte kein Ende nehmen.

»Lassen wir das Essen ausfallen.« Oliver ging zu den weiter hinten stehenden silbernen Punschbowlen.

Adélaïde schnupperte an einigen Schüsseln. »Ich glaube, da ist überall Alkohol drin.«

»In der nicht.« Oliver nahm drei Tassen und füllte sie bis zum Rand. »Das ist Greenhorn-Apfelsaft.«

»Was ist Greenhorn?« Archer hob die Tasse an die Lippen.

»Vielleicht ein Gewürz?«, tippte Adélaïde.

»Noch nie gehört.« Oliver trank einen Schluck. »Immerhin weiß ich eins: Apfelsaft niest nicht.«

Während Archer sich, am Apfelsaft nippend, im Großen Saal umsah, vergaß er Mr Birthwhistle und Benjamin fast. Er entdeckte mehr Weihnachtsbäume, als er zählen konnte. Rechts von ihm, am Kopfende des Saals, befand sich eine

Art Bühne mit einem Kamin, in dem ein behagliches Feuer knisterte. Darüber hing ein Wappen mit einem großen M. Archer runzelte die Stirn. Er wollte Oliver und Adélaïde auf das Wappen aufmerksam machen, als sein Blick auf die andere Seite des Saals fiel.

Dort saß eine Gruppe von etwa fünfzig Jungen und Mädchen, ungefähr in seinem Alter und älter. Sie trugen Uniformen: die Jungen dunkelbraune Hosen, die Mädchen dunkelbraune Röcke und alle blaue Strickjacken über Hemden und Halstüchern. Die Jüngeren flüsterten miteinander und zeigten auf Archer, Oliver und Adélaïde. Die Älteren gaben sich gleichgültig.

»Reden die über uns?«, fragte Oliver.

»Die *lachen* über uns«, erwiderte Adélaïde. »Archer, siehst du Benjamin irgendwo?«

Archer suchte den langen Tisch mit den Augen ab und schüttelte den Kopf. »Aber vielleicht wissen die, wo er ist.«

Als sich die drei dem Tisch näherten, schaute die uniformierte Gruppe geschlossen weg. Archer, Oliver und Adélaïde hätten ebenso gut unsichtbar sein können.

»Entschuldigung«, sagte Archer. »Kennt einer von euch vielleicht einen Jungen, der Benjamin Birthwhistle heißt?«

Alle brachen in Gelächter aus. Archer wurde knallrot.

»Natürlich kennen wir Benjamin«, gluckste ein großer Junge, der enorme Ähnlichkeit mit einem Betonklotz hatte. »Was geht dich das an? Wer bist du? Bist du *überhaupt* jemand?«

Ein Mädchen, das mit dem Rücken zu ihnen saß, drehte sich blitzschnell um und schaute Archer aus fröhlichen braunen Augen an. Sie hatte dunkles, kinnlanges Haar und blasse Sommersprossen auf den Wangen.

»Kümmer dich nicht um ihn«, riet sie. »Er weiß, wer du bist. Das weiß hier jeder. Du bist Archer Helmsley.«

»Wo…woher kennt ihr mich denn?«

»Wir wissen natürlich alle, wer deine Großeltern sind.«

»Die beiden haben sie doch nicht mehr alle!«, kreischte der Betonklotz und haute so fest auf den Tisch, dass beinahe ein Teller heruntergefallen wäre. Zwei Jungen neben ihm nickten und grinsten höhnisch. »Sind sie zurückgekommen, um ihr Werk zu vollenden? Wen wollen sie diesmal aus der Gesellschaft schmeißen?«

»Halt die Klappe, Fledger!« Das Mädchen funkelte ihn warnend an. »Meine Eltern haben gesagt, sie hätten das aus gutem Grund getan.« Sie wandte sich wieder an Archer. »Wenn du Benjamin suchst, dann am besten im Gewächshaus. Er hat sich rausgeschlichen, als ihr reingekommen seid. Er ist bestimmt dorthin.«

»Wie kommen wir zum Gewächshaus?«, fragte Adélaïde.

Das Mädchen kniff die Lippen zusammen. »Das ist nicht so einfach zu erklären.« Sie stand auf und blickte sich kurz im Saal um. »Ich bringe euch hin, aber wir müssen uns beeilen.« Sie schaute wieder zu Fledger. »Wenn Malmurna kommt, bevor ich zurück bin, dann sag ihr, ich bin auf der Toilette. Verpetz mich nicht *wieder*.«

Das Mädchen ging zur Wand hinter dem Tisch, öffnete eine kleine Tür und gab den dreien ein Zeichen, ihr zu folgen.

»Haltet ihr das für eine gute Idee?«, flüsterte Oliver.

»Deine Großeltern haben *ausdrücklich* gesagt, wir sollen im Großen Saal bleiben«, fügte Adélaïde hinzu.

»Macht schnell!«, rief das Mädchen.

Archer schaute ein letztes Mal zu seinen Großeltern, die noch immer von einer Traube Menschen umringt waren. Dann zog er Oliver und Adélaïde aus dem Saal. Er musste Benjamin unbedingt finden.

✦ Grün hinter den Ohren ✦

Der Lärm aus dem Großen Saal wurde immer leiser, je tiefer das Mädchen sie ins Labyrinth des Hauptquartiers führte. Archer verlor die Orientierung. Es gab zu viele Flure und die Muster auf den Stuckleisten und Marmorfußböden nahmen ständig neue Formen an.

»Ich heiße übrigens Darby«, sagte das Mädchen, als sie eine knarrende Holztreppe hinaufstapften. »Tut mir leid wegen Fledger. Ein ziemliches Ekelpaket, was?«

»Archers Großeltern mag er jedenfalls nicht besonders«, sagte Adélaïde.

Darby nickte. »Das ist kein Wunder. Fledgers Eltern gehören derselben Gilde an wie Präsident Birthwhistle – der Gilde von Magellan.«

»Die Gilde von was?«, fragte Oliver.

»Magellan. Ihr wisst schon, Ferdinand Magellan – der erste Seefahrer, der die Welt umsegelt hat? Meine Eltern sagen immer: ›Der Gilde von Magellan ist nicht zu trauen.‹«

»Und was ist eine Gilde?«, fragte Archer.

»Eine Gruppe von Forschern, die zusammenarbeitet. Meine Eltern gehören wie deine Großeltern zur Gilde von Orion. Vielleicht hast du sie bei den Leuten gesehen, die deine Großeltern begrüßt haben.« Darby schaute ihn von der Seite an. »Sie glauben die Geschichte übrigens nicht. Ich meine das, was man sich so über deine Großeltern erzählt. Ich bin mir sicher, es steckt mehr dahinter, aber sie wollen es mir nicht verraten. Weißt du, was da vorgefallen ist?«

Archer war zwar froh, dass Darby auf seiner Seite stand, hielt es aber für keine gute Idee, ihr von seinem Verdacht zu erzählen. Er schüttelte den Kopf und zeigte auf das Abzeichen auf ihrer Jacke. Es war ein Wappen – eine springende Ziege mit gestreiften Hörnern und der Aufschrift GILDE GREENHORN.

»Was bedeutet Greenhorn?«, fragte er.

»Du hast wirklich von nichts ’ne Ahnung, oder?«, fragte Darby augenzwinkernd. »Ein Greenhorn ist ein Neuling. Ich bin ein Greenhorn. So wie die anderen, die bei mir am Tisch gesessen haben. Wir werden im Hauptquartier unterrichtet. Unsere Eltern sind Forscher.«

»Und was lernt ihr hier?«, fragte Adélaïde. »Ist das spannend?«

Darby lächelte, als wäre die Antwort sonnenklar. »Wenn du wissen möchtest, wie man ein Schiff oder ein Flugzeug steuert oder wie man ohne Proviant zehn Tage im Dschungel überlebt, ja, dann wirst du es bei den Greenhorns spannend finden. Aber es gibt auch Fächer, die ich langweilig finde, wie zum Beispiel Geschichte der Forschung. Ich mache mir lieber die Hände schmutzig, als mich an Papier zu schneiden.«

Beim Reden hatte Darby ständig auf Adélaïdes Holzbein geschielt.

»Ein Laternenpfahl ist auf mich draufgefallen«, erklärte Adélaïde.

Darby kniff die Lippen enttäuscht zusammen. »An der Geschichte musst du noch feilen. Forscher schmücken ihre Abenteuer gerne aus.«

»Du könntest erzählen, ein Krokodil hätte dein Bein gefressen«, schlug Oliver grinsend vor.

»Viel besser!«, sagte Darby.

Archer und Adélaïde verkniffen sich ein Lachen.

»Viele Wege führen zum Gewächshaus«, erklärte Darby, während sie auf einen Fahrstuhl zusteuerte. »Aber das hier ist mein Lieblingsweg. Ich würde ja mitkommen, aber ich darf keinen weiteren Tadel riskieren.« Sie öffnete die Gitter-

tür und ließ die anderen einsteigen. »Fahrt zum sechsten Stock. Dann seht ihr die Tür zum Gewächshaus schon. Benjamin steckt vermutlich im Labor. Das ist sein zweites Zuhause. Es ist hinten rechts.«

Die drei bedankten sich und Darby lief zum Großen Saal zurück. Dann schloss Adélaïde die Gittertür und Archer bediente den Hebel.

»Hattest du vorher schon mal von den Greenhorns gehört?«, fragte Adélaïde, als sich der Fahrstuhl in Bewegung setzte.

Archer schüttelte den Kopf. Waren sie der Grund, warum seine Mutter seine Großeltern von ihm ferngehalten hatte? Hatte sie Zeit gewinnen wollen, weil sie gehofft hatte, wenn er erst einmal älter wäre, würde er keins mehr werden wollen?

»Ich frage mich, ob mein Vater ein Greenhorn gewesen ist«, sagte er, aber dann fiel ihm ein, dass sein Vater mal erwähnt hatte, er hätte sich nie für solche Sachen interessiert.

Archer hielt den Fahrstuhl im sechsten Stock an und Oliver zog das Gitter auf. Vor ihnen befand sich eine große Doppeltür. Darüber stand in schnörkeliger Schrift: GEWÄCHSHAUS UND LABOR.

✦ Ich verstehe gar nichts mehr ✦

Archer, Oliver und Adélaïde schauten sich mit weit aufgerissenen Augen um. Von der gewölbten Decke, die aus einem gigantischen Netz aus Eisenstangen und Glas bestand, hingen überall lange Efeuranken herunter. Hinter den Scheiben funkelten unzählige Sterne, und sie hätten mit Sicherheit bis zu den Kanälen von Barrow's Bay blicken können, hätten ihnen die Schlingpflanzen und knorrigen Bäume, von denen es im Gewächshaus nur so wimmelte, nicht die Sicht versperrt. Archer erinnerte alles an Benjamins Schreibtisch in Raven Wood. Aber das hier war größer. Viel größer. Ein richtiger Dschungel. Sie standen hoch oben auf einem Metallgerüst und schauten auf das üppige Grün.

»Was …?« Oliver duckte sich weg, als ein knallblauer Vogel über seinen Kopf segelte. »Was, bitte, *ist* das?«

»Ein Gewächshaus«, gab Adélaïde zurück.

Oliver warf ihr einen grimmigen Blick zu. »*Danke* für den Hinweis.«

Archer schluckte sein Staunen hinunter. »Darby hat gesagt, das Labor ist hinten rechts.«

Schweigend stiegen sie die gewundene Metalltreppe hinunter und setzten ihren Weg über den glitschig-feuchten Boden fort. Blätter und Zweige streiften ihre Wangen, während sie sich an rostigen Blechkästen vorbeischlängelten. Plötzlich sah Archer zwischen all dem Grün ein Stück Kupfer aufblitzen. Er gab Oliver und Adélaïde ein Zeichen, sie gingen hinter einem großen Bottich in Deckung und schoben die Blätter zur Seite. Darby hatte richtiggelegen: Keine zwanzig Schritte entfernt, in einer mit allerlei Geräten vollgestellten Ecke, stand Benjamin auf einem Schemel. Er war umgeben von verschiedenen Kupferkesseln, die über lange Rohre mit Glaskolben verbunden waren, einem riesigen Globus auf drei stummeligen Beinen und etlichen Regalen und Vitrinen. Archer wusste nicht, ob ihn das Ganze eher an das

Schullabor der Knopffabrik oder an das Geheimlabor eines verrückten Wissenschaftlers erinnerte.

»Und was machen wir jetzt?«, flüsterte Adélaïde, während sie beobachteten, wie Benjamin gut gelaunt einen Kupferkessel reinigte.

Archer hatte keine Ahnung. Er konnte schlecht hingehen und seinen alten Mitbewohner mit folgenden Worten begrüßen: »Fröhliche Weihnachten, Benjamin. Und jetzt erzähl mir mal, warum dein Vater meine Großeltern umbringen wollte.«

»*Archer. Iiiih* ...«

Oliver war aufgesprungen und zeigte mit einem zittrigen Finger auf den Bottich, hinter dem sie sich verschanzt hatten. Etwas bewegte sich darin. Keine Pflanze. Dort, wo Adélaïde hockte, krabbelten Insekten aus einem Loch in der Bottichwand. Archer sprang ebenfalls auf, als eins in die Luft schoss und sich auf Adélaïdes Hals stürzte.

»MACH DAS WEG!« Adélaïde schüttelte den Kopf wie wild hin und her.

Archer schlug mit der flachen Hand nach dem Käfer, der in Richtung Decke davonschwirrte.

Plötzlich waren die Insekten überall, sie schossen aus dem Loch wie explodierendes Popcorn. Archer fegte drei aus seinem Gesicht. Oliver zog eins aus seinem Ohr. Adélaïde wollte wegrennen und rutschte aus. Und dann stürzten alle drei in den Bereich des Labors. Benjamin verlor das Gleichgewicht, fiel rückwärts vom Schemel und schlug mit dem Kopf auf den kalten Fliesen auf.

»*Unauffällig* geht irgendwie anders.« Adélaïde schnippte ein Insekt von ihrem Kleid.

Oliver zupfte eins aus seinen Haaren. Dann beugten sich die drei schnell zu Benjamin hinunter, der wie ein gefällter Baum auf den Fliesen lag. Sie rüttelten an seiner Schulter, riefen seinen Namen. Keine Reaktion. Oliver wollte ihm gerade einen Eimer Wasser über den Kopf schütten, als Benjamin plötzlich die Augen aufriss und Archer anstarrte. Archer kam es vor, als würde er seinen alten Mitbewohner zum ersten Mal sehen.

»Du hast mich angelogen. Dein Vater ist kein *Reiseführer*.«

»Tut mir leid, Archer.« Benjamin richtete sich stöhnend auf. »Aber es war nicht ganz gelogen. Mein Vater war früher Leiter der Abteilung für Forschungsreisen.«

»Du *wusstest*, wer meine Großeltern sind«, fuhr Archer fort. »Du wusstest, wer *ich* bin.«

»Das wusste ich in dem Augenblick, als du in mein Zimmer gekommen bist.« Benjamin rieb sich den Hinterkopf. »Solange ich denken kann, hat man mir gesagt, ich soll mich von den Helmsleys fernhalten. Aber nach unserer ersten Woche im Internat wusste ich, du bist nicht gefährlich. Und ich mochte dich.«

»Warum hast du mir nie gesagt, wer *du* bist?«, fragte Archer. »Du hättest dir doch denken können, dass ich es irgendwann sowieso rausfinden würde.«

»Ich wollte nicht derjenige sein, der dir das mit deinen Großeltern erzählt. Ich wusste ja, dass es dich traurig machen würde.«

Archer runzelte die Stirn. »Ja, als ich gehört habe, dass dein Vater meine Großeltern umbringen wollte, war ich *ziemlich traurig*.«

Benjamin starrte ihn an, als hätte Archer ihm einen Feuerwerkskörper in den Mund gesteckt und angezündet.

»*Deine Großeltern umbringen?*«, wiederholte er und rappelte sich auf. »Wer hat behauptet, mein Vater hätte deine Großeltern umbringen wollen?«

»Mein Opa. Und das ist doch auch der Grund, warum du mir nichts gesagt hast. Deshalb hast du geglaubt, ich würde dich hassen. Stimmt's?«

Benjamin schüttelte langsam den Kopf. Oliver und Adélaïde wichen einen Schritt zurück.

»Dein Opa hat gesagt, mein Vater hätte sie *umbringen* wollen?«, fragte Benjamin empört. »Eigentlich sollte mich das nicht wundern. Sie leiden wahrscheinlich immer noch unter Verfolgungswahn.« Es schepperte und er drehte den Kopf. »Pass auf!«

Oliver hatte eine Pflanze gestreift, von der eine dicklich gelbe Masse tropfte, und dann aus Versehen einen Kupferkessel umgestoßen, als er den Schleim von seinem Pullover wischen wollte.

»Tut mir leid.« Er hielt den kippelnden Kessel fest. »Die Pflanze ist doch nicht giftig, oder?«

Benjamin schüttelte den Kopf und zeigte auf ein Fenster. Auf der anderen Seite des Innenhofs stand ein kleineres, unter Schnee begrabenes Gewächshaus.

»Giftige Pflanzen werden in Gewächshaus vier verwahrt.«

»Ich verstehe gar nichts mehr.« Archer packte Benjamin am Arm. »Was hast du denn dann gemeint? Was wolltest du mir nicht erzählen?«

Wieder schepperte es. Oben war die Eingangstür auf-

und zugegangen, aber sie konnten nicht erkennen, wer ins Gewächshaus gekommen war. Als auf der Metalltreppe klackende Schritte zu hören waren, warf Benjamin den anderen einen panischen Blick zu.

»Woher wusstet ihr, dass ich hier bin? Wie habt ihr mich gefunden?«

»Ein Mädchen namens Darby hat uns den Weg gezeigt«, erklärte Adélaïde. »Sie saß mit den anderen Greenhorns am Tisch.«

»Diese Petzen! Wetten, die haben mich verpfiffen.«

»Hast du eine Ahnung, wer das ist?«, fragte Oliver. »Kriegen wir jetzt Ärger?«

»Das ist bestimmt Malmurna«, sagte Benjamin. »Sie beaufsichtigt die Greenhorns. Wenn sie mich hier erwischt, kriege ich einen Tadel. Kommt mit. Ich weiß, wo sie uns nicht findet.«

✦ Auf dem Dach der Sternwarte ✦

Sie huschten hinter dem Labor durch eine Tür und landeten in einem schmalen Gang, in dem überall Rohre standen und Dampf ausspuckten. Sie stiegen unzählige Stufen hoch, bis Archer glaubte, Benjamin würde sie aufs Dach führen. Er lag richtig. Benjamin öffnete eine weitere Tür und sie traten ins Freie. Ein schmaler Weg schien sämtliche Dächer des Hauptquartiers miteinander zu verbinden. »Da geht es zur Sternwarte.« Benjamin zeigte auf einen Rundbau aus Steinen, wenige Schritte vom Hauptgebäude entfernt.

»Und da geht es steil nach unten.« Oliver stierte über den Rand des Daches auf den zugefrorenen Kanal.

Während sie den schmalen Weg entlangmarschierten und über spiegelglatte Stufen aufs Dach der Sternwarte kletterten, erzählte Benjamin, dass das Observatorium zu den größten der Welt zählte, inzwischen aber nur noch genutzt wurde, um den Greenhorns die Grundlagen der Astronomie beizubringen.

»Rosewood ist zu groß geworden und gibt zu viel Licht ab.«

Die schneebedeckte Stadt breitete sich unter ihnen aus: die Schornsteine der Knopffabrik, der Hafen mit den ein- und auslaufenden Schiffen, das Labyrinth aus Kanälen und Lagerhäusern. Unter anderen Umständen hätte Archer die Aussicht sicherlich genossen.

»Dort ist jemand.« Adélaïde zeigte zum giftigen Gewächshaus vier, in dem das Licht angegangen war.

»Malmurna weiß, wie gern ich in den Gewächshäusern bin«, sagte Benjamin. »Jetzt kriege ich Ärger. Aber eins möchte ich klarstellen.« Er lehnte sich mit dem Rücken ans Geländer und schaute Archer an. »Mein Vater hat nicht versucht, jemanden umzubringen. Ich sage dir, wie es war, auch wenn es dir nicht gefallen wird.«

Adélaïde und Oliver stellten sich neben Archer.

»Deine Großeltern und mein Vater haben sich nie leiden können. Ihre Gilden sind seit Ewigkeiten zerstritten. Haben deine Großeltern erzählt, was los war, bevor sie verschwunden sind?«

Archer gab keine Antwort.

»Hatte ich auch nicht erwartet«, sagte Benjamin. »Es war schrecklich. Dein Opa wollte den brillantesten Botaniker der Gesellschaft rauswerfen. Er heißt Wigstan Spinler und gehört zur Gilde meines Vaters. Mein Vater glaubt, ich könnte als Botaniker so gut werden wie er. Mr Spinler glaubt das übrigens auch.«

»Warum wollte mein Opa ihn rauswerfen?«, hakte Archer vorsichtig nach.

»Das ist es ja«, sagte Benjamin. »Er wollte es nicht sagen. Mr Spinler hat seine Forschung viele Jahre geheim gehalten. Als er den Mitgliedern der Gesellschaft die Ergebnisse präsentiert hat, haben alle gestaunt. Er ist hier eine echte Berühmtheit. Zu Recht. Mr Spinler kann mit Pflanzen Dinge bewirken, die eigentlich unmöglich sind.«

Archer dachte an die Fläschchen, die sein Großvater ihm gezeigt hatte. Dass Paradox-Pulver die Persönlichkeit eines Menschen verändern sollte, schien unmöglich zu sein. Was mochten die anderen Pulver und Flüssigkeiten bewirken?

»Dein Opa war neidisch«, fuhr Benjamin fort. »Und mein Vater hat sich Sorgen gemacht – vor allem um die Gilde von Magellan. Mr Spinler war nur der Anfang. Deine Großeltern hatten eine schwarze Liste. Sie wollten jeden aus der Gesellschaft ausschließen, der mehr Aufmerksamkeit bekommen hat als sie. Sie sind komplett durchgedreht.«

»Aber sie haben Mr Spinler nicht ausgeschlossen, oder?«, fragte Adélaïde.

»Nein. Das hat mein Vater zum Glück verhindert«, sagte Benjamin. »Bevor es dazu kommen konnte, hat er einen Antrag gestellt, deinen Opa als Präsidenten abzusetzen. Viele

Mitglieder standen auf seiner Seite. Deine Großeltern wussten das und sind verschwunden. Wir vermuten, dein Opa wollte sich die Peinlichkeit ersparen, aus dem Amt geworfen zu werden. Das ist nämlich erst einmal vorgekommen.«

Archer war sich ganz sicher, dass das nicht stimmen konnte. Er hatte von der ganzen Geschichte noch nie etwas gehört. Hatte sein Vater davon gewusst? Oder seine Mutter?

»*Das* war es, was ich dir nicht erzählen wollte«, sagte Benjamin. »Tut mir leid, aber deine Großeltern sind nicht so, wie du sie dir vorgestellt hast.«

»Am Bahnhof«, entgegnete Archer kopfschüttelnd, »hast du gesagt, ich würde dich hassen. Wofür?«

Benjamin schaute auf seine Schuhspitzen. »Mein Vater … Er kann es nicht zulassen, dass deine Großeltern wieder in die Gesellschaft aufgenommen werden. Sie werden alle in Gefahr bringen. Sie hätten sich beinahe umgebracht. Mein Vater muss sie ausschließen, so wie dein Opa Mr Spinler ausschließen wollte. Das stand alles in dem Brief, den ich in Raven Wood bekommen habe. Deshalb hat mein Vater seine Reise früher abgebrochen. Es wird eine Abstimmung geben. Noch heute Abend.«

»Aber dein Vater ist doch gar nicht in der Stadt«, sagte Archer und schaute fragend zu Oliver und Adélaïde. »Mr Suplard meinte …«

Benjamin blickte von seinen Schuhspitzen hoch und schüttelte den Kopf. Es schien ihm wirklich leidzutun.

»Mein Vater ist auf dem Weg. Vielleicht ist er schon hier.«

6

✦ Bissen für Bissen, Stück für Stück ✦

Archer, Oliver und Adélaïde rasten im Affenzahn über das Dach der Sternwarte, ohne einen Gedanken an den zugefrorenen Kanal zu verlieren, der in Stolperweite unter ihnen lag. Als sie ins Hauptgebäude zurückschlüpften, bremsten sie ab und irrten fast schleichend durch die oberen Stockwerke, weil sie keinen blassen Schimmer hatten, wie sie wieder zum Großen Saal gelangen sollten.

»Wir brauchen Darby«, sagte Oliver, während er die Korridore nach irgendetwas absuchte, das ihm bekannt vorkam.

Archer versuchte immer noch, aus Benjamins Geschichte schlau zu werden.

»Wenn meine Großeltern Wigstan Spinler aus der Gesellschaft ausschließen wollten, dann gab es dafür bestimmt einen guten Grund«, murmelte er, während er hinter Oliver an Bogenfenstern mit Blick auf einen beleuchteten Innenhof vorbeiging.

»Findest du es nicht seltsam, dass sie verschwunden sind, bevor sie etwas gegen Mr Spinler unternehmen konnten?«, fragte Adélaïde. »Das passt irgendwie zu perfekt zusammen.«

Darüber hatte Archer noch nicht nachgedacht. »Mr Birthwhistle wollte verhindern, dass mein Opa Mr Spinler aus der Gesellschaft ausschließt. Dann ist der Eisberg aufgetaucht. Wieso sieht Benjamin nicht, dass das zusammenhängt?«

»Irgendwer muss Bescheid wissen.« Oliver führte sie in ein Treppenhaus mit Tiergemälden an den Wänden. »Mr Birthwhistle kann die Sache mit dem Eisberg nicht allein eingefädelt haben, oder?« Am Fuß der Treppe zeigte er auf eine Tür. »Das ist die, durch die uns Darby geführt hat!«

Archer, der so schnell wie möglich zu seinen Großeltern wollte, lief voraus. Sie zwängten sich durch die Tür und stolperten in ein Büro, in dem es bis auf das Feuer im Kamin dunkel war. Mit Sicherheit nicht der Große Saal. Archer wollte schon umkehren, doch dann blieb er abrupt stehen. Im Büro war jemand. In der hinteren Ecke stand ein Mann über einen Schreibtisch gebeugt – ein Mann, der nun den Kopf hob und sie anstarrte. Es war der Mann, den Archer vor seinem Haus hatte herumlungern sehen. Der schiefe Mann.

»Was wollt *ihr* denn hier?« Der schiefe Mann kam hinter dem Tisch hervor. Das Kaminfeuer warf dunkle Schatten auf sein eingefallenes Gesicht.

»Wir suchen …« Archer verstummte. Auf dem Tisch herrschte wildes Durcheinander, alle Schubladen waren herausgerissen. Der schiefe Mann musste herumgeschnüffelt haben.

»Wir suchen den Großen Saal«, erklärte Adélaïde.

Oliver sagte nichts. Bei ihrer ersten Begegnung im Laden *Straße von Magellan* hatte der schiefe Mann gedroht, ihm die Zunge abzuschneiden, falls er diese in Zukunft nicht im Zaum halten würde.

Das Trio wollte zur Tür, aber der schiefe Mann war schneller und versperrte ihnen den Weg.

»Warum so eilig?« Er warf die Tür zu und drängte die drei ins Büro zurück. »Ich bin *so* froh, euch wiederzusehen. Seit eurem letzten Besuch ist schrecklich viel passiert! Ich habe mich halb schiefgelacht, als ich von eurer missglückten Expedition gelesen habe. Dass ihr es nicht bis zum Hafen schafft, war mir natürlich klar. Aber ich muss schon sagen – es nicht mal aus einem Museum zu schaffen?« Er schnalzte mit der Zunge. »Du bist wohl doch nicht das Wunderkind, das sich deine Großeltern gewünscht haben, was, Archer?«

»Da liefen Tiger rum«, entgegnete Adélaïde. »Das hat die Sache *ein bisschen* erschwert.«

»Ja, mit den Tigern hattet ihr wirklich Glück. Und weil deine Großeltern ja nicht mehr die Alten sind, waren sie von deinem kindischen Streich bestimmt schwer beeindruckt. Es ist eine Schande, aber Salzluft macht auf Dauer selbst die Besten meschugge.«

»Meine Großeltern sind nicht meschugge«, stieß Archer zwischen zusammengebissenen Zähnen hervor. »Mr Birthwhistle lügt.«

Das spöttische Grinsen des schiefen Mannes verschwand.

»Eine ziemlich *dreiste* Behauptung. Bist du deshalb hier?« Er ging zum Kamin, dessen Sims mit Piranhas verziert war, und fuhr mit einem knochigen Zeigefinger über eine Rückenflosse. »Weißt du, was das für Tiere sind?«

»Piranhas«, antwortete Archer.

»*Sehr* gut. Und Piranhas sind nicht mit Tigern zu vergleichen. Wenn dich ein Tiger jagt, siehst du es. Bei Piranhas nicht. Du merkst gar nicht, dass sie dich jagen. Du merkst nicht mal, dass du in Schwierigkeiten steckst. Du schwimmst fröhlich im Wasser herum, bis du, ohne es zu ahnen, in ihr Territorium eindringst.« Das spöttische Grinsen war zurück.

»Du spürst einen winzigen Stich an deinem Zeh, versuchst aber, positiv zu denken. Vielleicht liegt ein Ast auf dem Grund und du hast dich daran gestoßen? *Nein*. Du weißt es. Etwas hat dich *gebissen*. In deiner Panik paddelst du aufs Ufer zu. Aber das nützt nichts. Es ist bereits zu spät.«

Oliver und Adélaïde tauschten entsetzte Blicke.

»Sobald der Piranha weiß, dass du essbar bist, wird er alles von dir wollen – und nicht nur dieser *eine* Piranha. Der gesamte Schwarm greift dich mit solcher Wucht an, dass das Wasser aussieht, als würde es kochen. Und dann verschlingen sie dich Bissen für Bissen, Stück für Stück, bis *nichts mehr* von dir übrig ist. Sie gehen so gründlich zu Werk, am Ende wird jeder glauben, es hätte dich nie gegeben.«

Alle drei wichen zurück.

»Das klingt wie eine Drohung«, flüsterte Oliver.

»Das ist eine Drohung«, erwiderte Adélaïde.

»Sie hatten beim Eisberg Ihre Hände im Spiel«, sagte Archer mutig. »Deshalb haben Sie unser Haus ausspioniert. Deshalb haben Sie gewettet, dass meine Großeltern tot sind.«

»Noch so eine dreiste Behauptung.« Der schiefe Mann

trat vom Kaminsims weg und umkreiste das Trio. »Nehmen wir mal an, du hast recht. Nehmen wir mal an, es *gab* eine Verschwörung und jemand wollte deine Großeltern verschwinden *lassen*. Hältst du es dann wirklich für schlau, dich da einzumischen?«

Adélaïde zitterte. Der schiefe Mann blieb hinter ihr stehen und krallte die knochigen Finger in ihre Schultern. Dann beugte er sich zu ihrem Ohr und senkte die Stimme zu einem bedrohlichen Flüstern. »Willst du wirklich in einem unbekannten Gewässer schwimmen?«

Er zerrte Adélaïde zum Feuer.

»Lassen Sie sie los!« Oliver hielt Adélaïde an einem Arm fest. Archer ergriff den anderen.

Adélaïde trat den schiefen Mann mit ihrem Holzbein. »Nehmen Sie sofort Ihre Hände weg!«

»Das habe ich auch nicht vermutet«, sagte er und ließ sie los. »Und nun lauft, Kinder. Der Spaß hat begonnen. Den wollt ihr euch doch nicht entgehen lassen.«

Sie stürzten aus dem Büro und stießen beinahe mit Cornelius zusammen.

»Da seid ihr ja!«, rief er. In seinem gesunden Auge spiegelte sich Erleichterung. »Deine Großeltern waren ... Was wolltet ihr im Büro vom Präsidenten?«

»Wir haben den Großen Saal gesucht und uns verlaufen«, erklärte Archer keuchend.

»Dort soll ich euch hinbringen. Kommt schnell.«

Bei jedem Riesenschritt von Cornelius mussten die Kinder drei machen. Als sie den Großen Saal erreichten, sahen sie, wie eine hochgewachsene Frau in einem strengen Kleid die Greenhorns hinausführte. Fledger grinste hämisch, während Darbys Blick zu sagen schien: »Da wollt ihr jetzt bestimmt nicht rein.«

Cornelius nickte der Frau zu. »N'Abend, Malmurna.«

»Du bringst sie doch nicht etwa in den Großen Saal, Cornelius? Es geht dort ziemlich hoch her. Übrigens, hast du Benjamin gesehen? Er hat sich beim Essen davongeschlichen und ich habe ihn noch nicht zu fassen gekriegt.«

»Leider nein.«

Vor der Tür zögerte Cornelius. Von der anderen Seite her hörte man aufgeregte Schreie. »Vielleicht hat Malmurna recht und wir warten lieber draußen.«

»Wir müssen rein.« Archer bettelte fast.

»Also schön. Aber ich warne dich, Archer, es könnte ungemütlich werden. Bleibt dicht bei mir. Alle drei.«

✦ Weisse Weste, schmutzige Hände ✦

Die Bankett-Gäste hatten sich in eine pöbelnde Horde verwandelt. Fast alle waren aufgesprungen und schrien wild durcheinander. Cornelius manövrierte Archer, Oliver und Adélaïde hinter den Tisch mit dem Büfett. Am Kopfende des Saals, vor dem lodernden Feuer, stand ein Mann mit dunklen Haaren und dichtem Bart.

»Ist das Mr Birthwhistle?«, fragte Archer.

»Oh, ja, das ist er.« Cornelius kniff die Lippen zusammen. »Dieser elendige Pelikan.«

Archer konnte keine große Ähnlichkeit zwischen Benjamin und seinem Vater entdecken. Mr Birthwhistle wirkte stolz, wenn nicht sogar eitel, wie ein Pfau. Er trug den feinsten Anzug, den Archer je gesehen hatte. Benjamin wirkte immer leicht schlampig und zerzaust. Sein Vater dagegen schien peinlich genau auf sein Äußeres zu achten. Und er hatte auch seine Gefühle fest im Griff. Im ganzen Saal bewahrte er als Einziger Ruhe.

»Wir wollen doch nicht den Kopf verlieren«, rief er von seinem Pult in die Menge und äugte dabei an seinem langen Zinken vorbei.

Der Saal tobte munter weiter. Oliver wurde von einem Heuschrecken-Reisball getroffen. Beatrice Lune sprang auf, weil sie jemand mit einer eingelegten Elchzunge beworfen hatte. Archer sah seine Großeltern neben ihr stehen. Sie wa-

ren von Menschen umringt, aber sein Großvater hielt den Kopf hoch erhoben. Als er das Wort ergriff, klang seine Stimme fest und bestimmt.

»Das ist verrückt, Birthwhistle! Man hat uns ein Festessen versprochen. Keine Falle!«

»Also, wirklich, Helmsley, dass ausgerechnet Sie andere als *verrückt* bezeichnen, soll wohl ein schlechter Scherz sein.« Der ganze Saal brach in Gelächter aus. »Und es heißt *Präsident* Birthwhistle, wenn ich bitten darf.«

»Was ist da los?« Oliver schüttelte Reis aus seinen Haaren und schaute Cornelius fragend an.

Cornelius ging in die Hocke, damit die Kinder ihn in dem Lärm besser verstehen konnten.

»Birthwhistle will abstimmen lassen«, erklärte er und zog ein zerfleddertes Buch aus einer Overalltasche. »Er darf deine Großeltern nicht eigenmächtig hinauswerfen, aber als Präsident kann er ein sogenanntes Ausschlussverfahren einleiten. Ich bin kein Fachmann für die Regeln und Richtlinien der Gesellschaft, aber zu einem solchen Verfahren kommt es ganz selten – nämlich nur, wenn ein Mitglied als Gefahr für andere eingestuft wird.«

»Bereiten sie das gerade vor?«, fragte Adélaïde.

Cornelius nickte. »Aber die Abstimmung wird nicht fair sein. Seht ihr die lila Abzeichen, die viele tragen? Die Armbinden und Wappen mit dem großen M? Das sind die Leute von Birthwhistle – die Gilde von Magellan.«

»Das sind ja fast alle«, sagte Archer.

Cornelius schlug das Buch auf und las vor.

G

DIE GESELLSCHAFT

REGELN UND RICHTLINIEN

162. ZUM SCHUTZ DER GESELLSCHAFT

1.5 Jedes Mitglied, das als unzurechnungsfähig und/ oder Gefahr für die anderen eingestuft wird, kann auf Verlangen des Präsidenten per Abstimmungsverfahren vorübergehend aus der Gesellschaft ausgeschlossen werden. Ausgeschlossenen Mitgliedern ist die Teilnahme an sämtlichen Aktivitäten der Gesellschaft verboten.

»Wenn ihr mich fragt«, sagte Cornelius, »dann möchte Birthwhistle unbedingt verhindern, dass Ralph und Rachel vor den versammelten Mitgliedern reden. Dadurch könnte er sein Ziel nämlich leichter erreichen.«

Sollte bei dem Ausschlussverfahren die erforderliche Stimmenmehrheit erzielt werden, wird eine Verhandlung angesetzt und in einer zweiten Abstimmung darüber entschieden, ob der vorübergehende Ausschluss in einen dauerhaften umzuwandeln ist.

Die Stimme von Beatrice Lune übertönte alle anderen. »Haben Sie Beweise, dass die Helmsleys verschwinden wollten?«

Mr Birthwhistle nahm einen Zettel vom Pult und wedelte damit herum. »Kapitän Lemurn wird jede Sekunde im Hafen eintreffen. Freundlicherweise hat er eine schriftliche Zeugenaussage abgegeben.« Er las vor. »Der Eisberg wurde von oben bis unten abgesucht. Von den Helmsleys fehlte jede Spur. Ich bin mir sicher, sie wollten nicht gefunden werden. Meine fünfköpfige Crew wird dies bezeugen.«

»Das ist eine Lüge«, protestierte Opa Helmsley. »Und das *wissen* Sie.«

Die Anschuldigung löste lautes Gemurmel aus.

»Woher soll ich bitte schön *wissen*, dass das eine Lüge ist?«, fragte Mr Birthwhistle. »Und reden Sie endlich Klartext, Helmsley. Das klang nämlich, als wollten Sie andeuten, ich wüsste etwas über den Eisberg.« Statt Gemurmel gab es nun Gekicher. »Wollen Sie etwa sagen, ich hätte Ihr Verschwinden eingefädelt?«

»Ralph hat noch dieselben Wahnvorstellungen wie früher!«

Mr Birthwhistle hob eine Hand, um den Zwischenrufer zum Verstummen zu bringen. Opa Helmsley erwiderte nichts. Auch Oma Helmsley schwieg. Seit Archer in den Großen Saal gekommen war, hatte sie nichts gesagt. Aber der Blick, den sie Mr Birthwhistle zuwarf, sprach Bände. Wenn sie die Fähigkeit besessen hätte, Dinge herbeizuzaubern, wäre Mr Birthwhistle in diesem Moment ein Rhinozeros auf den Kopf gefallen.

»Warum sagen sie nichts?«, fragte Archer Cornelius.

»Das würde ihnen bei den Leuten hier nichts nützen«, erwiderte er. »Deine Großeltern sind in einer schwierigen Lage. Birthwhistle hat viele Mitglieder gegen sie aufgehetzt – schon bevor sie verschwunden sind. Ohne Beweise haben sie kaum eine Chance.«

»Ihr Schweigen bedeutet wohl, dass die Behauptung aus der Luft gegriffen war«, fuhr Mr Birthwhistle fort. »Aber lassen Sie sich deswegen nicht noch mehr graue Haare wachsen. Im Alter lässt uns das Gedächtnis manchmal im Stich. Und nun möchte ich jedem, der nicht meiner Meinung ist, dringend empfehlen, gegen den Ausschluss zu stimmen. Aber bitte denken Sie daran, ich will für die Gesellschaft nur das Beste. Und damit übergebe ich das Wort an Mr Suplard.«

Mr Suplard watschelte auf die Bühne. Archer war fassungslos. »Steht er auf Mr Birthwhistles Seite?«

»Suplard?« Cornelius runzelte die Stirn. »Glaub ich nicht. Er ist ein bisschen piefig – trägt gern dreifach gestärkte Kragen. Aber er macht nur seine Arbeit.«

Mr Suplard trat hinter das Pult, war aber zu klein, um darüber hinwegzuschauen. »Himmel … Wo ist mein Schemel?« Ein Saaldiener eilte mit einer Holzkiste auf die Bühne. Als Mr Suplard endlich hinter dem Rednerpult auftauchte, war sein Gesicht vollkommen ausdruckslos.

»Was macht er bei seiner Arbeit genau?«, fragte Adélaïde. »Warum braucht die Gesellschaft eine Abteilung für Untersuchungen und Befragungen?«

»Die Gilden tricksen sich gern gegenseitig aus«, erklärte Cornelius. »Suplard und seine Mitarbeiter achten darauf, dass sich alle an die Regeln halten, sie untersuchen Verstöße und beaufsichtigen Wahlen und Abstimmungen.«

»Ruhe – ich bitte um Ruhe!« Mr Suplard rückte seine Brille gerade. »Um das Ausschlussverfahren einzuleiten, sind dreißig Hände nötig. Sehe ich dreißig Hände?«

Weit mehr als dreißig Hände schossen in die Höhe. Auch die vom schiefen Mann, den Archer auf der anderen Seite des Saals entdeckt hatte.

»Gut.« Mr Suplard nickte in Richtung seiner Mitarbeiter, die daraufhin anfingen, Zettel im Saal zu verteilen. »In der kurzen Zeit war es uns leider nicht möglich, einen förmlichen Antrag auszuarbeiten. Bitte kreuzen Sie Ja an, wenn Sie für den Ausschluss der Helmsleys stimmen. Und Nein, wenn Sie dagegen stimmen.«

G

DIE GESELLSCHAFT

AUSSCHLUSS

☐ Ja

☐ Nein

»Falls die erforderliche Stimmenmehrheit zustande kommt, wird meine Abteilung umgehend eine ordentliche Verhandlung einleiten, die die Anwesenheit von mindestens achtzig Prozent der Mitglieder erfordert.«

»*Achtzig Prozent?*« Cornelius schrie fast. »Das sind … Rosewood wird überrannt werden!«

»Ich hatte um *Ruhe* gebeten!« Mr Suplard blickte streng in ihre Richtung.

Auch Mr Birthwhistle, der am Seitenrand der Bühne Platz genommen hatte, schaute zu ihnen. Sein Blick blieb an Archer hängen, der sofort am ganzen Körper Gänsehaut bekam. Wusste Mr Birthwhistle, wer er war? Der Mann lächelte nicht, sein Gesicht war unbeweglich wie das einer Statue – trotzdem hatte Archer den Eindruck, Mr Birthwhistle würde innerlich wie verrückt lachen. Archer schüttelte sich und schaute zu, wie die Mitglieder ihre Stimmzettel ankreuzten und in eine Holzkiste neben dem Rednerpult steckten.

Am liebsten hätte Archer etwas zur Verteidigung seiner Großeltern in den Saal gerufen. Aber was hätte er sagen sollen? Und wer hätte ihm zugehört? Er hatte sich nie kleiner und unbedeutender gefühlt als in diesem Moment.

»Kopf hoch, Archer«, munterte Cornelius ihn auf. »Selbst wenn genug Stimmen zusammenkommen, und danach sieht es leider aus, ist das noch lange nicht das Ende.«

Nachdem der letzte Zettel abgegeben worden war, begannen Mr Suplard und seine Mitarbeiter mit der Auszählung. Nach langem Hin und Her stand das Ergebnis fest. Mr Suplard marschierte zum Rednerpult, während einer seiner Mitarbeiter zu Mr Birthwhistle trat und ihm etwas ins Ohr flüsterte. Mr Birthwhistle grinste kaum merklich. Das Grinsen war eine Sekunde später wieder verschwunden, aber Archer hatte es gesehen. Cornelius auch.

»Wir dürfen auf keinen Fall überrascht reagieren.« Cornelius führte die drei durch die schweigende Menge zu Opa und Oma Helmsley. »Dieses Vergnügen wollen wir dem Pelikan nicht gönnen.«

»Mit einhundertsiebenundzwanzig Ja-Stimmen«, verkündete Mr Suplard, »wird der Antrag angenommen, Ralph und Rachel Helmsley mit sofortiger Wirkung aus der Gesellschaft auszuschließen.«

Die Menge explodierte förmlich.

»Das klingt wie ein Feuerwerk.« Oliver musste schreien, damit Archer und Adélaïde ihn verstanden.

»Laut Richtlinien«, kämpfte Mr Suplard mit näselnder Stimme gegen das Geschrei an, »ist den Helmsleys die Teilnahme an sämtlichen Aktivitäten der Gesellschaft sowie der Austausch mit anderen Mitgliedern bis auf Weiteres untersagt. Jedem Mitglied, das nach dem heutigen Abend Kontakt mit ihnen aufnimmt, droht ebenfalls ein Ausschlussverfahren. Meine Abteilung wird umgehend einen Termin für die ordentliche Verhandlung festlegen und sämtliche Mitglieder im In- und Ausland davon in Kenntnis setzen.« Mr Suplard nickte den Saaldienern zu, zögerte aber einen Moment, bevor er rief: »Geleiten Sie die Helmsleys nach draußen.«

Beatrice Lune kochte vor Wut. »Dieser Birthwhistle ist eine Schlange. Wie gern würde ich ihm seine falsche Zunge abschneiden … Ah, da sind sie ja!«

Oma und Opa Helmsley wirkten sichtlich erleichtert, als sie Cornelius und die Kinder sahen. Opa Helmsley legte Archer eine Hand auf die Schulter und redete mit ihm, als hätte sich der Saal nicht gerade in einen Hexenkessel verwandelt.

»Genug Aufregung für heute. Ich wünschte, dein erster

Besuch im Hauptquartier wäre ein wenig anders verlaufen, Archer.«

»Vielen Dank, aber wir finden den Weg auch allein!« Oma Helmsley verscheuchte die Saaldiener. Trotz Buh-Rufen hielt sie den Kopf hocherhoben, während sie die Gruppe durch die tobende Menge nach draußen führte.

✦ Die Wahrheit über den Eisberg ✦

Sie überquerten eine Fußgängerbrücke und warteten in der Nähe des Kanals, während Cornelius den Lieferwagen vom Parkplatz holte. Opa Helmsley beugte sich über das Geländer und blickte finster zum hell erleuchteten Hauptquartier. Oma Helmsley war außer sich.

»Wir hätten sie heute Abend nicht herbringen dürfen«, sagte sie, während sie unruhig auf und ab lief. »Ich wusste, dass es ein Fehler war.«

»Ich hatte Birthwhistle nicht hier erwartet«, seufzte Opa Helmsley.

»Apropos erwarten.« Oma Helmsley schaute Archer und seine Freunde streng an. »Wo habt ihr drei gesteckt? Wir haben euch doch gebeten …« Sie verstummte, als sie den betretenen Blick der Kinder sah, und strich Archer über die Wange. »Tut mir leid, Schatz. Auf dich bin ich nicht wütend.«

»Warum habt ihr ihnen nicht gesagt, dass Mr Birthwhistle dahintersteckt?«, fragte Archer. »Warum habt ihr nicht gesagt, dass er euch verschwinden lassen wollte? Wir sind von selbst drauf gekommen. Wir waren bei Benjamin. Er hat gesagt, ihr wolltet den Botaniker Wigstan Spinler rauswerfen. Und dass es viele Leute gibt, die ihr aus der Gesellschaft ausschließen wollt.«

»Sie könnten mit dem anfangen, der den Heuschrecken-Reisball geworfen hat«, schlug Oliver vor.

»Benjamin glaubt, ihr hättet die Gesellschaft zerstören wollen.« Archer schaute zu seinem Großvater, aber der drehte sich nicht um. »Und er glaubt nicht, dass sein Vater etwas mit dem Eisberg zu tun hatte.«

»Das würde da drinnen wohl niemand glauben«, wandte Adélaïde ein.

»Sie sollten mal mit meinem Vater reden«, schlug Oliver vor. »Er möchte Ihre Geschichte in seiner Zeitung bringen. Die Leser der *Doldrums Press* wollen nämlich wissen, was Sie zu sagen haben.«

»Sie wollen eine *Geschichte* hören«, erwiderte Oma Helmsley. »Aber nicht unbedingt die *Wahrheit*. Das sind nämlich dieselben Leute, die glauben, wir hätten einen Fluch über Rosewood gebracht. Solche Menschen kann man nur schwer überzeugen.«

Cornelius hielt mit quietschenden Bremsen neben ihnen an. Oliver und Adélaïde kletterten auf die Rückbank des Lieferwagens. Oma Helmsley stieg vorne ein. Opa Helmsley blieb am Geländer stehen. Archer, der mit einem Mal ein schlechtes Gewissen hatte, trat neben ihn und schaute auf den zugefrorenen Kanal. Er wollte das Hauptquartier nicht mehr sehen. Der Zauber war verflogen.

»Lass den Kopf nicht hängen.« Opa Helmsley legte einen

Arm um Archers Schultern. »Das, was du im Großen Saal erlebt hast, war nicht schön. Aber du darfst deswegen nicht gleich schlecht über die ganze Gesellschaft denken. Ich verspreche dir, dort gibt es viele wunderbare Dinge zu entdecken.«

»Ich hätte den Mund aufmachen sollen«, erwiderte Archer. »Ich wollte es und hätte es beinahe getan.«

»Ich bin froh, dass du es nicht getan hast«, sagte Opa Helmsley. »Wir müssen vorsichtig sein. Was Benjamin gesagt hat, war nicht ganz richtig. Wir wollten die Gesellschaft nicht zerstören. Wir wollten sie schützen.«

»Vor wem?«

»Alles kann ich dir nicht erzählen«, gab sein Großvater

zurück. »Aber eins sollst du wissen: Viele Mitglieder der Gesellschaft haben Entdeckungen gemacht, von denen die Welt noch nichts weiß. Die Arbeit von Wigstan Spinler gehört dazu. Bei uns sagt man *nur zum internen Gebrauch*. Dafür gibt es gute Gründe. Leider haben aber auch die Mitglieder der Gesellschaft lange Zeit nichts von Wigstan Spinlers Forschung gewusst – wenigstens keiner von denen, die nicht in der Gilde von Magellan sind. Mr Birthwhistle wollte seine Entdeckungen geheim halten. Als ich dahintergekommen bin, habe ich alle über Mr Spinlers Arbeit informiert. Dafür hat Mr Birthwhistle mich gehasst.«

»Warum wollte er sie geheim halten?«

»Wir hatten den Verdacht, Mr Birthwhistle wollte Mr Spinlers Entdeckungen benutzen, um andere Mitglieder zu beeinflussen. Erinnerst du dich an das Paradox-Pulver? Wenn sich einer von uns ganz anders verhalten hätte als sonst, hätten sich die anderen vielleicht gewundert. Aber niemand hätte gewusst, *warum* er sich so verhält.«

»Was hätte Mr Birthwhistle davon gehabt?«

»Wir hatten einen Verdacht, wollten die Antwort aber von ihm selbst hören. Wir wollten Mr Spinler nur aus der Gesellschaft ausschließen, weil wir gehofft hatten, bei der Verhandlung würden die Machenschaften der Gilde von Magellan ans Licht kommen. Wir wollten Mr Birthwhistle zum Reden bringen. Das hat er auch getan. Und dann ging der Ärger los.«

»Er hat überall rumerzählt, ihr wärt neidisch auf Mr Spinler«, sagte Archer, »und ihr hättet eine schwarze Liste mit Leuten, die ihr rauswerfen wollt. Er hat den anderen eingeredet, du wärst ein schlechter Präsident.«

»Leider wusste er, dass wir nichts gegen ihn in der Hand hatten. Wir hatten nur einen Verdacht, keine Beweise. Als wir das Ausschlussverfahren für Mr Spinler eingeleitet haben, waren viele Mitglieder empört. Wir wurden verhöhnt, ja sogar bedroht. Deiner Oma und mir wurde nahegelegt, uns bis zur Verhandlung nicht mehr in der Gesellschaft blicken zu lassen. Wir sind auf ein Schiff in Richtung Südpol gestiegen … und in Mr Birthwhistles Falle gesegelt.«

»Aber wenn die anderen Mr Spinler nicht ausschließen wollten«, sagte Archer, »dann wären bei der Abstimmung vielleicht gar nicht genügend Stimmen zusammengekommen. Mr Birthwhistle muss befürchtet haben, dass die meisten doch dafür sind. Warum hätte er sonst die Sache mit dem Eisberg eingefädelt?«

»Ihm ging es nicht um Mr Spinler. Er hatte Angst, die Untersuchungsabteilung könnte die Gilde von Magellan genauer unter die Lupe nehmen. Ich hab zwar keine Ahnung, was er zu verbergen hat, aber er ist äußerst vorsichtig und genau und wird so etwas wie die Eisberg-Sache niemals ohne guten Grund einfädeln. Seine Gilde hat viele Geheimnisse. Die Entdeckungen von Mr Spinler gehören zwar nicht mehr dazu, trotzdem kann Mr Birthwhistle sie immer noch für seine Ziele einsetzen. Besser gesagt, hat er das schon.«

Archer schaute seinen Großvater entsetzt an. »Die Fläschchen in der Kiste.«

Opa Helmsley nickte. »Oma hat die Kiste auf der Fahrt zum Südpol an Bord des Schiffes gefunden. Sie hat die Fläschchen in ihrem Koffer versteckt, ohne zu merken, dass ein Behälter mit Paradox-Pulver fehlte. Mr Birthwhistle kann Kapitän Lemurn vielleicht kaufen. Aber die ganze Crew? Ihre Aufgabe ist es, Reisende sicher ans Ziel zu bringen. Kannst du dir vorstellen, dass Cornelius einem Menschen schaden könnte?«

Das konnte sich Archer absolut nicht vorstellen. »Hat der Kapitän seiner Crew Paradox-Pulver gegeben?«

»Davon bin ich überzeugt. Ob die Crew es mitbekommen hat, kann ich nicht sagen, aber sie wissen immerhin, was sie getan haben. Und aus Angst vor Strafe erzählen sie jetzt Lügen.«

Archer klammerte sich an das kalte Geländer. »Glaubst du, Benjamin weiß das alles?«, fragte er. »*Weiß* er, was sein Vater getan hat?«

»Mir fällt kein Grund ein, warum Mr Birthwhistle ihm die Geschichte mit dem Eisberg erzählt haben sollte«, erwiderte Opa Helmsley. »Und nimm es ihm nicht übel, wenn er dir nicht glaubt. In solchen Situationen müssen wir tun, was wir für richtig halten, und hoffen, dass andere es genauso machen.«

Archer stieß mit der Schuhspitze in einen kleinen Schneehaufen und schaute zu, wie die Flocken auf den zugefrorenen Kanal segelten. »Und wie geht es jetzt weiter?«

Opa Helmsley lächelte schief und hob einen Zeigefinger. »Die Verhandlung findet bald statt! Es gibt etliches zu regeln! Aber zuerst verrate ich dir ein Geheimnis, das längst keins mehr ist: Deine Oma ist in solchen Dingen *sehr* viel klüger als ich. Ich fand schon immer, dass man schwierige Entscheidungen am besten auf den nächsten Morgen vertagt, wenn alles nicht mehr ganz so dunkel ist. Deshalb fahren wir jetzt erst mal in die Weidengasse zurück.«

Archer ließ das Geländer los und kletterte hinter seinem Großvater in den Lieferwagen. Im Leben geht es nur selten gerecht zu, aber an dieser Ungerechtigkeit hatte Archer schwer zu schlucken. Seine Großeltern hatten Wigstan Spinler nicht ausschließen wollen. Sie hatten versucht, die Gesellschaft vor Mr Birthwhistle zu schützen. Und sie waren auf einem Eisberg gelandet, weil sie eine Frage gestellt hatten, die er nicht beantworten wollte.

Sie fuhren vom gepflasterten Platz weg und Archer schaute aus dem Fenster. Für einen Moment blitzte eine Glasfläche im Mondlicht auf – das Gewächshaus. Auf der gesamten Rückfahrt dachte er nur an Benjamin, der vergnügt zwischen seinen Pflanzen hockte, während Mr Birthwhistle im Großen Saal seinen Triumph feierte.

✦ TEIL ZWEI ✦

Schokolade als Tarnung

7

✦ Mord sollte man ernst nehmen ✦

Briefe waren verschickt, Telefonanrufe getätigt worden. Die Gesellschaft bereitete sich auf die Verhandlung vor. Und im Haus der Helmsleys waren die Nerven zum Zerreißen angespannt. Es fing ein paar Tage nach dem katastrophalen Abend im Hauptquartier an, als Archers Großeltern seinen Eltern die ganze Wahrheit über den Eisberg erzählten. Archer war auf sein Zimmer geschickt worden, deshalb hatte er keine Ahnung, was sie genau gesagt hatten, aber so wie sich alle benahmen, hätte man meinen können, das Haus stünde in Flammen.

Zunächst hatte es im Wohnzimmer lautes Geschrei gegeben, dann versammelten sich die Erwachsenen bei den Glubs. Seine Eltern hatten Archer verboten, das Haus zu verlassen, aber das kam für ihn natürlich nicht infrage. Sobald seine Eltern die Haustür hinter sich zugemacht hatten, raste er in sein Zimmer, kletterte über die Leiter aufs zugeschneite

Dach, sprang vorsichtig über den schmalen Spalt und rutschte über die eisverkrustete Leiter auf Olivers Balkon. Als Archer ins Zimmer schlüpfte, rüttelte Oliver gerade wie wild am Heizungsknopf.

»Weißt du, was da los ist?« Oliver rieb sich die tauben Hände. »Alle sitzen in der guten Stube. Meine Eltern haben mich raufgeschickt.«

»Meine Großeltern packen endlich aus«, erklärte Archer. »Sie haben meinen Eltern alles erzählt. Komm, ich will wissen, was meine Mutter sagt.«

Sie gingen auf Zehenspitzen die Treppe hinunter, die wie immer, wenn man besonders leise sein will, fürchterlich quietschte, und schlichen zu einer Doppeltür im Flur, hinter der die Erwachsenen saßen.

Archer legte ein Ohr an die Tür. »Deine Eltern hört man kaum«, flüsterte er.

»Deine Mutter dafür umso lauter. Bestimmt kriegt sie einen Krampf in der Zunge.«

»Richard hat immer vermutet, hinter dem Eisberg könnte mehr stecken, *aber das?*«, kreischte Mrs Helmsley. »Wollt ihr uns ernsthaft weismachen, jemand aus der Gesellschaft hätte versucht, euch umzubringen?«

»Es ist etwas verwickelt«, sagte Oma Helmsley. »Aber im Grunde läuft es darauf hinaus.«

Drinnen setzte eine drückende Stille ein. Archer und Oliver wichen einen Schritt zurück. Sie hatten Angst, jeden Moment müsse eine Explosion folgen, die die Tür aus den Angeln heben würde.

»Da draußen läuft ein verrückter Eisberg-Mörder rum,

aber ihr habt es nicht für nötig gehalten, uns schon früher zu warnen? Sind wir in Gefahr? Ist Archer in Gefahr?«

»Wie gesagt, Helena.« Das war Opa Helmsley. »Niemand ist in Gefahr.«

»Können wir uns bitte alle beruhigen?«, bat Mr Glub. »Warum haben Sie die Polizei nicht eingeschaltet?«

»Sollte der Fall nicht untersucht werden?«, pflichtete Mr Helmsley ihm bei.

»Wie du weißt, Richard, führt die Gesellschaft ihre eigenen Untersuchungen durch«, erklärte Opa Helmsley. »Wir möchten nicht, dass sich andere in unsere Angelegenheiten einmischen.«

»Warum hat Präsident Birthwhistle dann mit dem *Chronicle* geredet?«, fragte Mrs Glub.

»Weil er uns nicht nur aus der Gesellschaft ausschließen, sondern am liebsten gleich aus Rosewood verbannen möchte.«

»Wir müssen Papier mit Papier bekämpfen«, sagte Mr Glub. »Kommen Sie zur *Doldrums Press*. Die Adresse kennen Sie – Donnerblumenstraße, Ecke Tulpenweg. Ich bringe Ihre Geschichte in meiner Zeitung.«

»Tief Luft holen, Helena!«, rief Mrs Glub. »Du explodierst ja gleich. Hier, nimm noch eine Tasse Tee. Und jetzt schön langsam trinken.«

»Was weiß Archer?«, fragte Mr Helmsley.

»Er weiß genug, Richard«, erwiderte Oma Helmsley. »Und mehr wird er *nicht* erfahren.«

Archer hatte den Eindruck, dass der Satz eher an seinen Großvater gerichtet war.

»Das war das erste vernünftige Wort, das ich heute gehört habe!«, rief Mrs Helmsley. »Und eins möchte ich absolut klarstellen: Ihr beide müsst die Sache regeln. In zweieinhalb Wochen sitzt Archer im Zug zurück nach Raven Wood. Wenn ich bis dahin auch nur das leiseste Gefühl habe, dass er in Gefahr ist, bringe ich ihn aus Rosewood weg. *Für immer.*«

Stühle wurden geschoben, Schritte ertönten. Archer und Oliver rasten nach oben. In seinem Zimmer angekommen, machte Oliver die Tür zu und starrte Archer an.

»Sie brauchen Hilfe.« Archer lief unruhig auf und ab. »Ich muss etwas tun. Aber was?«

»Du kannst nichts tun«, erwiderte Oliver. »Mr Birthwhistle hat versucht, deine Großeltern umzubringen. Wenn du dich einmischst, wird er auch hinter dir her sein.«

✦ Der unsichtbare Teil des Eisbergs ✦

Am nächsten Morgen wurde Archer von einem Klopfen an der Haustür geweckt. Er lief zur Fensternische, die sich im ersten Stock über der Tür befand. Ein Lieferwagen der Gesellschaft parkte vor dem Haus. Archer öffnete das Fenster und schob den Kopf hinaus. Cornelius und Beatrice Lune standen mit seinen Großeltern auf der Treppe.

»Die Verhandlung ist in zwei Wochen«, sagte Beatrice und übergab seinem Großvater ein Schreiben. »Birthwhistle hat Suplard unter Druck gesetzt. Er will die Sache so schnell wie möglich vom Tisch haben. Suplard hat keine Zeit verschwendet. Alle Mitglieder der Gilde von Orion wollen kommen und euch unterstützen, aber das ist nicht so einfach. Nehmt es nicht persönlich.«

»Das tun wir nicht«, versicherte Opa Helmsley. »Aber ihr dürft euch unseretwegen nicht in Schwierigkeiten bringen.«

»Wir sind noch aus einem anderen Grund hier.« Beatrice senkte die Stimme. Cornelius machte ein besorgtes Gesicht. »Der Antrag wurde nur angenommen, weil im Saal lauter Magellan-Leute saßen. Die anderen Gilden vertrauen euch beiden mehr, als Birthwhistle es gerne hätte.«

»Aber das ist doch eine gute Nachricht.«

»Ist es nicht, Ralph.« Oma Helmsley seufzte. »Birthwhistle will uns nicht mehr in der Gesellschaft haben. Und er wird alles tun, um unsere Wiederaufnahme zu verhindern.«

Cornelius rieb sich über die Augenklappe und nickte. »Im Moment steht euer Wort gegen das von Kapitän Lemurn. Birthwhistle braucht schlagkräftige Beweise. Ich habe zwar keine Ahnung, was das sein könnte, aber ich werde mein Auge aufhalten.«

»Wir gehen mit unserer Geschichte zur *Doldrums Press*«, sagte Opa Helmsley.

»Wir sorgen dafür, dass alle sie lesen«, versprach Beatrice.

Sie und Cornelius setzten sich in den Lieferwagen und brausten davon. Archer machte das Fenster zu.

Als die Ladenbesitzer in der Donnerblumenstraße schon längst die Lampen gelöscht und die Türen verriegelt hatten, brannte bei der *Doldrums Press* immer noch Licht. Mr Glub trank die ganze Nacht Kaffee, während die Druckmaschine

Hunderte von Zeitungen ausspuckte. Am nächsten Morgen landeten sie auf jeder Treppe von Rosewood, ob in dem Haus nun Abonnenten wohnten oder nicht. Nur auf Archers Treppe lag keine. Mrs Helmsley war in aller Früh aus dem Bett gekrochen und hatte sie in den Mülleimer geworfen. Sie hätte sich die Mühe sparen können. Wenige Stunden später traten Oliver und Adélaïde nämlich mit einem Exemplar durch Archers Balkontür. Archer setzte sich neben Adélaïde auf die Bettkante und hörte aufmerksam zu, während Oliver die Titelgeschichte vorlas.

Doldrums Press

DER UNSICHTBARE TEIL DES EISBERGS

Vor langer Zeit glaubten die Menschen, die Erde wäre eine Scheibe. Sie ist es nicht. Vor langer Zeit glaubten die Menschen, die Sonne würde sich um die Erde drehen. Sie tut es nicht. Vor langer Zeit wurden zwei Forscher als geistesgestörte Schwindler bezeichnet. Sie sind es nicht. Eine Wahrheit wird nicht unwahr, nur weil jemand etwas anderes glaubt. Was ist tatsächlich auf dem Eisberg passiert? Dies ist die wahre Geschichte – auch wenn einige wollen, dass Sie etwas anderes glauben.

Ralph und Rachel Helmsley waren mit dem Schiff in die Antarktis unterwegs, wo sie die Verwandtschaftsbeziehungen von Pinguinen untersuchen wollten. Während der Fahrt in Richtung Süden entdeckte Ralph Helmsley einen Eisberg mit zwei getrennt lebenden Pinguinkolonien.

»Wir müssen näher ran«, sagte er. »Ich will mir den Eisberg ansehen.«

Nachdem sie die Pinguine eine Stunde lang beobachtet hatten, kehrten Ralph und Rachel zu ihrem Beiboot zurück – und stellten fest, dass das Schiff ohne sie fortgesegelt war. Sie riefen und winkten. Das Schiff verschwand am Horizont.

»Das war kein Versehen«, sagte Rachel zu Ralph, der das Beiboot am Eisberg vertäute.

Sie gruben sich im Eis eine Höhle. Nachts gesellten sich Pinguine zu ihnen.

»Es war ziemlich eng«, berichtet Ralph. »Warm, aber eng.«

Den ganzen folgenden Tag hielten Ralph und Rachel nach einem Schiff Ausschau. Aus dem zweiten Tag wurde eine zweite Nacht und sie kehrten in die Eishöhle zurück. Tag drei. In der Hoffnung, auf hoher See Hilfe zu finden, stiegen Ralph und Rachel in das Beiboot und stießen sich vom Eisberg ab. Ralph hatte ein Stück vom Eisberg herausgebrochen und die Pinguine schauten ihnen nach.

Die Helmsleys wechselten sich am Ruder ab. Bald wurde es bitterkalt. Aus Tag wurde Nacht, aus Hoffnung Verzweiflung.

»Meine Liebe«, sagte Ralph, »niemand kann behaupten, wir hätten nicht alles versucht …«

Da wurde Ralph von lautem Getute unterbrochen. Ein Schiffshorn. An Bord des Schiffes waren Mitglieder der französischen Société. Die Helmsleys wurden gerettet und begleiteten die anderen Forscher ein Jahr lang auf einer Südpol-Expedition.

Nach Rückkehr des Schiffes in den französischen Heimathafen tauchten die Helmsleys unter. Da sie den Verdacht hatten, dass der Vorfall mit dem Eisberg kein unglücklicher Zufall gewesen war, überlegten sie gründlich, wie sie unauffällig nach Hause reisen konnten. Das nahm viel Zeit in Anspruch, denn sie befürchteten, dass jeder falsche Schritt einen weiteren Unfall zur Folge haben könnte. Sie nahmen Schleichwege. Sie reisten bei Nacht und Nebel. Ein Paket war das erste Lebenszeichen, das sie nach Hause sandten. Ein Mitarbeiter im Postamt von Rosewood las den Namen der Absender.

»Ralph und Rachel Helmsley leben noch?«

Der Vorfall mit dem Eisberg war kein unglücklicher Zufall. Aber ein großer Schwindel war er auch nicht. Jemand hat versucht, die Helmsleys aus dem Weg zu schaffen. Das ist die Wahrheit, ob Sie es glauben oder nicht.

Aubrey Glub
Chefredakteur

»Das werden viele glauben«, sagte Adélaïde.

»In Rosewood vielleicht«, warf Oliver ein. »Aber in der Gesellschaft?«

Archer musste Oliver recht geben. Sein Großvater hatte Mr Birthwhistle nicht direkt beschuldigt. Wahrscheinlich hatte seine Großmutter ihm davon abgeraten. Cornelius hatte gesagt, sie hätten keine Beweise in der Hand. Und wer würde ihnen ohne Beweise glauben?

»Beatrice Lune und Cornelius waren gestern hier. Die Verhandlung ist in zwei Wochen«, sagte Archer.

»Und in zweieinhalb Wochen musst du nach Raven Wood zurück.« Oliver stupste Adélaïde an. »Wir haben eine Idee, was wir in der Zeit machen können.«

»Weißt du noch, die Feier bei *Schleck & Schmeck*, von der Oliver erzählt hat?«, begann Adélaïde. »Wir wollten Mr Schleck fragen, ob wir ihm alle drei helfen dürfen.«

»Lernen, wie man Schokolade macht, ist bestimmt lustig«, fügte Oliver hinzu. »Und es wäre doch schön, ein bisschen Spaß zu haben, bevor du wieder wegmusst.«

Unter normalen Umständen hätte Archer sich gefreut. Aber bei allem, was gerade los war, kam ihm das nicht richtig vor. Mit Schokolade konnte er seinen Großeltern bestimmt nicht helfen.

»Nach dem Abendbrot gehen wir zu *Schleck & Schmeck*.« Oliver drückte Archer die Zeitung in die Hand und folgte Adélaïde zur Balkontür. »Mr Schleck will mir einen Zettel geben, den meine Eltern unterschreiben sollen. Wir könnten zusammen hingehen. Ich warte vor unserem Haus auf dich, falls du mitkommen willst.«

Archer verbrachte den ganzen Tag auf seinem Bett und saß noch dort, als es Zeit fürs Abendbrot wurde. Er hatte jeden Zeitungsartikel über seine Großeltern in sein Notizbuch geklebt und blätterte darin herum. Als er seinen Großvater im Flur hörte, schob er das Notizbuch schnell unters Kopfkissen.

»Wir werden alles richtigstellen. Sie *müssen* uns glauben.«

Archer steckte den Kopf in den Flur. Sein Großvater war allein. Er stand vor dem Eisbären.

»*Oh*, Archer. Ich wollte dich zum Abendbrot holen.«

Archer schaute von seinem Großvater zum Eisbären und zurück. »Mit wem hast du geredet?«

Opa Helmsley blinzelte. »Du könntest es ein bisschen merkwürdig finden.«

Er hatte es gewusst! »Du hast mit dem Eisbären geredet, stimmt's? Mit mir redet er nämlich auch. Das tun alle Tiere im Haus.«

Opa Helmsley fing an zu lachen. »Weiß deine Mutter das? Ja? Sie war bestimmt entsetzt, als sie es herausgefunden hat!«

Er trat kichernd in Archers Zimmer.

»Vor vielen Jahren, noch bevor deine Eltern geheiratet haben, war deine Mutter mal hier zu Besuch. Sie hat mitgekriegt, wie ich unten mit dem Zebra geredet habe. Seitdem sieht sie mich immer ein bisschen komisch an. Ich mag sie trotzdem sehr. Sie ist manchmal ein bisschen *streng* – aber ich bewundere ihre Entschlossenheit.«

Ein bisschen streng kam Archer reichlich untertrieben vor.

Immerhin hatte sie seine Großeltern fast zwölf Jahre lang nicht in ihr eigenes Haus gelassen.

Opa Helmsley ging zu Archers Kommode. Darauf lagen etliche Geschenke, die er Archer früher heimlich geschickt hatte.

»Eins verstehe ich nicht«, sagte Archer. »Ihr wart zwei Jahre lang weg. Aber auf dem Eisberg habt ihr nur drei Tage festgesessen. Warum habt ihr uns nicht geschrieben, dass ihr noch lebt? Warum habt ihr nicht geschrieben, dass ihr nach Hause kommen wollt?«

»Das hätte ich gern«, versicherte sein Großvater. »Aber wir waren untergetaucht und wussten nicht, wem wir trauen konnten. Wir hatten Angst, jemand würde unsere Briefe abfangen. Deshalb haben wir gewartet, bis uns ein guter Plan eingefallen ist.«

Opa Helmsley nahm das Elefantenhaus aus Jade in die Hand und spielte damit herum.

»Wenn ich ganz ehrlich bin, wollten wir tatsächlich verschwinden. Wir hatten erfahren, dass Birthwhistle zum neuen Präsidenten der Gesellschaft ernannt worden war. Er durfte nicht wissen, dass wir noch am Leben waren. Wenn wir versucht hätten, nach Hause zurückzukehren, hätte das einen wahren Sturm ausgelöst. Ich gebe es nicht gern zu, aber ich wollte mich diesem Sturm nicht aussetzen.«

»Warum seid ihr am Ende doch zurückgekommen?«

»Der Eisbrocken hat mir keine Ruhe gelassen. Jeden Tag schien er mir zuzuflüstern, dass ich die Rückkehr nicht länger aufschieben darf.« Opa Helmsley drehte sich zu Archer um. »Es gibt viele wunderbare Dinge, die ich dir zeigen möchte. Seit zwölf Jahren warte ich darauf! Leider müssen wir uns noch etwas gedulden, aber ich hoffe, du darfst bald ein Greenhorn werden. Es gibt nichts, worüber ich mich mehr freuen würde. Bestimmt wirst du im Nullkommanichts zum Ersten Greenhorn ernannt. Und wenn du etwas älter bist, brechen wir zusammen zu einer Expedition auf. Würde dir das gefallen, Archer?«

Archer schluckte schwer. Seit er von den Greenhorns gehört hatte, dachte er an fast nichts anderes. Es kam ihm vor, als hätte er schon immer davon geträumt, einer von ihnen zu werden. Und wenn er dann noch mit seinen Großeltern auf eine Expedition gehen durfte …

»Aber was ist, wenn ihr wirklich für immer aus der Gesellschaft ausgeschlossen werdet?«, fragte er.

»Daran wollen wir jetzt nicht denken. Wir dürfen die Hoffnung nicht aufgeben. Wenn Dalligold erst einmal hier ist, fällt uns schon was ein.«

»*Dalligold?*«

»Mr Dalligold ist ein alter Freund. Er war früher Vorsitzender der Gilde von Orion. Sobald bekannt wurde, dass wir verschwunden waren, hat er den Vorsitz abgegeben. Er wusste, dass die Sache mit dem Eisberg kein unglücklicher Zufall war, und er hat uns so lange gesucht, bis er uns in Frankreich gefunden hat. Oma hat ihn gebeten, uns bei der Verhandlung beizustehen. Wir dürfen eins nicht vergessen: Die Wahrheit steht auf unserer Seite. Mr Birthwhistle muss eine Lüge beweisen. Aber vermutlich setzt er dafür gerade alle Hebel in Bewegung.«

Beim Abendbrot schaute Mrs Helmsley Archers Großeltern nicht ein einziges Mal an. Sie sagte kein Wort. Auch die anderen schwiegen. Archer wollte so schnell wie möglich vom Tisch aufstehen und schlang das Essen hinunter.

»Oliver wartet auf mich«, sagte er, den Mund voller Kartoffelbrei, und sprang auf.

»Aber spätestens um acht bist du zu Hause«, erwiderte seine Mutter und lächelte dabei.

Dass seine Mutter sich tatsächlich freute, wenn er das Haus verließ, kam Archer immer noch komisch vor.

✦ War das nicht …? ✦

Als Archer aus der Tür trat, stand Oliver mit einer Zeitung vor der Nase auf der Treppe der Glubs.

»Schön, dass du mitkommst.« Oliver ging ihm entgegen. »Adélaïde hat nicht damit gerechnet.«

»Wieso liest du den *Chronicle?*«, fragte Archer.

»Ich tu's für meinen Vater. Es ist ein Schundblatt, aber er muss wissen, was die Konkurrenz schreibt.«

Adélaïde wartete an der nächsten Straßenecke und grinste freudig überrascht. Zusammen machten sie sich auf den Weg zu *Schleck & Schmeck*.

Es schneite nicht mehr ganz so stark, war aber immer noch kalt und furchtbar windig. Oliver konnte die Zeitung nur mit Mühe vor dem Gesicht halten.

»Hört euch das an«, rief er, als sie an der Knopffabrik vorbeiliefen.

Rosewood Chronicle

BONBONS BRINGEN BUSSE ZUM STEHEN

Zitronendrops lagen überall im Schnee verstreut, nachdem ein Bus im Zickzackweg auf einer spiegelglatten Stelle aus der Spur geraten, durch eine Schneewehe geprescht und in die Donnerblumenstraße geschlittert war, wo er eine Frau niederwalzte, die mit einer Tüte dieser sauren Leckereien aus dem Laden *Schleck & Schmeck* trat. Ja, Sie haben richtig gelesen: Der Helmsley-Fluch hat ein weiteres Opfer gefordert. Es war das dritte Busunglück in nur drei Tagen. Die Stadtverwaltung sieht sich gezwungen, den gesamten Busverkehr bis auf Weiteres einzustellen. Eine Entscheidung, die viele zu der Frage veranlassen dürfte: *Wann trifft der Helmsley-Fluch mich?*

Oliver hatte den Artikel gerade beendet, als sie in die Donnerblumenstraße einbogen. Das war ein Glück, denn im nächsten Moment riss ihm eine heftige Windböe das Blatt aus der Hand und wirbelte es in den Park von Rosewood. Oliver zuckte nur mit den Schultern, denn sie standen jetzt vor *Schleck & Schmeck* – drei Stockwerke aus purem Zucker. Hinter den hohen Ladenfenstern sah Archer etliche seiner früheren Mitschüler aus der Knopffabrik, darunter leider auch ein paar unausstehliche. Alice N. Erving warf Charlie H. Spindle Geleebohnen in den Mund, während Molly S. Tinker herauszufinden versuchte, wie viele Lollis sie anlecken und Digby Fig auf den Rücken kleben konnte, ohne dass der es bemerkte. Weihnachten war zwar schon vorbei, aber Mr Schleck veranstaltete bis zu seinem großen Fest Gratis-Schokoladen-Tage. In den Schaufenstern hingen überall Plakate. Oliver zeigte auf eins. Heute wurden umsonst Himbeer-Schoko-Schlutze verteilt.

»Was sind Schlutze?«, fragte er.

»Klingt wie eine Krankheit«, erwiderte Adélaïde.

»Hoffentlich sind noch welche da. Ich würde gern einen probieren.«

»Du meinst, dir einen wegholen?«

Zwischen ihnen und *Schleck & Schmeck* lag eine hohe Schneewehe. Die drei wollten gerade darüber hinwegsteigen, als jemand von hinten in sie hineinlief und sie mit dem Gesicht voran in den Schnee schickte. Oliver zog den Kopf heraus und wollte dem rücksichtslosen Passanten hinterherrufen, aber Archer hielt ihm den Mund zu.

»War das nicht …?« Adélaïde wischte sich Schnee aus dem Gesicht.

»… der schiefe Mann«, beendete Archer den Satz.

Er hatte die Gestalt zwar nur kurz von der Seite gesehen, aber das hatte genügt. Der schiefe Mann trabte über die Donnerblumenstraße, klopfte seine Stiefel vor der Tür von *Feder & Tinte* ab und verschwand im Laden. Archer, Oliver und Adélaïde liefen hinterher, bremsten vor dem Schaufenster ab und drückten die Gesichter an die kalte Scheibe.

DREI STOCKWERKE AUS PUREM ZUCKER
SCHLECK&SCHMECK
SÜSSIGKEITEN
GROSSE FEIER
GRATIS SCHOKO-TAGE & COUNTDOWN
28.12.
SCHOKO-SCHLUTZE
30.12.
KARAMELL-SPIRALEN
31.12.
KIRSCH-KUGELN
2.1.
VANILLE-KÄFER
3.1.
SEE-PFERDCHEN-LOLLIS
GROSSE FEIER
NUR FÜR SCHÜLER
TOMBOLA: SÜSSIGKEITEN-GUTSCHEIN
DONNERBLUMENSTRASSE 51

8

✦ Der miese Mr Mullfort ✦

Wie alle Geschäfte in der Donnerblumenstraße war auch *Feder & Tinte* ein hoher, schmaler Laden. Im Verkaufsraum standen überall Regale, die fast bis an die Decke reichten und sich in alle Richtungen neigten. Archer, Oliver und Adélaïde beobachteten durch das Fenster, wie der schiefe Mann die mit Papier, Heften, Stempeln und Tintenfässern vollgestopften Regale absuchte, bevor er zum Ladentisch trat und auf eine Glocke schlug.

»Gehen wir rein«, sagte Archer.

Die drei schlüpften durch die Tür und huschten zum hintersten Winkel des Ladens. Auf Zehenspitzen gingen sie zum Ende eines Regals und lugten um die Ecke. Der schiefe Mann hämmerte weiter auf die Glocke ein und blickte sich zur Tür um.

»Ah, Eustace Mullfort!« Mr Bray kam aus einem Hinterzimmer angewatschelt. »Immer ein Vergnügen.«

Oliver hätte beinahe losgeprustet. »Der heißt Eustace Mullfort?«, formte er lautlos mit den Lippen.

»Bei Ihnen zieht's«, gab Mr Mullfort zurück.

»Es zieht?« Mr Bray schaute sich um. »Ich merke nichts. Und im Vergleich zur *Straße von Magellan* ist mein Laden immer noch der schönere! Nun, womit kann ich Ihnen dienen? Neue Kassenbücher, habe ich recht?« Mr Bray bückte sich unter den Ladentisch. »Ich habe gerade eine Lieferung …«

»Ich brauche ein Tagebuch. In den Regalen habe ich nicht gefunden, wonach ich suche.«

»Und was suchen Sie genau?«

Mr Mullfort beulte die Wange mit der Zunge aus. »Haben Sie welche mit braunem Ledereinband und – lassen Sie mich nachdenken – verstärkten Ecken? Dazu Fadenheftung oder wie das heißt. In, *hm*, Grün?«

Archer wurde stutzig. Das Tagebuch, das Mr Mullfort beschrieben hatte, kam ihm sehr bekannt vor.

Mr Bray lachte. »Das nenn ich ausgefallen! Mit dem Billigsten geben Sie sich wohl nicht mehr zufrieden, was?«

»Haben Sie so eins oder nicht?« Mr Mullfort trommelte mit den knochigen Fingern auf dem Ladentisch. »Ich hab's eilig.«

»Schon gut, schon gut. Nun sehen Sie mich nicht gleich so schief an. Im Lager könnten welche sein.«

Mr Bray verschwand. Mr Mullfort trat vom Ladentisch weg. Archer konnte ihn nicht mehr sehen, aber den Schritten nach zu urteilen, musste er sich in der Nähe der Eingangstür befinden.

»Bray hat recht. Hier zieht's nicht«, murmelte Mr Mullfort.

Olivers Augen weiteten sich. »Er sucht die Regale ab. Er weiß, dass jemand reingekommen ist. Wir müssen uns verstecken!«

»Aber wo?« Adélaïdes Blick schoss nach links und rechts.

Archer schaute zur Decke. »Oben! Schnell!«

Die drei benutzten ein schräges Regal als Leiter und kletterten in Windeseile hinauf. Archer zog sich aufs oberste Brett, Oliver kam sofort hinterher und gemeinsam hievten sie Adélaïde hoch. Ihr Holzbein verschwand in der Sekunde, als Mr Mullfort um die Ecke kam.

»Gefunden!«, rief Mr Bray.

Die drei Freunde kauerten, keinen Meter von der Decke entfernt, hinter Stapeln von vergilbtem Papier versteckt und schauten auf den davoneilenden Mr Mullfort.

»Er kriegt eine Glatze«, flüsterte Oliver.

»Die hatte ich ganz vergessen.« Mr Bray wuchtete eine staubige Kiste auf den Ladentisch und klopfte sich die Jacke ab. »Kommen die für Ihre Zwecke infrage?«

Mr Mullfort riss die Kiste auf und zog ein Tagebuch heraus. Archer erkannte es sofort wieder.

»Das sind die gleichen Tagebücher wie die, die meine

Großeltern benutzen«, flüsterte er. »Die in ihren Koffern lagen.«

»Ja, die dürften den Zweck erfüllen.« Mr Mullfort lächelte fast.

»Ich hab sie nie im Laden ausgelegt. Sie waren eine Sonderbestellung. Für die Helmsleys. Solange ich denken kann, kaufen sie diese Bücher bei mir. Das waren immer so nette Kunden. Schlimm, was ihnen zugestoßen ist.«

Mr Mullfort legte das Tagebuch auf den Ladentisch und zückte seine Brieftasche. »Glauben Sie etwa, was dieser Trottel von der *Doldrums Press* geschrieben hat?«

Neben Archer schnaubte jemand leise. Oliver hatte die Zähne gefletscht. Auch Mr Bray wirkte empört.

»Aubrey ist kein Trottel! Ich bin schon seit Jahren sein Papierlieferant. Aber ich hab ihm gesagt, dass er sich in diesem Fall irren muss. Dieser Kapitän soll die Helmsleys auf dem Eisberg zurückgelassen haben, damit sie dort erfrieren? Warum hätte er das tun sollen? Und dann sollen sie *untergetaucht* sein? Für mich klingt das nach Verfolgungswahn.« Mr Bray lehnte sich über den Ladentisch. »Sie wissen doch bestimmt mehr. Was hält die Gesellschaft von der Geschichte?«

»Die Gesellschaft findet sie einfach lächerlich. Wir werden die Helmsleys rausschmeißen. Und der Bürgermeister von Rosewood sollte dasselbe tun.«

Mr Bray schüttelte den Kopf und schaute auf die staubige Kiste. »Glaubt man den Gerüchten, könnte es tatsächlich so kommen. Wahrscheinlich brauchen sie die Tagebücher gar nicht mehr. Wenn Sie wollen, können Sie die ganze Kiste mitnehmen.«

»Ich brauche nur eins. Und einen großen Umschlag. Und Briefmarken.«

Mr Bray legte das Gewünschte auf den Tisch und nahm Mr Mullforts Geld entgegen. Während er die Scheine in die Kasse sortierte, zog Mr Mullfort schnell ein zweites Tagebuch aus der Kiste und steckte es in seine Manteltasche.

»Hat er es etwa geklaut?«, flüsterte Adélaïde.

»Hat er«, bestätigte Oliver.

»Ich wünsche Ihnen viel Glück.« Mr Bray schloss die Kasse und legte den Deckel auf die Kiste. »Ihnen und der Gesellschaft. Ich bin froh, dass ich mit alldem nichts zu schaffen habe.«

Mit diesen Worten nahm er die Kiste und trug sie ins Lager zurück.

Mr Mullfort riss eine Seite aus dem Tagebuch heraus, kritzelte etwas darauf und steckte Zettel und Buch in den Umschlag. Dann drehte er sich um und ging weg. Die Kinder hörten, wie sich die Tür öffnete, und kletterten vom Regal. Unten angekommen, spürten sie einen kalten Windhauch. Die Tür war wieder zugefallen. Schnell traten sie aus dem Schatten des Regals – und erstarrten.

»Ich wusste, hier ist noch jemand.« Mr Mullfort hatte eine Hand auf der Türklinke und grinste sie an. Erneut öffnete er die Tür und den Kindern lief ein kalter Schauer über den Rücken. Sie waren Mr Mullfort in die Falle getappt. »Habt ihr also doch beschlossen, schwimmen zu gehen?«

Er machte einen großen Schritt nach vorne, packte Archer am Kragen und zerrte ihn aus dem Laden.

»Unser neugieriges kleines Wunderkind«, zischte Mr Mullfort. Er zog Archer in die schmale Gasse neben *Feder & Tinte* und schubste ihn gegen eine Mauer. »Haben deine Großeltern dich auf mich angesetzt?«

»Archer? Archer! Wo bist du?« Schon stellten sich Oliver und Adélaïde schützend neben ihn.

Mr Mullfort baute sich bedrohlich vor ihnen auf. »Jetzt seid schön brav und erzählt mir, was ihr im Laden mitbekommen habt. Ihr habt doch etwas gesehen, das ihr nicht hättet sehen sollen, oder?« Ein Lichtstrahl fiel in die dunkle Gasse und verfing sich in seinen zusammengekniffenen Augen. Jetzt sahen sie aus wie Schlitze aus Feuer.

»Wir haben nichts … wir wollten nur … was für die Schule besorgen«, stammelte Archer.

»Lüg mich nicht an«, bellte Mr Mullfort. Sein Atem roch nach Kohl. »Ihr habt euch versteckt, und das machen wir nur, wenn wir etwas zu verbergen haben.«

»Er … er lügt nicht«, schwindelte Adélaïde. »Wir haben uns bei *Schleck & Schmeck* Schokolade geholt. Dann wollten wir noch was für die Schule besorgen. Wir haben uns versteckt. Aber nur, weil … wir Angst hatten.«

Mr Mullfort tippte mit einem krummen Finger gegen Olivers Stirn. »Und was ist mit der losen Zunge hier? Will die vielleicht auch noch was sagen?«

Archer hörte es rascheln. Mit zitternder Hand zog Oliver eine Tüte mit *Schleck & Schmecks* Schoko-Augäpfeln aus seiner Tasche.

»Schokolade«, stieß er hervor.

Mr Mullfort riss ihm die Tüte aus der Hand und biss in einen Augapfel. Eine Sekunde später spuckte er die Schokolade in den Schnee, als wäre sie vergiftet.

»Ihr habt nichts gesehen«, warnte er, bevor er die übrigen Augäpfel auf den Boden warf und mit einem Stiefelabsatz zertrat. »Dass ihr das nicht vergesst. Ihr drei schwimmt in trüben Gewässern und wisst genau, was auf dem Grund lauert.«

Er ließ die Zähne schnappen und war im nächsten Augenblick verschwunden.

Die drei Kinder japsten nach Luft.

»Ich hatte Angst, er schlägt unsere Köpfe gegen die Wand.« Adélaïde starrte auf die zerquetschten Schoko-Augäpfel.

»Zum Glück sind das nicht unsere Augen«, stöhnte Oliver und schaute zu Archer, der etwas aus dem Schnee zog. »Was ist das?«

»Das gestohlene Tagebuch.« Archer wischte den Deckel sauber. »Es muss ihm aus der Tasche gefallen sein.«

Er hastete zur Straßenecke und sah, wie Mr Mullfort mit dem Umschlag unter dem Arm die Donnerblumenstraße hinunterschlitterte.

»Er hat einen Brief in den Umschlag gesteckt«, erklärte er Oliver und Adélaïde. »Ich verfolge ihn. Ihr müsst nicht mitkommen.«

Oliver und Adélaïde konnten Archer nicht allein hinter dem schiefen Mann herlaufen lassen. Gemeinsam machten sie sich an die Verfolgung und hielten sich, so gut es ging, im

Schatten der Häuser. Vor einem Postkasten blieb Mr Mullfort stehen, spähte über die Schulter und stopfte den Umschlag hinein. Ohne sich noch einmal umzusehen, bog er in den Zickzackweg ein und verschwand.

»Vielleicht kriege ich ihn zu fassen.« Archer lief zu dem Kasten und steckte die Hand in den Schlitz. Er kam nicht weit.

»Lass mich mal«, sagte Adélaïde. »Ich habe dünnere Arme.« Sie fischte im Briefkasten herum.

»Hast du ihn?«, fragte Archer, aber Adélaïde schüttelte den Kopf.

»Warum ist dein Schlitz so schmal, du dämlicher Kasten?« Oliver holte mit dem Fuß aus, rutschte aber weg und trat fester als geplant gegen den Postkasten. Adélaïde schrie auf, als er rückwärts in den Schnee plumpste. Die Tür des Postkastens schwang quietschend hin und her.

»Du hast es geschafft, Ollie!«

»Nenn mich nicht Ollie!«

»Du hättest gar nicht treten müssen.« Archer prüfte das Schloss. »Es ist eingefroren. Der Postbote konnte den Schlüssel nicht umdrehen.«

Oliver rappelte sich auf, während Archer den gesuchten Umschlag herausfischte.

An

Präsident Birthwhistle

Gefahngasse 23

Rosewood

Adélaïde spähte Archer über die Schulter. »Jetzt wissen wir, wo er wohnt.«

»Kriegen wir den Umschlag irgendwie auf, ohne ihn zu zerreißen?«, fragte Archer. »Ich möchte den Brief lesen, bevor wir ihn zurück in den Postkasten werfen.«

»Behalten wir ihn denn nicht?«, wunderte sich Oliver. »Du hast doch gesagt, deine Großeltern benutzen die gleichen Tagebücher. Ich wette, sie wollen eins fälschen.«

»Das glaube ich auch«, sagte Archer. »Mr Birthwhistle braucht Beweise und wird vor nichts zurückschrecken. Das Tagebuch zu behalten, bringt nichts. Mr Bray hat schließlich noch eine ganze Kiste davon. Aber der Brief verrät uns vielleicht, was sie vorhaben.«

»Wasserdampf«, schlug Adélaïde vor. »Davon wird der Kleber warm und der Briefumschlag lässt sich öffnen. Hinterher können wir ihn zukleben und niemand wird etwas merken.«

»*Gefrorenen* Wasserdampf gibt's hier in Massen.« Oliver schaute zu den Schneehaufen.

»Unser Café. Dort können wir ihn öffnen. Kommt!« Adélaïde zog die Jungen mit sich fort.

Amaury stand vor dem Kaffeehaus und belud den Lieferwagen von Café Belmont. Es war ein winziges Fahrzeug mit drei Rädern und bestand aus einer kleinen Kabine und einem Laderaum.

»Hallo, Adie!« Trotz Kälte wischte er sich den Schweiß von der breiten Stirn. »Wieso humpelst du, Oliver?«

»Ich bin auf einer vereisten Stelle ausgerutscht. Draußen ist es ganz schön gefährlich!«

»Oh ja. Einen so strengen Winter habe ich noch nie erlebt.« Amaury schaute zu dem Schnee, den er rund um den Lieferwagen noch wegschippen musste, bevor er den Kaffee ausliefern konnte. »Hoffentlich bleibt das auch das einzige Mal. Was ist in dem Umschlag, Archer?«

»Fragt sich eher«, sagte Adélaïde und nahm Archer den Umschlag ab, »was nicht darin ist. Wir haben vergessen, etwas reinzustecken. Jetzt brauchen wir Wasserdampf, um ihn wieder aufzumachen.«

Amaury zeigte zum Café. »Du weißt ja, wie die Maschine funktioniert.«

»Er sieht ganz schön müde aus«, bemerkte Oliver, als sie das Café betraten.

»Er ist völlig überarbeitet.« Adélaïde steuerte auf die Espressomaschine hinter dem Tresen zu. »Mein Vater hat im Keller ein Kaffeelabor eingerichtet. Er denkt nur noch an neue Espressosorten. Ihr wisst ja, wie er ist. Ihm fällt nicht auf, wie viel Arbeit er Amaury aufhalst. Ich muss mal mit ihm reden.«

Solange sie denken konnte, hatte Adélaïde ihrem Vater bei der Kaffeezubereitung über die Schulter geschaut. Sie hantierte so schnell mit der Maschine, dass Archer und Oliver nicht mehr mitkamen. Knöpfe wurden gedrückt, Hebel gesenkt. Die Maschine ächzte einmal laut auf und heißer Dampf schoss aus einem Hahn. Adélaïde hielt den Umschlag in den Dampf. Die Lasche löste sich und klappte hoch. Triumphierend reichte Adélaïde Archer den Umschlag. Er griff hinein und zog das Tagebuch heraus. Der Brief fiel ihm entgegen.

Wir treffen uns am Donnerstag um 18 Uhr in Ihrem Haus.

Ich will die Korrespondenz.

✦ Ein Genie? ✦

Archer hatte keine Ahnung, ob Oliver und Adélaïde das Gleiche dachten wie er, aber er dachte immer noch daran, nachdem sie den Umschlag wieder in den Postkasten gesteckt und Schleck & Schmeck betreten hatten.

Über ihren Köpfen klingelte eine Glocke, und sie schlossen die Augen, um den köstlichen Duft besser aufnehmen zu können. Als Archer seine wieder aufmachte, stellte er fest, dass der Süßigkeitenladen einen sauren Beigeschmack bekommen hatte. Ein paar Schüler aus der Knopffabrik standen vor ihm und starrten ihn mit offenem Mund an. Froh und munter war niemand mehr und keiner schien sich recht von Herzen zu freuen.

»Was willst *du* denn hier?« Alice Erving senkte die Tüte mit extrascharfen Chili-Schoko-Kugeln.

»Ich bin geschäftlich hier«, sagte Oliver gewichtig. »Mr Schleck hat mich als Assistenten für seine Feier eingestellt.«

»Nicht *du*, Glub«, sagte Molly Tinker verächtlich. »Was will Archer hier? Doch nicht etwa Schokolade machen? Er wird sie nur mit einem Fluch füllen!«

Charlie Spindle, der den Mund voller Geleebohnen hatte, kicherte und verdrehte die Augen zur Decke. »Kannst du machen, dass es *drinnen* schneit, Archer?«

Archers Ohren färbten sich dunkelrot. »Glaubst du echt, meine Familie steckt hinter dem ganzen Schnee?«

»Na sicher«, prustete Alice. »Liest du keine Zeitung? Da steht es schwarz auf weiß.«

»Beachte sie nicht«, sagte Oliver. »Ihr geht nach oben. Ich hole Mr Schleck.«

Adélaïde und Archer hasteten an den hämisch grinsenden Schülern vorbei und bogen in einen mit Süßigkeiten vollgestellten Gang ein. Oliver ging zum Ladentisch und unterhielt sich kurz mit Mr Schleck, bevor er die Wendeltreppe hochstieg. Auf halber Strecke hielt er an, weil er Diptikana Misra entdeckt hatte, die im hinteren Teil des Ladens stand und ihn beobachtete. Sie grapschte sich eine Schachtel mit Blaubeerperlen in Kokosmuscheln und tat so, als würde sie etwas auf der Rückseite lesen.

Archer und Adélaïde saßen derweil im ersten Stock in einer Fensternische und schauten zu, wie Amaury sich auf der anderen Straßenseite in den winzigen Lieferwagen zwängte.

»Ich dachte, Fahrzeuge sind in der Donnerblumenstraße verboten«, sagte Archer. »Ist die nicht viel zu eng?«

»Die Stadt hat es uns erlaubt«, erklärte Adélaïde. »Hast du schon mal einen so winzigen Lieferwagen gesehen? Ich finde ihn niedlich. Und Amaury sieht darin lustig aus.«

»Mr Schleck kommt gleich.« Oliver setzte sich zu ihnen. »Habt ihr Kana da unten gesehen? Ich habe sie dabei ertappt, wie sie mich angestarrt hat. Zur Tarnung hat sie sich eine Schachtel mit Blaubeerperlen in Kokosmuscheln gegriffen. Niemand isst die. Die Schachtel steht da bestimmt schon seit drei Jahren. Wahrscheinlich ist das Zeug längst schlecht.«

»Du solltest mal mit ihr reden«, schlug Adélaïde vor und klimperte mit den Wimpern.

»Kana würde ich noch nicht mal *schreiben.*«

»Wo wir gerade von Schreiben reden.« Adélaïde schaute zu Archer. »Hast du eine Ahnung, was das für eine Korrespondenz sein könnte, die Mr Mullfort haben will?«

Archer drehte sich vom Fenster weg. »Wisst ihr noch, als wir Mr Mullfort im Hauptquartier gesehen haben? Er hat einen Schreibtisch durchwühlt. Cornelius meinte, das war das Büro von Mr Birthwhistle. Vielleicht hat er dort danach gesucht.«

»Meinst du, in der Korrespondenz geht es um den Eisberg?«, fragte Oliver.

»Worum sonst?«

»Und das Tagebuch?«, fragte Adélaïde. »Du sagst es deinen Großeltern doch? Sie müssen wissen, dass Mr Birthwhistle eins fälschen will.«

Archer wollte es seinen Großeltern sagen, aber vorher musste er noch etwas anderes tun – und das war gefährlich und schwierig und vor allem: verboten.

»Ich breche bei Mr Birthwhistle ein«, sagte er.

Oliver und Adélaïde starrten ihn an, als hätte er gerade vorgeschlagen, aufs Dach von *Schleck & Schmeck* zu steigen und hinunterzuspringen.

»Mr Mullfort hat geschrieben, er will um sechs Uhr zu ihm nach Hause kommen. Wenn wir früher …«

»Moment mal«, unterbrach Oliver kopfschüttelnd. »Du willst bei Mr Birthwhistle einbrechen, *während er im Haus ist?*«

»Nein, *bevor* er ins Haus kommt. Wir könnten uns irgendwo verstecken und das Gespräch belauschen. Meine Großeltern brauchen Beweise. Vielleicht komme ich so an welche ran.«

»Aber wie kommen wir ins Haus rein?«, warf Adélaïde ein.

»Das überlege ich mir noch. Vielleicht können wir …«

»Da bin ich endlich, Oliver!« Der Kopf von Mr Schleck tauchte an der Treppe auf. Der Chocolatier war ein dünner, freundlicher Mann, und seine Locken hüpften fröhlich auf und ab, während er auf die Kinder zukam und Oliver einen Zettel hinhielt.

»Ich bin entzückt, dich in alle meine Geheimnisse einzuweihen!«, zwitscherte er. »Das Wissen von drei Generationen von Schokoladenmeistern wartet auf dich! Ich hoffe, du freust dich darauf, diese Kunst zu erlernen!«

»Und wie«, sagte Oliver, aber anstatt den Zettel zu nehmen, zeigte er auf Archer und Adélaïde. »Hätten Sie was dagegen, wenn meine Freunde Ihnen ebenfalls helfen?«

»Ob ich etwas *dagegen* hätte? Wir werden in Arbeit ertrinken! Und können jede Hilfe gebrauchen, die wir …« Das Gezwitscher von Mr Schleck ging in ein Krächzen über. »Aber … du bist doch … Archer *Helmsley*?«

»Könnte man so sagen«, erwiderte Archer kleinlaut.

Mr Schleck hob einen Zeigefinger, als wollte er eine besonders kluge Bemerkung machen, aber dann blieb sein Mund offen stehen wie bei einem Tiefseebarsch.

»Ich will ja nicht … Versteh mich nicht falsch, ich habe nichts gegen dich. Aber diese Sache mit dem Fluch ist wirklich unschön.«

Archer konnte es nicht fassen. Glaubten in Rosewood denn *alle*, seine Familie würde hinter den Schneemassen stecken? Das war doch albern. Er war nicht unbedingt heiß darauf, Mr Schlecks Assistent zu werden, aber so hätte er eine wunderbare Ausrede, falls seine Mutter etwas spitzbekam.

»Ausgesprochen unschön.« Mr Schleck fuhr sich durch die Locken. »Die arme Frau mit den Zitronendrops, möge sie in Frieden ruhen. Und sollte erst ein Unglück *in* meinem Laden geschehen, werde ich womöglich verklagt und …«

»*Bitte*«, sagte Adélaïde. »Archer kann doch versprechen, niemanden zu töten.«

»Meine Liebe, dass er so etwas überhaupt versprechen muss, ist beunruhigend.«

»Nicht sauer werden. Ich will dir nur helfen«, flüsterte Oliver Archer zu, bevor er sich an Mr Schleck wandte. »Den Fluch haben Archers Großeltern über die Stadt gebracht. Nicht Archer. Er war völlig aus dem Häuschen, als er gehört hat, dass Sie ihn als Assistenten nehmen wollen. Er redet seit Tagen über nichts anderes. Stimmt's, Archer? Was hast du letztens noch gesagt? Ah, jetzt fällt's mir wieder ein. Du hast gesagt, Mr Schleck ist ein Genie.«

Mr Schleck war zwar ein wunderbarer Chocolatier, aber dass er ein Genie wäre, hatte Archer nie gesagt. Mr Schleck war sonderbar. Sonderbar bedeutet nicht immer auch genial. Aber Oliver wusste, was er tat.

»Ein Genie?« Mr Schleck schwoll vor Stolz förmlich an. »Ich weiß nicht, ob ich mich als *Genie* bezeichnen würde. Aber wunderbare Schokolade machen, das kann ich. Vielleicht hast du recht! Vielleicht bin ich ein Genie!«

Zu Archers Erstaunen zückte Mr Schleck einen Kugelschreiber und fügte auf dem Zettel zwei Linien für Unterschriften hinzu.

»Ich müsste ein Unmensch sein, wenn ich dir nicht erlauben würde, deinem Lieblingsgenie zu assistieren. Lasst den Zettel bitte von euren Eltern unterschreiben und bringt ihn so schnell wie möglich zurück. Nächste Woche fangen wir mit der Arbeit an!«

Mr Schleck wiederholte leise das Wort Genie und schwebte buchstäblich von dannen. Archer und Adélaïde schauten zu Oliver, der breit grinste.

»Mr Schleck lässt sich gern schmeicheln«, erklärte er. »Ich bin oft hier und kenne ihn gut.«

»Aber das mit dem Genie könnte ihm zu Kopf steigen«, sagte Adélaïde.

»Ich glaube, das ist es schon«, erwiderte Archer lachend.

✦ Heimliche Blicke ✦

Als Archer wieder zu Hause war, machte er seine Zimmertür hinter sich zu und setzte sich an den Schreibtisch. Er blätterte durch die leeren Seiten des Tagebuchs, das Mr Mullfort aus der Tasche gefallen war. Wofür brauchten sie *zwei* Tagebücher? Würde eins für eine Fälschung nicht genügen? Und warum hatte Mr Mullfort es gestohlen?

Archer fiel keine einzige Antwort ein. Er legte das Tagebuch auf den Tisch und ging auf den zugeschneiten Balkon. Er überlegte, wie er sich ins Haus von Mr Birthwhistle einschleichen konnte. Benjamin wohnte auch in dem Haus. Aber an ihn wollte Archer lieber nicht denken.

Auf der anderen Seite des Gartens, im Haus der Belmonts,

sah er Adélaïde hinter dem Fenster im oberen Stock auf ihrem Bett liegen und lesen. Er spähte zum Haus von Kana und wäre beinahe hintenübergekippt. Als er erneut hinschaute, waren die Fenster leer. Vor einer Sekunde war das noch anders gewesen.

Warum sollte Kana mich beobachten?

9

✦ Hellseher und Schwarzseher ✦

Im Hafen von Rosewood segelte ein schönes Schiff im strahlenden Licht der Morgensonne durch glitzernde Eisschollen und machte an einem privaten Ponton fest. Ein elegant gekleideter älterer Herr mit einem Spazierstock ging von Bord und betrat das Zollhaus.

»Ihren Pass, bitte«, grummelte der Zollbeamte und reckte den Hals, um die Riesenschlange zu beäugen, die sich hinter dem Mann gebildet hatte.

»Sie sind neu hier«, erwiderte der ältere Herr. Er hängte den Stock an den Rand des Schalters, durchsuchte die Taschen seiner Tweedweste und präsentierte seinen Pass.

»Mr Dalligold, Sie waren seit über zwei Jahren nicht in Rosewood«, sagte der Zollbeamte. »Woher wissen Sie, dass ich hier neu bin?« Mr Dalligold gab keine Antwort. Stattdessen schob er seine Brille zurecht und hob eine kaffeefleckige Zeitung vom Schalter.

Rosewood Chronicle

HELMSLEY-FLUCH IM LICHT DER WISSENSCHAFT

EIN METEOROLOGE KLÄRT AUF

»Mr Dalligold? Mr *Dalligold*. Darf ich fragen, was Sie nach Hause führt?«

»Ja, natürlich.« Mr Dalligold senkte die Zeitung und nahm die Brille ab. »Ich bin hier, um zwei *sehr* alte Freunde gegen den Irrsinn zu verteidigen, den wir mitunter Gesellschaft nennen.«

»Heißt das, Sie sollen vor Gericht erscheinen?«

»Nur, um ein gutes Wort einzulegen.«

Der Blick des Zollbeamten huschte über den Boden. »Wo sind Ihre Koffer?«

Mr Dalligold hob seinen Spazierstock. »Ich reise mit leichtem Gepäck.«

Am anderen Ende von Rosewood, hinter der Drehtür des Bahnhofs, kam ein Zug mit quietschenden Bremsen zum Stehen und stieß zischend eine Dampfwolke aus. Drei Mitglieder der Gesellschaft stiegen aus und stellten sich in einer Reihe auf den Bahnsteig. Alle Augen richteten sich auf die zerlumpten Gestalten, aber sie waren zu sehr ins Gespräch vertieft, um das zu bemerken.

»Ich meine ja nur, die Gilden von Magellan und Orion waren sich schon immer spinnefeind.«

»Das stimmt. Trotzdem glaube ich eher Birthwhistle. Kapitän Lemurn würde niemanden zurücklassen.«

»Die Helmsleys sind schon seit Jahren nicht mehr ganz richtig im Oberstübchen. Wigstan Spinler kann ein Lied davon singen.«

Im Zentrum von Rosewood, hinter der Haustür der Helmsleys und drei Treppen hoch, zog Archer eine Schublade auf, versteckte das gestohlene Tagebuch unter einem Pullover und ging mit dem Zettel von Mr Schleck in die Küche.

✦ Alle benehmen sich anders ✦

Mr und Mrs Helmsley saßen alleine am Tisch und unterhielten sich leise. Archer blieb im Türrahmen stehen und lauschte.

»Wer ist dieser Wally Gold, mit dem sie sich treffen wollen?«, fragte Mrs Helmsley gerade.

»Ich kenne keinen Wally«, erwiderte Mr Helmsley.

»*Wally Gold?*«, wiederholte Mrs Helmsley und pickte mit der Gabel in ihrem Obstsalat. »Ich würde ihm nicht über den Weg trauen. Der Name klingt, als würde er auf dem Jahrmarkt eine Losbude mit lauter Nieten betreiben.«

Archer legte den Kopf schief. Trafen sich seine Großeltern etwa mit *Mr Dalligold*? Das war doch der Mann, von dem sein Großvater erzählt hatte. Wenn es stimmte, war das endlich mal eine gute Nachricht.

Mr und Mrs Helmsley verstummten, als Archer an den Tisch kam. Seit dem Treffen im Haus der Glubs taten sie in seiner Gegenwart immer so, als sei überhaupt nichts los.

Und weil Archer nun einen Einbruch bei Mr Birthwhistle plante, ließ er sie gern in dem Glauben, er würde so gut wie nichts wissen.

»Du scheinst gute Laune zu haben, Archer«, sagte Mr Helmsley und nippte an seinem Kaffee. »Genießt du die Ferien vom Internat? Oder fehlt dir die gute Landluft?«

Die Landluft hatte Archer zwar gut gefallen, aber Raven Wood fehlte ihm kein bisschen. Mit Ausnahme von Mr Churnick. Und manchmal auch einer anderen Person.

»Ich bin froh, zu Hause zu sein.« Er gab seiner Mutter den Zettel. »Mr Schleck veranstaltet nächste Woche eine Feier. Er braucht Assistenten, die ihm bei den Vorbereitungen helfen. Oliver und ich haben uns freiwillig gemeldet. Adélaïde auch.«

Archer hatte sich hundert verschiedene Reaktionen seiner Mutter ausgemalt. Aber darauf war er nicht vorbereitet. Sie sah aus, als würde sie vor Freude gleich in Tränen ausbrechen.

»Hast du das gehört, Richard?« Sie hielt den Zettel wie eine Trophäe in die Höhe. »Archer hilft *freiwillig* bei einer *Feier* mit! *Also, dieser Mr Churnick!*«

»Das sind wirklich Neuigkeiten.« Mr Helmsley schaute Archer leicht misstrauisch an. »Komischer Zeitgenosse, dieser Mr Schleck. Immerzu am Lächeln.«

»Wenn du so weitermachst, Archer«, fuhr Mrs Helmsley freudestrahlend fort, während sie ihre Unterschrift neben die von Mrs Glub und Mr Belmont setzte, »dann vertraue ich dir eines Tages vielleicht sogar mein Blumenfest an.«

Sich um das Blumenfest in der Weidengasse zu kümmern,

war das Letzte, was Archer wollte. Trotzdem zwang er sich zu einem Lächeln und sagte: »Klingt toll.«

Archer verließ das Haus und klopfte bei den Glubs an die Tür. Mrs Glub machte auf. Sie wirkte noch kopfloser als sonst.

»Oh, ach, guten Morgen, Archer. Komm rein. Komm rein.«

Während er seinen Mantel aufhängte, beobachtete er Mrs Glub aus den Augenwinkeln. Mr Glub stapfte aus der Küche. Er blickte auf einen Zettel mit Zahlen und murmelte leise vor sich hin.

»Guten Morgen, Mr Glub«, sagte Archer und winkte.

Mr Glub ging vorbei, ohne ihn zu bemerken.

»Alles in Ordnung?«, fragte Archer.

Mrs Glub setzte ein Lächeln auf. »Alles bestens. Oliver und Adélaïde sind oben. Ich habe deine Leibspeise gemacht. Apfeltaschen.«

Archer ging die Treppe hinauf und steckte den Kopf ins Zimmer.

»Die lösen sich ja nicht in Luft auf«, sagte Adélaïde gerade. »Warte doch einen Augenblick. Du verbrennst dir ja die Zunge.«

Zwischen seinen Freunden stand ein Teller mit Apfeltaschen auf einem Hocker. Sie waren dampfend heiß. Archer lief hin und griff sich eine. Oliver hatte sich bereits bedient. Beide verschwendeten keine Zeit mit Kauen und schlangen jeden Bissen sofort hinunter, wobei sie heftig nach Luft schnappten. Noch bevor Oliver die erste Apfeltasche ganz verspeist hatte, langte er bereits nach der zweiten. Adélaïde verdrehte die Augen.

»Das verstehst du nicht«, sagte Oliver und saugte sich ein Stück Karamell aus den Zähnen. »Du hast sie ja noch nicht probiert.«

»Sie sind Mrs Glubs absolute Spezialität«, bestätigte Archer.

»Das glaube ich gern. Kauen solltet ihr trotzdem.«

»Ist was mit deinen Eltern, Oliver?«, fragte Archer zwischen zwei Bissen.

Oliver schien sich plötzlich zu schämen, weil er sich wie ein ausgehungertes Ferkel aufs Essen gestürzt hatte. »Nö, nichts«, sagte er und legte die angebissene Apfeltasche zurück auf den Teller.

Nichts war es ganz bestimmt nicht. Archer wollte nachhaken, aber Adélaïde warf ihm einen Blick zu, als hätte sie es bereits erfolglos versucht.

»Ist dir was eingefallen, Archer?«, fragte sie.

Er schüttelte den Kopf. Seit dem Zusammenstoß mit Mr Mullfort waren zwei Tage vergangen, aber er hatte immer noch keine Ahnung, wie sie in das Haus von Mr Birthwhistle gelangen sollten. Das Treffen sollte morgen Abend stattfinden. Und wie es aussah, würden sie wahrscheinlich nicht um einen Stein und jede Menge Glasscherben herumkommen. Doch das wollte Archer sich lieber als allerletzten Ausweg aufheben.

»Ich finde, du solltest Benjamin fragen.« Adélaïde langte nun auch nach einer Apfeltasche. »Er wohnt doch da.«

Oliver schüttelte den Kopf und schaute aus dem Fenster. »Und was soll Archer zu ihm sagen? Etwa: Hi, Benjamin, ich würde gern deinen Vater ausspionieren, weil ich beweisen möchte, dass er meine Großeltern umbringen wollte. Lässt du uns bitte rein, wir brauchen auch nur ein paar Minuten und …« Oliver sprang auf. »Ich glaub's nicht!«

»Was denn?«, fragte Adélaïde.

»Kana. Sie ist im Garten und hat gerade zu unserem Fenster raufgeschaut. Weiß sie, dass ich hier bin?«

»Letztens habe ich gedacht, sie würde mich beobachten«, erklärte Archer. »Vielleicht hatte sie aber auch euer Haus im Visier.«

Archer und Adélaïde stellten sich neben Oliver und schauten in den Nachbargarten. Kana stand draußen und baute einen Schneemann. Die silberne Haarsträhne hing ihr an der Seite herunter.

»Warum hat ihr Schneemann drei Bäuche, aber keinen Kopf?«, fragte Archer.

»Weil sie plemplem ist«, erwiderte Oliver.

»Sie ist bestimmt vollkommen normal«, behauptete Adélaïde.

»So normal wie der Schneemann«, bemerkte Oliver trocken.

Kana schaute über ihre Schulter. Das Trio duckte sich unter die Fensterbank.

»Hat sie uns gesehen?«, fragte Adélaïde.

»Ich glaube nicht«, sagte Oliver. »Aber ich möchte endlich wissen, was mit ihr los ist. Ich will keine Angst mehr haben. Kommt mit.«

Vor der Tür zum Garten blieb Oliver stehen und rieb sich

an der Nase. »Bevor wir sie ansprechen, nehmen wir sie erst mal genau unter die Lupe.«

»Wieso das denn?«, fragte Adélaïde. »Sie ist doch kein Insekt!«

✦ Wunschbrunnen und andere ferne Orte ✦

Am Anfang des Winters hatte Mrs Glub Oliver gebeten, den Hof nach jedem Schneefall freizuschippen. Weil er nicht gewusst hatte, wohin mit den Massen, hatte er den Schnee kurzerhand vor der Gartenmauer aufgeschüttet. Daraus war ein ziemlich hoher Berg gewachsen. Jetzt kletterten Archer, Oliver und Adélaïde geräuschlos hinauf und spähten in Kanas Garten. Kana drehte sich sofort zu ihnen um.

Archer zuckte unter ihrem Blick zusammen. Sahen ihre hellblauen Fischaugen ihn wirklich an oder durch ihn hindurch? Adélaïde setzte zu einer Erklärung an, brachte aber nur Gestammel heraus.

»Wir wollten … dann hast du … Also, ich meine, *wieso konntest du uns hören?*«

»Konnte ich nicht.« Kana kicherte. »Ich hab euch gespürt.«

»*Vollkommen normal*, eben«, murmelte Oliver und grinste Adélaïde triumphierend an. Dann wandte er sich an Kana. »Wieso beobachtest du mich immer?«

Kana wickelte die silberne Strähne um einen Finger. »Ich hab mich wohl nicht besonders geschickt angestellt. Aber ich mache mir Sorgen um dich.«

Olivers zufriedenes Grinsen erstarb. »Du machst dir Sorgen um mich?«, fragte er empört. »Du bist doch diejenige, die in Wunschbrunnen fällt.«

»Stimmt das oder ist das nur ein Gerücht?«, fragte Adélaïde.

»Es stimmt. Ich hatte vergessen, die Münze loszulassen. Vielleicht wollte ich sie auch nicht loslassen. Ja, so muss es gewesen sein. Ich habe die Münze geworfen, wollte sie aber nicht loslassen. Und dann bin ich über meine eigenen Füße gestolpert.«

»Trotzdem machst du dir *um mich* Sorgen?«, fragte Oliver langsam.

»Große Sorgen sogar. Ich glaube, du könntest auch in einen Brunnen fallen. Natürlich nicht in einen richtigen. Aber du machst dir wegen vieler Sachen Sorgen, stimmt's? Wegen fast allem.«

Oliver wurde knallrot, aber Kana war noch nicht fertig.

»Irgendwann möchtest du die Sorgen vielleicht wegwerfen, aber nach so langer Zeit kannst du sie nicht mehr loslassen.«

»Kannst du hellsehen?«, fragte Archer verblüfft.

»Ich glaub, bei der sind eher ein paar Sicherungen durchgeknallt«, grummelte Oliver.

»Ich bin nicht durchgeknallt«, erwiderte Kana mit einer Bestimmtheit, die Archer überraschte. »Ich gehe auch in der Knopffabrik zur Schule. Daher kenne ich euch. Alle reden über euch. Ihr seid ziemlich beliebt.« Sie überlegte kurz. »Vielleicht ist *beliebt* nicht das richtige Wort. Besonders nett reden sie nicht über euch.«

»Du solltest mal hören, wie sie über …«

Adélaïde stieß Oliver mit dem Ellenbogen an, bevor er den Satz beenden konnte.

»Ich weiß, was die über mich sagen. Aber ich bin nicht *verrückt*. Und wenn ich euch genervt habe, tut es mir leid.«

Kana kehrte ihnen den Rücken zu und tätschelte dem Schneemann einen seiner drei Bäuche. Adélaïde warf Oliver einen bösen Blick zu und versuchte, die Wogen wieder zu glätten.

»Wo hast du eigentlich vorher gewohnt, Kana?«

»In der Gefahngasse«, antwortete sie, ohne sich umzudrehen. »Das ist hinter dem Park. In dem Haus hat es mir nicht gefallen. Ich hab meine Eltern so lange angebettelt, dort auszuziehen, bis sie nachgegeben haben.« Kana schaute zu ihrem Haus, als hätte es ihr etwas zugeflüstert. »Hier ist es aber nicht viel besser. Auch mit diesem Haus stimmt etwas nicht.«

»Wahrscheinlich liegt es daran, dass Mrs Murkley hier mal gewohnt hat«, vermutete Adélaïde. »Aber was war mit eurem alten Haus?«

»Es lag gar nicht an unserem Haus. Mehr an dem daneben. Benjamin war nett zu mir. Aber sein Vater hat mir Angst gemacht.«

Archer wäre fast nach hinten gekippt. »*Benjamin?* Heißt das … Du hast nicht zufällig neben den Birthwhistles gewohnt?«

»Genau. Kennst du sie?«

Archers Kinnlade fiel fast bis auf die Gartenmauer.

»Ich bin übrigens froh, dass deine Großeltern noch am Leben sind.« Kana wickelte ihre silberne Strähne wieder um den Finger. »Ich weiß, in der Zeitung stehen viele schlimme Sachen. Aber ich freue mich, dass mein Wunsch in Erfüllung gegangen ist.«

»Welcher Wunsch?«, fragte Archer.

»Vor zwei Jahren habe ich, wie alle anderen auch, die Schlagzeile mit dem Eisberg gelesen. Ich habe mir immer gewünscht, dass deine Großeltern noch leben. Im Park gibt es eine Lichtung mit einem Wunschbrunnen. Dort bin ich fast zwei Jahre lang jeden Tag hingegangen und habe mir das gewünscht.«

Adélaïde legte den Kopf schief. »Bist du etwa deswegen in den Brunnen gefallen?«

Kana nickte. »Nach zwei Jahren dachte ich, es wäre genug. Warum … warum flackern seine Augen so?«

Adélaïde schielte zu Archer. »Er kann dich nicht hören. Das passiert manchmal. Er scheint irgendwohin abzutauchen. Wir haben keine Ahnung, wo er dann ist.«

Kana lächelte. Sie schien den Ort gut zu kennen. »Ich wäre fast für immer abgetaucht.«

Oliver wurde blass und rüttelte an Archers Schulter. Sofort riss dieser die Augen auf und schaute Kana an.

»Wer wohnt jetzt in eurem alten Haus?«

»Wieso willst du das wissen?«, fragte Adélaïde.

»Er will den Garten benutzen, um über die Mauer zu klettern und bei den Birthwhistles einzubrechen«, sagte Kana. »Das ist der Teil, den ich nicht verstehe. Warum willst du bei den Birthwhistles einbrechen?«

»*Das* ist der Teil, den du nicht verstehst?«, fragte Adélaïde verblüfft.

»Das ist eine lange Geschichte«, sagte Archer. »Ich werde dir alles erklären, Kana. Aber zuerst müssen wir etwas herausfinden.«

Kana kaute auf ihrer Unterlippe. »Zu schade, dass du Digby nicht fragen kannst.«

Digby? Archer kannte den Jungen. Digby ging auch auf die Knopffabrik. Aber was sollte er ihn fragen? Er riss die Augen auf. *Natürlich.* Digbys Mutter war Mrs Fig. Die Frau, die ihn auf dem Bahnhof beschimpft hatte. Benjamin hatte bis zur Rückkehr seines Vaters bei Familie Fig gewohnt. War Digby der andere Nachbar von Benjamin? Archer konnte sich die Frage sparen.

»Ich rufe sofort bei Familie Fig an«, versprach Kana.

✦ Hilfloser Helfer ✦

»Und du bist dir sicher, Digby ist bei *Schleck & Schmeck?*«, fragte Adélaïde. Sie, Kana und die beiden Jungen waren auf dem Weg in die Donnerblumenstraße.

»Ganz sicher«, erwiderte Kana. »Mrs Fig meinte, er wäre gerade eben aus dem Haus gegangen. Er wird euch bestimmt helfen. Er ist nett. Wenigstens macht er sich nicht über mich lustig.«

Archer und Adélaïde erzählten Kana die ganze Geschichte. Sie hörte aufmerksam zu. Archer erwartete nicht, dass sie ihm glaubte. In ganz Rosewood hätte das niemand getan. Merkwürdigerweise *glaubte* sie ihm jedes Wort und stellte keine einzige Frage.

»Mr Birthwhistle habe ich noch nie gemocht«, sagte sie. »Er macht mir Angst.«

Oliver trottete ein paar Schritte hinter den anderen her. Dass er als Schwarzseher hingestellt worden war, schmeckte ihm gar nicht. Und es stieß ihm sauer auf, dass sich Archer und Adélaïde so prächtig mit Kana verstanden.

»Ein bisschen Vorsicht kann nie schaden«, murmelte er, als sie beim Süßigkeitenladen ankamen.

Bevor sie hineingingen, fragte Archer die anderen, ob sie etwas dagegen hätten, Geld zusammenzulegen und Süßigkeiten für Digby zu kaufen. Er wollte ihn nicht zur Hilfe *zwingen*, aber ein bisschen Bestechung tat niemandem weh. Archer, Adélaïde und Kana kramten ein paar Geldstücke hervor. Oliver hatte nur eine Münze und eine verbogene Büroklammer in der Hosentasche.

»Meine Eltern haben mein Taschengeld gekürzt.«

Sie grasten die Regale von *Schleck & Schmeck* ab, bis Archer die Arme voller Süßigkeiten hatte. Am Ladentisch gab Oliver Mr Schleck den Zettel mit den Unterschriften und Adélaïde bezahlte den Einkauf.

»Du bekommst von meinem *genialen* Naschwerk wohl nie genug, was, Archer?«, zwitscherte Mr Schleck augenzwinkernd. Archer lächelte schief.

»Komm nächste Woche wieder! Wir haben alle Hände voll zu tun!«

Sie fanden Digby im zweiten Stock, wo er wie ein nasser Sack allein auf einem Sofa hockte. Digby war wie seine Mutter etwas rundlich geraten, hatte zum Glück aber nicht ihr Furcht einflößendes Grinsen geerbt.

»Fröhliche Weihnachten nachträglich!«, trällerte Adélaïde, während Archer die Süßigkeiten in Digbys Schoß gleiten ließ. Digby strahlte übers ganze Gesicht. Archer hatte Angst, er könnte vor Freude platzen.

»Wie nett von euch!« Digby riss im Nullkommanichts eine Packung Seepferdchen-Kaugummis auf und warf sich eine Handvoll in den Mund. »Erst als ich im Laden war, ist mir aufgefallen, dass ich mein ganzes Weihnachtsgeld schon ausgegeben habe.«

»Gleich findest du uns vielleicht nicht mehr so nett«, sagte Archer. Die vier setzten sich vor ihm hin.

Digby hörte auf zu kauen.

Kana hatte Archer geraten, Digby nichts von Mr Birthwhistles Mordversuch zu erzählen. Archer hatte sich folgende Geschichte ausgedacht: Benjamin war in Raven Wood sein Mitbewohner gewesen und Archer hatte ein Weihnachtsgeschenk für ihn gekauft. Weil Benjamin nach den Ferien nicht ins Internat zurückkehren würde, wollte er ihm das Geschenk als Überraschung ins Zimmer legen.

Digby schaute ihn misstrauisch an und warf Kaugummis nach.

»Ich hab einen Schlüssel, aber die anderen müssen es für dich machen.« Er drückte die Kaugummikugel in die Backe und nickte zu Oliver, Adélaïde und Kana. »Du kannst nicht mit, Archer. Meine Mutter mag dich und deine Familie nicht. Sie sagt, ihr seid komische und gefährliche Leute.«

Archer sank in sich zusammen.

»Aber wenn Archer nicht mitkommt, lässt du uns rein?«, hakte Adélaïde nach.

»Klar. Aber ihr müsst schnell sein. Meine Mutter darf nichts merken.«

Es lag auf der Hand, was Adélaïde vorhatte. Und es lag auf der Hand, dass Oliver ohne Archer niemals bei den Birthwhistles einbrechen würde. Er wollte es gerade sagen, als er Kanas durchdringenden Blick spürte. *Du machst dir wegen allem Sorgen.*

»Verschwinde aus meinem Kopf, Kana!«, rief er. »Du machst mir Angst!«

Kana hatte nichts gesagt. Der Einzige, der sich komisch benahm, war Oliver.

»Und du täuschst dich. Ich mache mir keine Sorgen.« Er schwieg kurz, als könnte er seinen nächsten Satz selbst nicht fassen. »Ich übernehme morgen das Kommando.«

Digby hatte vom Kaugummi ganz dicke Backen bekommen. »Warum macht ihr euch wegen einem Geschenk Sorgen?«

»Tun wir doch gar nicht«, erwiderte Adélaïde schnell. »Oliver macht sich eben immer Sorgen. Danke, dass du uns helfen willst. Wir sehen uns morgen. Nicht vergessen. Wir sind um kurz vor sechs bei dir.«

»Ich bin da«, erklärte Digby. »Und danke noch mal für die Süßigkeiten.«

Archer ging als Erster die Treppe hinunter. Der Plan gefiel ihm gar nicht mehr. Er konnte nicht zulassen, dass seine Freunde ohne ihn bei Mr Birthwhistle einbrachen.

»Ich würde gern mitkommen«, sagte Kana. »Vor allem, weil du nicht mitdarfst, Archer.«

»Danke. Aber ich bleibe nicht zu Hause. Ich komme mit.«

»Das geht nicht«, sagte Adélaïde bestimmt. »Du hast Digby gehört. Wenn du mitkommst, gibt er uns den Schlüssel nicht. Solange es für dich keine Möglichkeit gibt mitzukommen, ohne *tatsächlich* mitzukommen, bleibt uns nichts anderes …« Sie verstummte, weil sie hinter dem Schaufenster das Café ihres Vaters gesehen hatte. »Mir ist gerade eingefallen, wie du trotzdem dabei sein kannst. Wir können ein Funkgerät benutzen. Amaury hat eine Amateurfunkanlage. Das ist sein Hobby.«

»Bei uns im Kartenraum steht auch eine«, sagte Archer, dessen Miene sich beim Verlassen des Ladens wieder aufhellte. »Ich hab sie einmal benutzt. Jemand wollte mir was verkaufen oder so. Aber ich hab keine Ahnung, wie sie funktioniert.«

»Wir fragen Amaury«, sagte Adélaïde. »Er zeigt es uns bestimmt. Kommst du mit ins Café, Kana? *Kana?*«

Kana stand regungslos da und starrte zu den Wolken hoch.

»Ich gehe noch ein bisschen spazieren«, sagte sie. »Wenn der Schneesturm kommt, wird daraus nichts mehr.«

»*Schneesturm?*«, wiederholte Archer. Er legte den Kopf in den Nacken und schaute zu den Wolken. »Woher weißt du, dass es einen Schneesturm geben wird?«

»Keine Ahnung. Ich spüre es eben. Du nicht?«

Dass ein Sturm aufzog, spürte Archer nicht. Nur, dass Sorgen in ihm aufstiegen. Er hielt es für keine gute Idee, Kana mutterseelenallein in den spiegelglatten Straßen herumwandern zu lassen.

»Keine Sorge.« Sie kicherte. »Mir passiert schon nichts.«

»Warum nehmen wir sie überhaupt mit?«, flüsterte Oliver, als sie Kana mit den Wolken alleine ließen. »Die hat doch einen Sprung in der Schüssel.«

»Hat sie nicht«, widersprach Adélaïde. »Sie kann nur hellsehen. Du spielst die beleidigte Leberwurst, weil sie etwas gesagt hat, das du nicht hören wolltest.«

»Die und hellsehen?«, empörte sich Oliver. »Sie hat neben Mr Birthwhistle gewohnt, aber nicht gemerkt, was er vorhat. Du magst sie nur wegen ihrer silbernen Haare. Wenn der Schneesturm ausbleibt, wirst du merken, dass ich recht habe.«

Adélaïde blieb vor der Tür von Café Belmont stehen. »Und wenn es einen gibt, entschuldigst du dich bei ihr.« Sie hielt Oliver die Hand hin. »Abgemacht?«

Oliver schlug ein. »Abgemacht.«

✦ Der rastlose Amaury ✦

Das Café Belmont war rappelvoll, doch bis auf Löffelgeklapper und Schlürfgeräusche war nichts zu hören. Die Gäste hatten die Köpfe hinter Zeitungen versteckt. Alle lasen den *Rosewood Chronicle*. Archer schaute zum Zeitungstisch, auf dem ein unberührter Stapel mit Ausgaben der *Doldrums Press* lag.

»Deshalb haben mir meine Eltern das Taschengeld gekürzt«, erklärte Oliver, während sie Adélaïde zum Tresen folgten. »Die Leser nehmen es meinem Vater übel, dass er sich auf die Seite deiner Großeltern gestellt hat. Nachdem er die wahre Geschichte über den Eisberg gebracht hat, sind viele Abonnenten abgesprungen. Und es werden täglich weniger. Alle lesen nur noch den *Chronicle*. Sie finden ihn spannender. Deinen Großeltern erzählst du das lieber nicht. Mein Vater hat gesagt, sie haben schon genug eigene Sorgen.«

Archer fühlte sich mies, gleichzeitig war er Mr Glub dankbar. Jetzt wusste er, warum Mr und Mrs Glub bei seinem letzten Besuch so zerstreut gewesen waren. »Tut mir leid, dass deine Familie mit in die Geschichte hineingezogen worden ist.« Er setzte sich auf einen Barhocker.

»Das muss es nicht. Meinem Vater tut es auch nicht leid. Er meint, der *Chronicle* ist wie Süßigkeiten – zu viel davon und man wird krank.« Oliver blickte sich im Café um. »Meinetwegen kann das lieber heute als morgen passieren.«

Amaury hatte die Arme auf den Tresen gestützt. Seine Augenlider wanderten nach Süden. Als er Adélaïde sah, änderten sie die Richtung. »Heiße Schokolade für alle?«, fragte er gähnend.

»Wenn es nicht zu viel Arbeit macht.«

»Für dich macht mir nichts zu viel Arbeit.« Amaury ging zur Kakaomaschine und zog links und rechts einen Hebel. Dampf schoss aus einem Hahn, die Maschine ächzte und dickflüssiger Kakao strömte aus drei Düsen in drei Becher. Amaury schob die Becher über den Tresen.

»Dein Kakao ist der allerbeste, Amaury.« Oliver fing einen Becher ab und trank einen Schluck.

»Wer das Beste will, muss die besten Zutaten verwenden«, erwiderte Amaury. »Mr Schleck hat für uns ein besonderes Kakaopulver entwickelt. Extra schokoladig. Schmilzt auf der Zunge.«

»Ich weiß, du hast sehr viel zu tun«, begann Adélaïde,

während Amaury die Düsen mit einem feuchten Tuch abwischte. »Aber wir wollten fragen, ob du kurz Zeit hast und uns das Funkgerät erklären kannst.«

Amaury gähnte wieder. »Mach ich gern«, sagte er. »Warum interessiert ihr euch plötzlich dafür?«

»Wir arbeiten an einem Projekt«, erklärte Archer.

»Hat euch die Knopffabrik über die Ferien etwa Hausaufgaben mitgegeben?«

»Nein«, sagte Oliver. »Wir machen das freiwillig.«

Amaury blickte zu den Gästen. Sie hatten die Köpfe noch immer hinter Zeitungen versteckt. »Machen wir es lieber jetzt, bevor der nächste Schwung reinkommt.«

Der Lagerraum von Café Belmont war mit Kaffeesäcken, kaputten Espressomaschinen und Ersatzhockern vollgestellt. Der Tisch mit Amaurys Amateurfunkanlage stand in einer Fensterecke. Als sich Amaury auf den Stuhl davor fallen ließ, befürchtete Archer, der Barmann könnte auf der Stelle einschlafen.

»Ich helfe dir nachher im Café.« Adélaïde legte eine Hand auf Amaurys Schulter. »Und ich rede mal mit meinem Vater, versprochen.«

»Danke, Adie.« Amaury richtete sich auf und knackte mit den Knöcheln. »Also, das Erste, was ihr über Amateurfunk wissen …«

»Wir haben uns gefragt, ob du ein tragbares Gerät hast«, unterbrach Archer.

Amaury bückte sich etwas schwerfällig unter den Tisch und tauchte mit einer kleinen Metallkiste wieder auf. »Dieses kleine Schmuckstück kann man auf den Rücken schnallen.«

Er legte das Gerät auf seinen Schoß. »Weiß gar nicht mehr, warum ich es gekauft habe. Aber man bekommt sie nur selten. Sie funktionieren wie die großen Tischgeräte. Nur, dass man sie per Hand aufladen muss.«

Amaury drückte auf einen Knopf. An der einen Seite des Kastens klappte ein Hebel herunter. »Das ist die Kurbel.« Er wirbelte sie blitzschnell herum. »Wenn man das Gerät länger benutzen will, muss man es vorher eine ganze Weile aufladen.« Nach etwa zwei Minuten ließ er die Kurbel los. »Das dürfte für die Vorführung reichen.«

Amaury öffnete den Kasten. Auf der rechten Seite war ein Mikrofon eingestöpselt, links daneben hing ein Kopfhörer an einem Haken. Amaury erzählte ihnen alles, was er über Funkgeräte wusste. Mit einer solchen Fülle an Informationen hatten die Kinder nicht gerechnet. Archer schrieb mit und bekam einen Krampf in der Hand. Und er war sich ziemlich sicher, dass Oliver zwischendurch leise schnarchte.

»Wenn man mit einem anderen Gerät Kontakt aufnehmen will«, erklärte Amaury, »muss man auf derselben Frequenz senden.«

Amaury stellte erst beim kleinen Gerät, dann bei der großen Anlage eine Frequenz ein und schnallte Adélaïde den Kasten auf den Rücken. Er reichte ihr

das Mikrofon und den Kopfhörer und schickte sie zur anderen Seite des Zimmers. Archer setzte sich an den Tisch, und Amaury forderte ihn auf, ins Mikrofon zu sprechen.

»Hallo?«

»*Bonjour?*«

Es klappte! Sie redeten munter drauflos. Amaury lachte. Er freute sich, weil sich die Kinder für sein Hobby interessierten. Als die Glocke im Laden läutete, verstummte sein Lachen.

»Dürfen wir das Funkgerät morgen ausleihen?« Adélaïde war an den Tisch zurückgekehrt.

»Du kannst es nehmen, wann immer du willst.« Amaury blickte zur Funkstation, als wäre sie eine verflossene Liebe. »Ich hab dafür seit Ewigkeiten leider keine Zeit mehr.«

Die Glocke läutete wieder. Amaury schlurfte so begeistert in den Laden wie ein Schwein zur Schlachtbank.

»Ich komme gleich«, rief Adélaïde ihm nach. »Oliver, Archer, helft mir, den Kasten abzumachen.«

✦ Bohnen husten ✦

Adélaïde nahm ihre Arbeitskleidung von einem Haken und zog sich hinter einem Berg Kaffeekisten um. Als sie wieder auftauchte, trug sie ein hellblaues Kleid und eine gelbe Schürze mit der Aufschrift *Café Belmont*. Ihr Vater hatte das Kleid extra für Adélaïde anfertigen lassen und es stand ihr wirklich hervorragend. Trotzdem mussten Archer und Oliver sich ein Lachen verkneifen.

»Was denn?« Adélaïde blickte an sich hinunter und wurde rot.

»Ich nehme drei Tassen Kaffee, meine Liebe«, zwitscherte Oliver, als wäre er eine besonders wählerische Kundin. »Die erste mit einer Extraportion Milch, die zweite mit dreieinhalb Löffeln Zucker. Die dritte bitte schwarz. Können Sie sich das alles merken oder soll ich es aufschreiben?«

Adélaïde schnippte eine Kaffeebohne von einer Kiste. Sie flog Oliver in den Hals. Er hustete, aber die Bohne steckte fest. Archer klopfte ihm auf den Rücken, bis sie herauspurzelte.

»Und du nennst mich eine beleidigte Leberwurst!« Oliver rieb sich die Kehle. »Ich wollte dich nur aufziehen. Du siehst schick aus.«

»Danke schön, *mein Lieber*.«

Adélaïde machte einen Knicks und ging ins Café. Archer und Oliver sahen, dass sie einen Gast mit einem wesentlich freundlicheren Lächeln begrüßte, als sie es ihnen zum Abschied zugeworfen hatte.

»Diese einbeinigen Französinnen«, grummelte Oliver.

»Und du willst morgen wirklich das Kommando übernehmen?«, fragte Archer grinsend.

»Na klar.« Oliver versuchte, möglichst selbstsicher zu klingen. »Aber vielleicht lasse ich Adélaïde in dem Glauben, sie hätte es.«

Am nächsten Nachmittag gingen Archer und Oliver zum Haus der Belmonts, um mit Adélaïde die Feinheiten des Plans auszuarbeiten. Als sie die Tür öffnete, stand Kana neben ihr. Beide lachten und hörten auch im Hausflur nicht damit auf.

»Haben die über uns geredet?«, fragte Oliver, während er seine Stiefel abstreifte.

»Ich glaube schon. Aber wir haben ja auch über sie geredet.«

»Ich finde es ein bisschen komisch, dass Kana uns helfen will. Wir kennen sie kaum. Und ich bin mir nicht sicher, ob sie eine große Hilfe ist. Vielleicht macht sie irgendwas Verrücktes und wir werden erwischt.«

»Sie hat uns schon geholfen.« Archer folgte Oliver ins Wohnzimmer. »Sie kennt die Familie Fig. Wenn sie nicht dabei wäre, würde Digby uns den Schlüssel niemals geben.«

Archer war noch nie bei Adélaïde zu Hause gewesen. Dem Wohnzimmer merkte man schnell an, dass Mr Belmont nicht viel Wert auf Gemütlichkeit legte. Im Zimmer lag ein schlichter Teppich, darauf stand ein alter Tisch, der von zwei zierlichen Sofas und Sesseln umringt war. Alles sah sauber und ordentlich aus. Aber das war es auch schon. Keine Bilder, keine Pflanzen, kein Nippes.

Archer und Oliver setzten sich Kana und Adélaïde gegenüber. Adélaïdes Beagle Fritz hatte den Kopf auf Kanas Schoß gelegt und sie kraulte ihn hinter den Ohren.

»Hier ist die Frequenz von meinem Funkgerät.« Archer riss eine Seite aus seinem Notizbuch und schob sie über den Tisch. »Aber richtig toll finde ich den Plan nicht.«

In wenigen Stunden würden Oliver, Adélaïde und Kana bei Mr Birthwhistle einbrechen, um *seinen* Großeltern zu helfen.

»Uns wird schon nichts passieren«, versicherte Adélaïde. »Wir müssen nur zusehen, dass wir vor Mr Birthwhistle und Mr Mullfort da sind.«

»Bis zur Gefahngasse sind es von hier aus zehn Minuten.« Kana kraulte Fritz nun den Bauch.

»Ich habe Archer gesagt, wir verstecken uns am besten in Mr Birthwhistles Arbeitszimmer«, erklärte Oliver. »Bestimmt gehen sie dort rein. Das von meinem Vater ist im zweiten Stock.«

»Das von meinem auch«, fügte Archer hinzu.

»Was machen wir, wenn Mr Mullfort die Korrespondenz tatsächlich von Mr Birthwhistle bekommt?«, fragte Kana. »Wollt ihr die haben?«

»Wir haben keine Ahnung, was das eigentlich ist«, erklärte Archer. »Wenn es darin um den Eisberg geht, dann brauchen wir sie. Sobald Mr Mullfort das Haus verlässt, müsst ihr euch an ihn dranhängen. Ich komme nach, so schnell es geht.«

»Mr Birthwhistle war dein Nachbar, Kana«, sagte Oliver hoffnungsvoll. »Weißt du sonst noch was, das uns weiterhelfen könnte?«

Kana überlegte lange. Ihre Antwort ließ Olivers Hoffnung in Verzweiflung umkippen.

»Er hat einen Bart.«

10

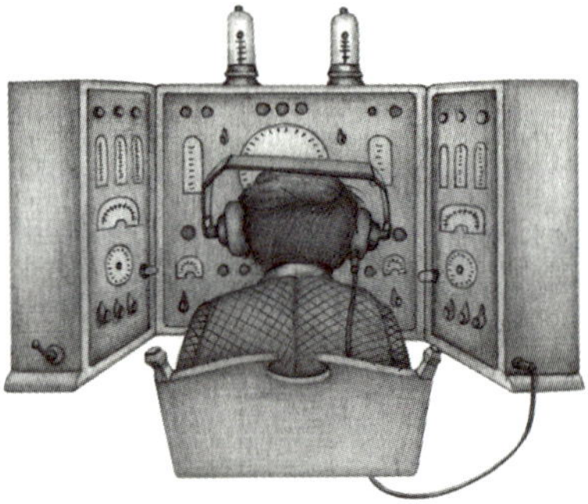

Auf der anderen Seite der Gartenmauer

Archer schlüpfte in den Kartenraum und machte die Tür hinter sich zu. Er setzte sich an die Funkstation, klappte sein Notizbuch auf und suchte die Frequenz von Adélaïde. Dann stellte er das Mikrofon vor sich hin und setzte den Kopfhörer auf. Während er darauf wartete, dass sich das Rauschen legte, klopfte er ungeduldig mit dem Stift auf den Tisch.

Adélaïde:	Es ist an. Ich habe Archers Frequenz eingestellt. Hast du die Riemen festgezurrt? Sie dürfen nicht zu locker sitzen.
Oliver:	Hör auf zu ziehen. Das hält schon.
Adélaïde:	Okay. Hier, setz den Kopfhörer auf. Halt das Mikrofon dicht an den Mund. Frag mal, ob Archer da ist.
Oliver:	HALLO? ARCHER? HÖRST DU …

Archer riss den Kopfhörer herunter. Es pochte in seinen Ohren. Obwohl er den Kopfhörer auf Armeslänge von sich weghielt, konnte er Oliver immer noch laut und deutlich hören.

Oliver:	ARCHER? BIST DU DA? HIER SPRICHT OLIVER. OLIVER GLUB. HALLO? ARCHER?

Archer rieb sich die Ohren und wartete, bis Oliver mit dem Schreien aufgehört hatte. Dann setzte er den Kopfhörer vorsichtig wieder auf.

Oliver:	Ich glaube, er hört mich nicht. Er gibt keine Antwort. Bist du sicher, das ist die richtige Frequenz?
Adélaïde:	Wo ist der Zettel mit der Zahl?
Oliver:	Er klebt hinten auf dem Kasten.
Archer:	Oliver, ich höre dich laut und deutlich. Die Frequenz ist richtig.
Oliver:	Warte. Da war was. ARCHER? BIST DU …
Archer:	Ich bin's! *Bitte* hör auf zu schreien!
Oliver:	OH! TUT MIR LEID. Als Amaury erklärt hat, wie es funktioniert, muss ich kurz eingedöst sein. Ja, jetzt höre ich ihn. Archer, wir gehen sofort los. Beeilung, Kana. Wir müssen los.
Adélaïde:	Lass sie in Ruhe. Wir haben noch viel Zeit.
Kana:	Der Kakao war echt lecker.
Oliver:	Archer, wir verlassen jetzt das Café und

dürften … Was machst …? Nein, ich hab das Komman…

Kana: Hallo, Archer. Hier spricht Kana. Wie geht's?

Oliver: Gib das sofort her. Und fass es nicht noch mal an, ohne vorher zu fragen. Tut mir leid. Wir sind jetzt aus dem Café raus und … *Oh!* Moment.

Adélaïde: Hat er gerade was von der Straße aufgesammelt und in den Mund gesteckt?

Kana: Hat er.

Oliver: Das war ein Zitronendrops. Schaut mich nicht so an. Der war nicht schmutzig. Er hat im Schnee gelegen.

Adélaïde: Weißt du denn nicht, von wem der ist?

Oliver: Von *Schleck & Schmeck*, nehme ich an.

Adélaïde: Ja, aber der hat bestimmt der Frau gehört, die vom Bus überfahren wurde.

Oliver: …

Kana: Er muss spucken.

Oliver: Alles in Ordnung. Geht weiter. Ich spüle mir nur den Mund mit Schnee aus … *Würg.*

Archer: Was ist denn los?

Oliver: Nichts. Wir überqueren jetzt den Zickzackweg und gehen um den Park herum in Richtung Norden. Wir … aber ich dachte … der Wunschbrunnen? … hä? Aber, dann sind wir ja …

Sie schienen durch den Park zu laufen. Das Signal wurde abwechselnd schwächer und stärker. Archer konnte Oliver kaum noch verstehen.

Oliver:	Ich glaube, ich hab ihn verloren. Archer? Bist du noch da? Hallo?
Archer:	Jetzt höre ich dich wieder. Wo seid ihr?
Oliver:	In der Gefahngasse.
Kana:	Da ist unser altes Haus. Hübsch, nicht? Dort wohnen die Birthwhistles.
Oliver:	Im Haus von Mr Birthwhistle ist es stockdunkel. Bestimmt ist niemand da. Wir sind jetzt auf der Treppe von Familie Fig. Du musst klopfen, Kana. Du bist die Einzige, die sie kennt.

KLOPF KLOPF KLOPF

Oliver:	Klingt, als würde jemand …
Mrs Fig:	Ah! Kana! Was für eine nette Überraschung. Du hast uns gefehlt. Aber wer sind … Ist das da auf seinem Rücken ein Funkgerät?
Adélaïde:	Ähm, seinem Vater gehört die *Doldrums Press*. Und er … er hat uns gebeten, ihm bei einem Artikel über den Schnee in Rosewood zu helfen. Wir haben gedacht, wir machen erst mal ein Interview mit Digby.
Mrs Fig:	Ja, dieser Winter hat es in sich. Diese schrecklichen Helmsleys haben …

Der Ton wurde gedämpft. Archer vermutete, dass Oliver eine Hand über das Mikrofon gelegt hatte. Dabei war es für Archer kein Geheimnis, was Mrs Fig von seiner Familie hielt.

Mrs Fig:	Wie dem auch sei. Ich freue mich, dass Digby so *pflichtbewusste* Freunde hat. In den Ferien fleißig sein, das lobe ich mir. Aber kommt doch rein! Ihr seid ja völlig durchgefroren. Digby! Du hast Besuch!
Oliver:	Archer, wir sind drinnen. Mrs Fig holt Digby.
Mrs Fig:	Sie sind durchgefroren, Digby. Biete ihnen was Heißes zu trinken an. Ich bin oben, falls du mich brauchst.
Adélaïde:	Schnell, Digby. Hast du den …
Digby:	Pst! Warte, bis sie weg ist. Okay. Hier ist der Schlüssel. Wenn ihr fertig seid, bringt ihr ihn sofort zurück!
Oliver:	Archer, wir haben den Schlüssel. Wir gehen jetzt rüber und …
Adélaïde:	Zurück! Schnell! Ins Haus!
Oliver:	Was ist denn?
Adélaïde:	Ein Lieferwagen von der Gesellschaft ist vorgefahren.
Oliver:	Ist das Mr Birthwhistle?
Adélaïde:	Konnte ich nicht erkennen. Guck mal aus dem Fenster.
Oliver:	Es ist Mr Mullfort! Er wartet auf der Treppe. Archer, Mr Mullfort ist früher gekommen.

Kana:	Mr Birthwhistle ist nirgends zu sehen.
Adélaïde:	Digby, ist das auch der Schlüssel für die Gartentür?
Digby:	Ja, damit kommt man überall rein.
Adélaïde:	Hast du eine Leiter?
Digby:	Wofür braucht ihr eine Leiter? Was habt ihr vor? Und wo ist Benjamins Geschenk?
Adélaïde:	Das erkläre ich dir später, Digby. Bitte, wir brauchen eine Leiter. Schnell.

Es gab ein wildes Hin und Her, alle schienen gleichzeitig zu reden. Archer hatte keine Ahnung, was los war.

Oliver:	Archer, Planänderung. Wir sind im Garten und versuchen es über die Mauer. Wo steckt Digby? Hat er die Leiter?
Kana:	Da kommt er, schaut ihn euch an. Er weiß, dass wir lügen. Und er hat Angst.
Adélaïde:	Er kriegt sich schon wieder ein.
Digby:	Reicht die?
Adélaïde:	Ja, wunderbar. Vielen Dank.
Digby:	Was habt ihr vor? Wollt ihr … Ich habe ein ungutes Gefühl.
Kana:	Was meinst du mit *ungut*?
Adélaïde:	Für Gefühle ist jetzt keine Zeit. Oliver, hilf mir mit der Leiter. Nicht so schief. Stell den Fuß auf die untere Sprosse. Drück die Leiter fest in den Schnee. Wackelt sie auch nicht? Rüttel mal. Gut. Du gehst als Erster.

Oliver:	Macht mal ein bisschen Platz, sonst wird das nichts.
Adélaïde:	Pass auf Amaurys Funkgerät auf. Wisch den Schnee weg. Nicht ausrutschen.
Oliver:	Im Garten steht ein kleines Gewächshaus. Gleich neben der Mauer. Wenn ich … Ja, ich springe einfach …
Adélaïde:	OLIVER!
Oliver:	Alles in Ordnung. Der Schnee ist tief. Aber Vorsicht. Auf dem Dach ist es ziemlich rutschig. Archer?
Archer:	Ich bin noch da. Bist du im Garten?
Oliver:	Ja. Im Haus ist es immer noch dunkel. Sie sind bestimmt noch nicht drinnen. Moment. Adélaïde kommt rüber. Ich hab deinen Fuß. Nicht so schnell!
Adélaïde:	Beeilung, Kana.
Oliver:	Sie muss aufpassen, wo sie hintritt. Sonst fällt die Leiter noch um. Kana, nimm meine Hand. Archer, wir sind drüben. Wir gehen jetzt … Nicht! Ich hab doch gesagt, du sollst das Mikrofon nicht anfassen.
Kana:	Du musst Archer warnen wegen Digby. Er wird nicht auf uns warten. Ich habe doch gesagt, er hat Angst.
Adélaïde:	Digby, was ist denn?
Digby:	…
Oliver:	Digby, du *hast* mich gehört. Wir sind gerade erst über die Mauer rüber.

Digby:	Tut mir leid. Keine Ahnung, was ihr vorhabt, aber ich mache da nicht mit. Wenn ihr den Schlüssel zurückbringt, verrate ich euch nicht. Aber ich brauche den Schlüssel.
Oliver:	Digby, bring die Leiter sofort zurück! Digby! Nein! Du kannst uns doch nicht …
Adélaïde:	Er ist weg.
Oliver:	Archer?
Archer:	Ja?
Oliver:	Wir haben ein Problem. Digby ist abgehauen und hat die Leiter mitgenommen. Nein, Kana. Ich glaube nicht, dass er sich nur ein Glas Wasser holt. Siehst du, er hat das Licht im Garten ausgemacht.
Archer:	Oliver?
Oliver:	Ja.
Archer:	Und wie wollt ihr nachher wieder rauskommen?
Oliver:	Keine Ahnung. Neue Planänderung. Wir müssen überlegen, wie wir nachher wieder rauskommen. Vielleicht können wir über das Dach vom Gewächshaus …
Adélaïde:	Archer, hier spricht Adélaïde. Wir brauchen Digbys Leiter nicht. Wir sind über die Mauer und ich hab den Schlüssel. Der Rückweg war von Anfang an das Problem. Vielleicht können wir durch die Haustür. Ich gebe Oliver das Mikrofon wieder. Wir müssen uns beeilen.

Oliver:	Adélaïde hat die Gartentür aufgeschlossen. Wir gehen ins Haus.
Adélaïde:	Wo ist die Taschenlampe? Danke. Da. Die Treppe.
Oliver:	Wir gehen die Treppe rauf. Hoffentlich ist das Arbeitszimmer von Mr Birthwhistle wirklich im zweiten Stock. Hier sieht's ein bisschen aus wie bei euch. Außer, dass es hier super ordentlich ist. Ich hab Angst, irgendwas anzufassen. Das merkt Mr Birthwhistle bestimmt sofort. Ist das das Arbeitszimmer?
Adélaïde:	Sieht so aus.
Kana:	So viele Pflanzen.
Adélaïde:	Pst. Habt ihr das gehört? Zum Fenster!
Oliver:	Mr Birthwhistle ist da. Er sieht wütend aus.
Kana:	Sie kommen rein.
Adélaïde:	Schnell, wir müssen uns verstecken. Oliver – der Schrank. Passen wir da alle rein?
Oliver:	Der Platz reicht kaum für einen.
Adélaïde:	Du kriechst da rein. Ich mache die Tür hinter dir zu.
Oliver:	Lass sie einen Spalt weit offen, damit Archer mithören kann.
Adélaïde:	Kana – unters Sofa.
Kana:	Und du?
Adélaïde:	Ich verstecke mich unterm Tisch.

Archer drückte den Kopfhörer fest auf die Ohren und drehte am Lautstärkeregler. Als Adélaïde die Schranktür schloss, wurde der Ton dumpf. Er meinte, Adélaïde und Kana herumkriechen zu hören. Dann hörte er nur noch Rauschen und das eigene Herzklopfen. Seine Freunde schwebten in Gefahr. Und er war nicht bei ihnen.

Jemand betrat das Arbeitszimmer.

✦ Zur rechten Zeit am rechten Ort ✦

Mr Mullfort:	Kann ich jetzt reden? Sie machen vielleicht ein Brimborium. Und warum kratzen Sie sich eigentlich dauernd am Arm?
Mr Birthwhistle:	Ich bin mit zwei lästigen Dingen in Berührung gekommen. Eins davon waren Sie. Wie lange haben Sie vor meinem Haus rumgelungert, wo jeder Sie sehen konnte?
Mr Mullfort:	Ich war kurz vor Ihnen hier.
Mr Birthwhistle:	Ich hab doch gesagt, man darf uns nicht zusammen sehen. Warum enttäuschen Sie mich immer wieder?
Mr Mullfort:	Ich hab alles getan, worum Sie mich gebeten haben. Sie haben mich enttäuscht.
Mr Birthwhistle:	Sie haben die *Straße von Magellan* bekommen und bei der Wette abkassiert.
Mr Mullfort:	Alle wollen ihr Geld zurück.
Mr Birthwhistle:	Ich hab Sie gewarnt, es nicht zu übertreiben.

Mr Mullfort: Sparen Sie sich Ihren Vortrag. Das Geld ist mir egal. Ich will das hier nur noch hinter mich bringen. Wo ist das Tagebuch?

Mr Birthwhistle: Das geht Sie nichts an. Sie sollen nur dafür sorgen, dass das gestohlene Tagebuch sicher verwahrt ist. Falls die Fälschung auffliegt und Mr Bray Verdacht schöpft, ist das Ihr Alibi. Seien Sie … Warum klopfen Sie sich ständig auf die Jackentasche?

Mr Mullfort: Nur so. Und machen Sie sich wegen Bray keine Sorgen. Sollte er Ärger machen, kümmere ich mich um ihn. Aber als ich das Buch gekauft habe, war er nicht allein im Laden. Der Helmsley-Enkel war auch da. Und seine Freunde.

Mr Birthwhistle: Haben die Kinder gesehen, dass Sie das Buch gekauft haben?

Mr Mullfort: Keine Ahnung. Aber es war nicht das erste Mal, dass sie mir in die Quere gekommen sind. Am Abend, als die Helmsleys ausgeschlossen wurden, waren sie in Ihrem Büro.

Mr Birthwhistle: Woher wissen Sie, dass sie in meinem Büro waren? Waren Sie etwa selbst dort?

Mr Mullfort: Wo ist die Korrespondenz?

Mr Birthwhistle: Dachten Sie, ich würde sie offen rumliegen lassen? Ich bin ein bisschen beleidigt.

Mr Mullfort: Wir waren uns doch einig, dass wir sie vernichten. Warum etwas aufheben, das uns mit dem Eisberg in Verbindung bringt?

Mr Birthwhistle:	Ich habe wie immer meine Gründe. Sie sind im Hauptquartier gut versteckt. Aber das hier läuft langsam aus dem Ruder, und Sie wissen, was ich von Unordnung halte. Ein Schritt nach dem anderen. Punkt eins: Ist Kapitän Lemurn auf Suplards Test vorbereitet?
Mr Mullfort:	Er wird ihn bestehen. Er hat den Puls eines Wals. Dalligold wollte die Crew dazu bewegen, gegen uns auszusagen. Sie haben sich geweigert.
Mr Birthwhistle:	*Dalligold?* Den hätte ich besser auf dem Eisberg aussetzen sollen.
Mr Mullfort:	Wieso?
Mr Birthwhistle:	Ralph ist stur wie ein Ochse. Er hat den Pflug gezogen, aber Dalligold hat ihn gelenkt. Was ist jetzt mit dem Enkel?
Mr Mullfort:	Wegen dem müssen wir uns keine Sorgen machen. Ich vermute, er war nur zur rechten Zeit am rechten Ort.
Mr Birthwhistle:	Wir vermuten nicht. Wir gehen auf Nummer sicher. Zur rechten Zeit am rechten Ort zu sein, kann ein Mal passieren. Aber gleich *zwei Mal?* Da wird man doch stutzig! Vielleicht spionieren diese Kinder Ihnen hinterher? Falls es noch mal vorkommt, müssen Sie sich auch um die Bälger kümmern. Und dabei sollten Sie äußerst geschickt vorgehen. Was habe ich über Spuren gesagt?

Mr Mullfort:	Wenn wir andere dazu bringen, in unserem Sinne zu handeln, hinterlassen wir keine.
Mr Birthwhistle:	Genau. Und es gibt eine Person im Haus der Helmsleys, die sich um den Jungen kümmern wird, ohne dass Sie einen Finger krümmen müssen.
Mr Mullfort:	Wer denn?
Mr Birthwhistle:	Mrs Helmsley. Alle wissen, was in der Familie vorgefallen ist. Sie hat Ralph und Rachel aus ihrem eigenen Haus geworfen. Als in Rosewood bekannt wurde, dass die beiden noch leben, hat sie den Jungen nach Raven Wood geschickt. Benjamin hat es mir sofort geschrieben. Ja, ich weiß. Ein glücklicher Zufall.
Mr Mullfort:	Wie soll mir das bitte schön weiterhelfen? Und was ist mit den anderen beiden?
Mr Birthwhistle:	Wenn Mrs Helmsley glaubt, ihr Sohn schwebt in Gefahr, bringt sie ihn aus Rosewood weg. So einfach ist das. Und was die anderen beiden angeht – wenn man die Wurzel ausreißt, stirbt die ganze Pflanze.
Mr Mullfort:	Und wie stellen wir es an, dass Mrs Helmsley glaubt, ihr Sohn wäre in Gefahr?
Mr Birthwhistle:	Was heißt hier *wir*? *Sie* sind derjenige, den die Kinder verfolgen. *Sie* sollten sich Sorgen machen. Falls etwas schiefläuft, kümmern *Sie* sich um die Angelegenheit. Und gehen

	Sie bitte ausnahmsweise mal nicht mit der Brechstange vor. Feine Nadelstiche macht man nicht mit einem Speer. Und mehr als feine Stiche sind nicht nötig.

Im Arbeitszimmer wurde es mit einem Mal totenstill. In Archers Kopf drehte sich alles. Würde Mr Mullfort jetzt auch hinter ihm her sein? Schnell schob er den Gedanken beiseite und drückte den Kopfhörer noch fester auf die Ohren. Seine Freunde schwebten in Gefahr. Er konnte Oliver atmen hören, aber warum sagte niemand mehr was?

Mr Mullfort:	Was grinsen Sie so?
Mr Birthwhistle:	Wir dürfen uns nicht gegenseitig austricksen. Wir sind Verbündete.
Mr Mullfort:	Wer hat gesagt, ich würde Sie austricksen?
Mr Birthwhistle:	Mullfort, haben Sie das gehört?
Mr Mullfort:	...
Mr Birthwhistle:	Was spielen Sie für ein Spiel? Ist da was im Schrank? Heute Morgen hat er noch nicht gesummt. Wieso jetzt?
Mr Mullfort:	Sie haben Wahnvorstellungen.
Mr Birthwhistle:	Wollen Sie mir eine Falle stellen? Schauen wir doch mal nach, was Sie im ... WAS ZUM TEU...

KLICK

Archer bewegte sich nicht. Er atmete nicht. Er starrte auf die Leuchtanzeige der Anlage. Warum hatten sie nicht gemerkt, dass das tragbare Funkgerät summte?

»Oliver?«, flüsterte er ins Mikrofon.

Keine Antwort. Nur Rauschen. Was hatte er seinen Freunden angetan? Er riss sich den Kopfhörer herunter und lief in den Flur. Er musste sofort zu seinen Großeltern.

Doch als er sie im Erdgeschoss hörte, verharrte er kurz vor der Treppe und raste dann nur in den ersten Stock hinunter. War das nicht die Stimme von Mr Suplard gewesen? Archer spähte durch das Treppengeländer. Richtig, der Sonderermittler stand mit zwei Mitarbeitern vor seinen Großeltern.

»Und was wollen Sie *messen?*«, fragte Oma Helmsley gerade.

Mr Suplard gab einem Mitarbeiter ein Zeichen. Dieser klappte einen schwarzen Kasten auf, in dem ein komplizierter Apparat steckte.

»Ein *Lügendetektor?*«, fragte Opa Helmsley.

»Sie kennen die Regeln«, näselte Mr Suplard. »Wir müssen ihn einsetzen, wenn sich die Zeugenaussagen widersprechen. Ich persönlich glaube zwar nicht, dass Sie … nun ja … Ich bin allerdings überzeugt, Sie haben nicht die ganze …«

Opa Helmsley richtete sich zu seiner vollen Größe auf. Mr Suplard und seine Mitarbeiter wichen einen Schritt zurück. Fast sah es aus, als wollte sein Großvater die Männer eigenhändig in den Schnee hinausbefördern.

»Bitte, Helmsley. Wir wollen doch nichts Unüberlegtes tun. Die Untersuchungsabteilung ist unparteiisch. Wir sind weder für *noch* gegen Sie.«

»Das sollen wir glauben? Das Bankett war eine Falle! Birthwhistle wollte unseren Ausschluss erzwingen. Sie wussten das.«

Der Vorwurf schien Mr Suplard schwer zu kränken.

»Schließen Sie Lemurn an den Lügendetektor an«, sagte Oma Helmsley bestimmt. »Fragen Sie ihn, ob er uns absichtlich auf dem Eisberg zurückgelassen hat.«

»Kapitän Lemurn wird sich morgen dem Test unterziehen. Heute sind Sie dran. Wenn Sie nichts zu verbergen haben, wird Ihnen der Test *helfen*.«

»*Wir haben nichts zu verbergen*«, sagte Opa Helmsley mit Nachdruck und bedeutete den anderen, ihm nach oben zu folgen. »Wir gehen in den Kartenraum. Vorher werde ich Dalligold anrufen. Ich möchte ihn dabeihaben.«

Archers Herz schlug wie wild, als Mr Suplard im ersten Stock an ihm vorbeimarschierte.

»Archer, bitte lass meine Mitarbeiter durch. Danke.«

Archer hielt seinen Großvater am Arm fest. Er musste ihm unbedingt sagen, was auf der anderen Seite der Stadt vor sich ging. Aber wie sollte er ihm erzählen, dass seine Freunde bei Mr Birthwhistle eingebrochen waren, wenn der Oberste Sonderermittler der Gesellschaft danebenstand? Mr Suplard würde wahrscheinlich denken, seine Großeltern hätten ihn und seine Freunde auf Mr Birthwhistle angesetzt.

»Archer, du siehst aus, als hättest du ein Gespenst gesehen«, sagte Opa Helmsley. »Reg dich bitte nicht auf. Wir kriegen das schon hin.«

»Ich muss mit dir reden«, flehte Archer. »*Alleine*.«

»Das muss warten, Archer«, sagte Oma Helmsley und

schob seinen Großvater die Treppe hinauf. »Es dauert nicht lange.«

Archer schaute ihnen hilflos hinterher. Sollte er allein zum Haus der Birthwhistles laufen? Er stürzte zur Eingangstür, schlüpfte in seinen Mantel, zwängte die Füße in seine Stiefel, griff nach der Türklinke und …

»Was ist hier los?« Mrs Helmsley legte eine Hand fest auf die Tür.

»Du musst mich rauslassen! Es ist wichtig! Ich kann's dir nicht erklären. Bitte! Lass mich raus!«

Mrs Helmsley schaute auf die Uhr. »Nein, Archer, du gehst nirgendwohin – wenn du mir keinen Grund nennst, schon mal gar nicht. Hat das was mit der Feier bei *Schleck & Schmeck* zu tun?«

»Nein. Es ist wegen Oliver und Adélaïde. Sie stecken in der Klemme!«

»Woher willst du das wissen?«

»Ich habe gehört … ich habe … nur so ein Gefühl.«

Ein *Gefühl* würde ihm nicht weiterhelfen. Und die Wahrheit auch nicht.

»Wenn irgendetwas los ist, musst du es mir sofort erzählen.«

Archer hätte es seiner Mutter gern erzählt. Wahnsinnig gern sogar. Aber er konnte seiner Mutter *niemals* die Wahrheit sagen. Sie hatte keinen Finger gerührt, um seinen Großeltern zu helfen. Interessierte es sie überhaupt, was ihnen zugestoßen war? Wenn sie erfuhr, was er alles versucht hatte, um seinen Großeltern zu helfen, dann würde er weder Oma und Opa noch das Haus der Helmsleys jemals wiedersehen. Und das war genau das, was Mr Birthwhistle erreichen wollte.

»Ach, es ist nichts«, sagte er verdrossen und zog seinen Mantel aus. »Ich sehe nur Gespenster.«

✦ Ein Leuchtturm auf dem Dach ✦

Oben im Kartenraum bauten Mr Suplard und seine Mitarbeiter gerade den Lügendetektor auf. Archers Großmutter stand vor dem eingeschalteten Funkgerät. Verzweifelt versuchte Archer, seinen Großvater auf sich aufmerksam zu machen, aber der telefonierte. Als einer von Suplards Mitarbeitern Archer bemerkte, warf er die Tür zu, und Archer rannte in sein Zimmer. Der Eisbär rief ihm hinterher:

»Deinetwegen müssen deine Freunde sterben!«

Archer hängte sich das neue Fernglas um und kletterte über die Leiter aufs Dach. Vielleicht war den anderen die Flucht geglückt und sie waren schon auf dem Nachhauseweg? Er richtete das Fernglas erst auf den Park und suchte dann nach dem Haus der Birthwhistles, aber das Dach war einfach zu flach. Er ging zum Schornstein, zog sich daran hoch und stand mit gezücktem Fernglas hoch aufgerichtet da, wie ein Leuchtturm. Obwohl er immer noch nicht bis zum Haus der Birthwhistles schauen konnte, rührte er sich nicht vom Fleck.

Die Zeit raste und sie schlich dahin. Archer wusste nicht, wie lange er oben auf dem Schornstein gestanden hatte, aber inzwischen zitterte er vor Kälte, und seine Hände waren ganz taub. Er konnte das Fernglas nicht mehr ruhig halten und hatte es sich bereits zweimal in die Augen gestochen. Er blickte nach unten. Im Zimmer von Adélaïde war es dunkel. Bei Kana auch. Olivers Balkon, der ein Stück weit unter ihm hervorragte, lag ebenfalls im Schatten. Er drehte sich um und sah den verbeulten Metallkessel. *Falls* seine Freunde es aus dem Haus der Birthwhistles geschafft hatten, würden sie mit Sicherheit aufs Dach kommen. Er musste hier auf sie warten, aber es wäre besser, wenn er dabei nicht zum Eisberg erstarrte.

Der Abstieg vom Schornstein war gar nicht so einfach. Archer war vollkommen steif gefroren. Als er das Dach unter den Füßen spürte, fasste er nach der Leiter und kletterte ins Haus. Die Tür zum Kartenraum war immer noch zu. Wenige Minuten später kehrte Archer mit seinem Mantel, einer Zeitung, einem Arm voll Holzscheite und einer Streichholzschachtel in der Tasche aufs Dach zurück. Er wischte den Schnee aus dem Kessel, den sie immer als Feuerschale benutzten, zerknüllte die Zeitungsseiten, legte Holzscheite auf sie drauf und entzündete ein Streichholz.

Bald tanzte der Schein des Feuers über sein Gesicht und er taute langsam auf. In den Zimmern von Adélaïde und Kana war es immer noch stockdunkel, aber Archers Gedanken waren noch finsterer. Seine Freunde waren erwischt worden. Er durfte nicht länger warten. Es war ein Fehler gewesen, seiner Mutter nichts zu erzählen. Er musste Hilfe holen.

Archer wandte sich vom Feuer ab und griff nach der Leiter. Das kalte Metall schnitt ihm in die Hände. Als er gerade die letzte Sprosse erreichte, ging in Olivers Zimmer das Licht an. Die Balkontür wurde geöffnet.

»Seht mal, meine Hand.« Oliver trat auf den Balkon. »Ich zittere immer noch!«

»Ich auch«, sagte Adélaïde.

Archer rührte sich nicht. Bestimmt hatte er Halluzinationen.

»Archer, zu dir wollten wir gerade«, rief Adélaïde, als sie ihn entdeckte. »Wir haben versucht, dich über Funk zu erreichen. Kana ist gleich nach Hause.«

»Wie … *wie ist das möglich?*«

»Benjamin hat uns geholfen«, sagte Oliver und schnupperte. »Brennt es hier etwa?«

✦ Funkstille ✦

Archer, Oliver und Adélaïde kauerten schweigend um das Feuer herum. Archer war sprachlos vor Glück, weil seine Freunde in Sicherheit waren. Auch Adélaïde und Oliver konnten nicht fassen, dass sie es geschafft hatten.

»Ich verstehe das nicht«, sagte Archer irgendwann. »Ich dachte, ihr wärt … Hat Mr Birthwhistle den Schrank denn nicht aufgemacht?«

»Er war kurz davor.« Und dann erzählte Adélaïde mit zitternder Stimme die ganze Geschichte.

Mr Birthwhistle und Mr Mullfort waren nicht mal eine Minute, nachdem Adélaïde unter den Tisch gekrochen war, ins Zimmer gekommen. Sie hatte nur die Schuhe gesehen, aber genau gewusst, welches Paar zu welchem Mann gehörte. Die Stiefel von Mr Mullfort waren in einem erbärmlichen Zustand. Er plumpste auf das Sofa, das so weit nach unten sackte, dass es der verängstigten Kana beinahe auf den Kopf fiel. Mr Birthwhistle blieb stehen und lehnte sich an den Schreibtisch. Adélaïde konnte die Stiche zählen, mit denen seine feinen, sorgfältig polierten Lederschuhe vernäht waren.

Während sich die Männer unterhielten, schaute Adélaïde Kana fest in die Augen. Aber als das Gespräch verstummte, wurde ihre Aufmerksamkeit auf den Schrank gelenkt. Sie hörte das Summen noch vor Mr Birthwhistle.

Aber anders als gedacht, waren Mr Birthwhistle und Mr Mullfort nicht allein im Haus. Benjamin war zusammen mit seinem Vater heimgekommen und mit einem Mal sah Adélaïde seinen Kopf über dem Treppenabsatz auftauchen. Aufgeregt winkte sie ihm zu. Als er sie sah, wäre Benjamin beinahe rückwärts die Treppe heruntergefallen. »Bitte hilf uns!«, formte sie lautlos mit den Lippen. Benjamin starrte sie an. Dann entdeckte er Kana unter dem Sofa und trat den Rückzug an. Adélaïde schloss die Augen, fest überzeugt, dass sie geliefert waren.

Mr Birthwhistle ging nun zum Schrank. Adélaïde spähte zu Kana und riss die Augen auf, denn Kana langte nach den Knöcheln von Mr Mullfort. Kurz bevor sie sie erreicht hatte, hörte man von unten einen ohrenbetäubenden Knall. Kana und Adélaïde waren so erschrocken wie Mr Birthwhistle und Mr Mullfort. Die Männer stürzten aus dem Zimmer. Adélaïde verschwendete keine Zeit. Sie kroch unter dem Tisch hervor und zerrte einen gespenstisch blassen Oliver aus dem Schrank. Sobald Kana ihr Versteck verlassen hatte, schlichen die drei zum oberen Treppenabsatz. Benjamin starrte zu ihnen hinauf.

»Schnell!«, flüsterte er schroff.

Kana wollte sich bei ihm bedanken, aber er schubste die

drei praktisch aus der Haustür. Digby hockte völlig verzweifelt auf der Treppe des Nachbarhauses. Eilig warfen sie ihm den Schlüssel zu, aber seinem Gesichtsausdruck nach zu urteilen, hätte es auch ein Goldbarren sein können.

»Ich weiß, dass Benjamin und du euch wegen der ganzen Sache zerstritten habt«, sagte Adélaïde jetzt zu Archer. »Aber ohne seine Hilfe säßen wir ganz schön in der Klemme.«

»Ich hab keinen Schimmer, warum er uns geholfen hat«, sagte Oliver.

Archer war überglücklich und hätte sich gern bei Benjamin bedankt.

»Hast du gehört, was Mr Birthwhistle gesagt hat? Dass Mr Mullfort sich um dich *kümmern* soll?«, fragte Adélaïde. »Wir müssen mit deinen Großeltern reden.«

»Wir erzählen ihnen von dem Tagebuch.« Archer hatte die Geschichte noch nicht ganz verdaut. »Aber die Korrespondenz dürfen wir erst einmal nicht erwähnen. Sie werden fragen, woher wir das alles wissen, aber sie dürfen nicht erfahren, dass ihr bei Mr Birthwhistle wart. Mr Suplard war hier. Vielleicht ist er immer noch da. Er hat meine Großeltern an einen Lügendetektor angeschlossen. Je weniger sie von unseren Ermittlungen wissen, umso besser.«

Adélaïde und Oliver folgten Archer über die Leiter in sein Zimmer und zur Treppe. Ein Stockwerk tiefer traten Mr Suplard und seine Mitarbeiter gerade aus dem Kartenraum.

»Das bleibt natürlich streng vertraulich«, sagte Mr Suplard und klappte ein Notizbuch zu. »Sie haben sich beide sehr gut geschlagen. Sollte allerdings jemand neue Beweise vorlegen … Nun, warten wir es ab.«

Die drei betraten den Kartenraum, ohne dass Archers Großeltern es bemerkten. Oma und Opa Helmsley saßen an einem langen, mit Karten und Globussen übersäten Tisch und unterhielten sich mit einem Mann, der noch älter war als sie selbst. Archer räusperte sich.

»Archer, komm rein!«, rief Oma Helmsley und stand auf. »Ich möchte dir den fabelhaften Mr Dalligold vorstellen.«

Mr Dalligold stützte sich auf einen Spazierstock und erhob sich würdevoll. Sein Gesicht war von Falten durchzogen, doch der Staub, der sich darin gesammelt hatte, ließ sie weniger scharf wirken.

»Es ist mir eine Freude, dich kennenzulernen, Archer Helmsley.« Mr Dalligold klang wie ein König.

Archer hätte nicht sagen können, woran es lag, aber ihm war sofort klar, dass man Mr Dalligold mit großem Respekt begegnen musste. Und er war ein bisschen nervös. Die freundlichen Augen von Mr Dalligold durchbohrten ihn förmlich. Wie seine Großmutter schien auch er ein Mensch zu sein, vor dem man nur schwer etwas verheimlichen konnte.

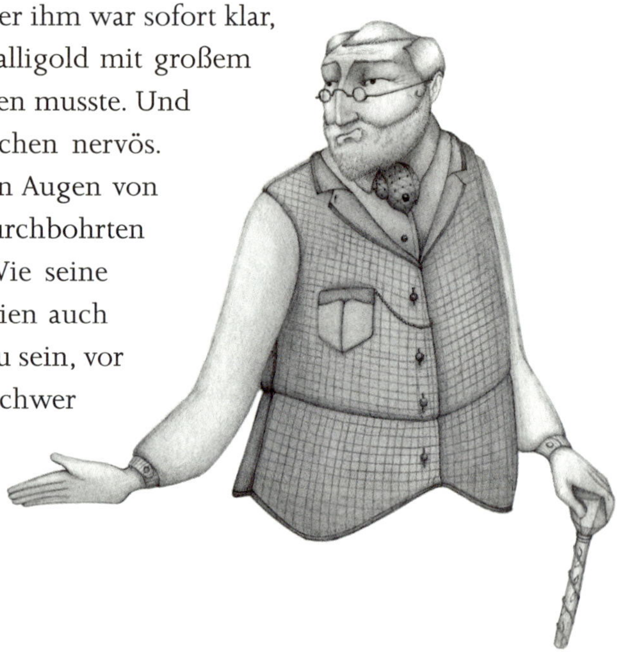

»Warum warst du vorhin denn so aufgelöst, Archer?«, fragte Oma Helmsley, nachdem sich alle an den Tisch gesetzt hatten.

»Wir müssen euch was erzählen«, begann Archer. »Vor vier Tagen waren wir bei *Feder & Tinte*. Ein Mann hat so ein Tagebuch gekauft, wie ihr sie immer benutzt – wie die, die in eurem Koffer lagen. Uns kam das komisch vor und wir sind ihm gefolgt. Er ist zum Postkasten gegangen und hat das Tagebuch in einem Umschlag eingeworfen.«

»Eigentlich hat er zwei Tagebücher mitgenommen«, fügte Adélaïde hinzu. »Das andere hat er gestohlen, als Mr Bray nicht hingeschaut hat.«

»Könnt ihr den Mann beschreiben?«, fragte Mr Dalligold.

»Er ist ganz schief«, sagte Oliver. »Aber wir müssen ihn nicht beschreiben. Wir wissen nämlich, wie er heißt. Eustace Mullfort. Wir kennen ihn. Ihm gehört der Laden *Straße von Magellan*. Und er hat mal gedroht, mir die Zunge rauszuschneiden.«

Archer schaute seinen Großvater nicht an, aber er spürte auch so, dass dieser vor Wut kochte.

»*Mullfort?* Dieser drittklassige, niederträchtige, nichtswür…«

»Ganz ruhig, Ralph«, sagte Oma Helmsley, bevor sie sich an Mr Dalligold wandte. »Du hattest also recht.«

Mr Dalligold nickte nachdenklich. »Du wärst auch misstrauisch geworden, Rachel. Nachdem ihr verschwunden wart, hat Mr Birthwhistle Mr Mullfort die *Straße von Magellan* übertragen und ihn dann aus der Gilde ausgeschlossen. Ich habe zufällig gehört, wie Mr Birthwhistle zu Mr Suplard gesagt hat, er würde Mullfort misstrauen. Die *Straße von Magellan* steht seitdem bei der Gesellschaft auf der schwarzen Liste und ist inzwischen vollkommen verwahrlost.«

»Klingt nicht, als würden sie gemeinsame Sache machen«, warf Opa Helmsley ein.

»Nein«, gab Mr Dalligold ihm recht. »Aber es klingt nach Mr Birthwhistle.«

»Und das Tagebuch?«, fragte Oma Helmsley.

»Sie wollen natürlich eine Fälschung vorlegen«, sagte Mr Dalligold. »Ohne handfeste Beweise werden die anderen Mitglieder nicht für euren Ausschluss stimmen. Das weiß Mr Birthwhistle. Sollte allerdings jemand ein Tagebuch von Ralph finden, aus dem hervorgeht, dass der Eisberg nur ein Schwindel war … nun, das dürfte viele dazu bringen, sich auf die Seite von Mr Birthwhistle zu stellen.«

»Ihr könntet Mr Bray als Zeugen aussagen lassen«, schlug Archer vor.

Mr Dalligold klopfte sich mit dem Knauf des Spazierstocks gegen das Kinn. »Adélaïde hat gesagt, Mr Bray hat Mr Mullfort *ein* Tagebuch verkauft. Wenn Mr Bray aussagt, kann Mr Mullfort das gestohlene Buch vorlegen und wir hätten nichts gegen ihn in der Hand.«

»Kann er nicht!« Archer stürmte aus dem Kartenraum und kehrte zwei Minuten später mit dem gestohlenen Tagebuch zurück. »Es ist Mr Mullfort aus der Tasche gefallen.«

»Nun, das nenn ich Glück.« Opa Helmsley sah aus, als hätte er Archer am liebsten einen Kuss verpasst.

»Für uns vielleicht.« Mr Dalligold nahm das Tagebuch an sich. »Nicht für Mr Bray. Was wird Mr Mullfort tun, wenn er feststellt, dass es weg ist? Ein neues zu *kaufen*, wäre viel zu auffällig. Für Mr Bray könnte es gefährlich werden. Ich werde seinen Laden beobachten lassen, aber wir dürfen bei Mr Birthwhistle keinen Verdacht erregen. Bevor wir Mr Bray einweihen, muss Mr Birthwhistle seinen Plan durchführen. Wenn er glaubt, dass seine Fälschung aufgeflogen ist, wird er sich etwas Neues überlegen. Und wir sind ihm dann nicht länger einen Schritt voraus.«

»Wir müssen bei Mr Bray sofort nach dem Rechten schauen.« Opa Helmsley legte Archer die Hände fest auf die Schultern, bevor er das Zimmer verließ. Mr Dalligold nickte den Kindern zu und folgte ihm.

»*Nicht so schnell, ihr drei.*«

Archer, Oliver und Adélaïde waren fast bei der Tür angekommen und drehten sich um. Archers Großmutter ging zum Funkgerät und las die Frequenz laut vor.

»Es war an, als wir reinkamen. Hast du es benutzt, Archer? *Wen* kann ich auf dieser Frequenz erreichen?«

Archer schwieg. Auch Oliver und Adélaïde sagten nichts.

»Eins möchte ich noch wissen, Archer.« Oma Helmsley schaltete das Funkgerät aus. »Du hast gesagt, du wärst vorhin so aufgelöst gewesen, weil du uns von dem gestohlenen Tagebuch erzählen wolltest. Aber der Diebstahl hat sich vor *vier* Tagen ereignet. Wieso hatte das plötzlich keine Zeit mehr? Gibt es vielleicht noch etwas, das du mir erzählen möchtest?«

Archer stand vollkommen reglos da. Es gab so vieles, was er seiner Großmutter gern erzählt hätte. Mr Mullfort war vielleicht nicht nur hinter Mr Bray her. Im Hauptquartier der

Gesellschaft war irgendwo der Beweis für die Unschuld seiner Großeltern versteckt. All das wusste Archer, weil er es aus Mr Birthwhistles eigenem Mund gehört hatte. Und das war der Haken an der Sache.

»Nein, mehr gibt es nicht«, sagte er schließlich.

Seine Großmutter faltete die Hände und schaute die Kinder besorgt an.

»Na schön. Aber wenn ihr drei etwas vorhabt, muss das sofort aufhören. Ich bin euch wirklich dankbar. Ihr habt uns sehr geholfen. Aber ich möchte auf keinen Fall, dass ihr mit Mr Birthwhistle aneinandergeratet. Auf den ersten Blick meint man zu wissen, woran man bei ihm ist. Aber ich warne euch, bei diesem Mann ist nichts so, wie es scheint.«

11

✦ Verschwinden, verstecken, verwandeln ✦

In den folgenden beiden Tagen suchte Archer das Haus der Helmsleys immer wieder von oben bis unten ab. Er spähte um Ecken und hinter Türen und hatte ständig Angst, Mr Mullfort könnte ihm irgendwo auflauern. Er sagte sich selbst, dass das Unsinn war, aber leider half es nichts. Mr Birthwhistle hatte Mr Mullfort befohlen, etwas zu unternehmen, falls Archer noch einmal zur rechten Zeit am rechten Ort auftauchen sollte. Der Einbruch im Haus der Birthwhistles hätte beweisen können, dass die ersten beiden Zusammentreffen mit Mr Mullfort kein Zufall gewesen waren. Dank Benjamin waren sie nicht erwischt worden, aber ein großer Trost war das nicht. Vielleicht hatte Mr Mullfort beschlossen, trotzdem etwas zu unternehmen. Das einzig Gute war, dass es nicht mehr schlimmer kommen konnte. Doch als Archer sich mit Oliver, Adélaïde und Kana im Haus der Belmonts traf, wurde ihm bald klar, wie sehr er sich da geirrt hatte.

»Was soll das heißen, du hast es deinen Großeltern noch nicht erzählt?«, fragte Adélaïde. »Das *musst* du, Archer. Die Zeit läuft ihnen davon. Sie müssen nach der Korrespondenz suchen. Sie ist der Beweis dafür, dass Mr Birthwhistle hinter der Sache mit dem Eisberg gesteckt hat.«

»Wenn meine Mutter erfährt, was wir gemacht haben, bringt sie mich von hier weg, und ich sehe meine Großeltern und euch nie wieder.«

»Deine Mutter darf das echt nicht wissen«, sagte Oliver. »Du könntest zu Augenklappe gehen – ich meine, zu Cornelius. Bitte ihn, mal mit deinen Großeltern zu reden. Dann wird niemand erfahren, dass wir im Haus waren.«

Bei Cornelius hätte Archer nicht eine Sekunde gezögert, alles zu erzählen. »Nur, wo finden wir ihn?«

Kana hatte die ganze Zeit über geschwiegen. Sie langte immer wieder in die Tasche ihres Kleides, zog aber nichts heraus. Adélaïde stupste sie an.

»Was soll Archer tun?«

»Nichts«, erwiderte Kana. »Und es ist gut, dass er niemandem was erzählt hat. Digby stand heute Morgen vor meiner Tür. Mr Birthwhistle weiß alles.«

Kana lehnte sich vor und senkte die Stimme.

»Wir haben bei Mr Birthwhistle im Garten überall Fußspuren hinterlassen. Es war klar, dass wir bei Familie Fig über die Mauer sind. Nachdem wir weg waren, hat Mr Birthwhistle Digby ausgequetscht und ihm versprochen, seiner Mutter nichts zu erzählen, wenn er ihm alles sagt. Digby hat ihm erzählt, dass Oliver, Adélaïde und ich in seinem Haus waren und du über Funk mitgehört hast.«

Adélaïde und Oliver sanken noch tiefer ins Sofa.

»Vielleicht hat Mr Birthwhistle keine Ahnung, dass wir jedes Wort gehört haben«, warf Archer ein. »Vielleicht denkt er nur, ihr wärt das mit dem lauten Knall im Erdgeschoss gewesen.«

Kana schüttelte den Kopf. »Wir haben die Schranktür sperrangelweit offen gelassen.« Sie langte wieder in ihre Tasche. »Ich hab was in unserem Briefkasten gefunden.«

Sie zog einen Zettel heraus und legte ihn auf den Tisch. Als Archer ihn laut vorlas, herrschte im Zimmer Totenstille.

Was ich verstecke, findet niemand wieder. Sollte ich herausfinden, dass das Hauptquartier durchsucht wird, dann werden sie die Suche ausdehnen müssen. Ihr vier werdet nämlich verschwinden. Ich wiederhole mich nur ungern, aber: Was ich verstecke, findet niemand wieder.

Das Schweigen war so zäh wie der Haferschleim in Raven Wood. Adélaïde und Kana tauschten entsetzte Blicke. Archer schielte zu Oliver. So finster hatte sein Freund noch nie dreingeblickt. Archer nahm sich den Zettel noch einmal vor. Die Schrift war eindeutig die von Mr Mullfort, aber die Wörter stammten mit Sicherheit von Mr Birthwhistle.

»Wir haben niemandem von der Korrespondenz erzählt«, versuchte er seine Freunde zu beruhigen. »Solange keiner bei der Suche erwischt wird, sind wir nicht in Gefahr.«

»Die Sache ist doch die.« Adélaïde senkte die Stimme, als könnte jemand mithören. »Mr Dalligold lässt Mr Bray beobachten. Wenn Mr Birthwhistle oder Mr Mullfort das spitzkriegen, wissen sie, dass du deinen Großeltern von dem

Tagebuch erzählt hast. Und sie werden glauben, du hättest ihnen auch von der Korrespondenz erzählt. Sie werden hinter uns her sein.«

»Könnte ich doch bloß auf der Stelle verschwinden«, murmelte Oliver.

Kana wickelte ihre silberne Haarsträhne auf und schaute zu Archer. »Was willst du jetzt tun?«

Archer hatte keine Ahnung. Mr Birthwhistle war kein Mensch, der leere Drohungen ausstieß.

Adélaïde langte nach dem Zettel.

»Warum hat er ihn in deinen Briefkasten gesteckt?«, fragte Archer.

Kana zuckte die Schultern und blickte zu Boden.

»Ganz gleich, was wir als Nächstes tun werden«, sagte Adélaïde, nachdem sie den Zettel noch einmal leise gelesen hatte. »Von heute an müssen wir immer zusammenbleiben. Wenn wir allein unterwegs sind, können sie uns leichter schnappen.«

»Verstecken können wir uns auch nicht«, seufzte Oliver. »Mr Schleck erwartet uns morgen früh.«

Archer blieb den ganzen Tag über in seinem Zimmer und überlegte hin und her. Erst am Abend glaubte er, eine Lösung gefunden zu haben. Richtig begeistert war er von der Vorstellung zwar nicht, aber was wäre, wenn er die *Korrespondenz* allein suchen würde? Es war nur logisch. Wenn er allein zum Hauptquartier ging und dort etwas schieflief, würde er als Einziger verschwinden. Nicht zu verschwinden, wäre ihm natürlich wesentlich lieber gewesen.

Er saß auf seinem Bett, das Notizbuch auf dem Schoß, und ging noch einmal die Aufzeichnungen von der Funk-Expedition durch. Mr Birthwhistle hatte gesagt, die Korrespondenz wäre im Hauptquartier versteckt. Richtig hilfreich war das nicht. Archer hätte ebenso gut am Strand nach einem Maiskorn suchen können. Er klappte das Notizbuch zu und trommelte mit den Fingern auf dem Deckel.

✦ Miegflog, Wolpschu, Fisperg, Gluup ✦

Am nächsten Morgen zeigte sich tatsächlich einmal die Sonne und tauchte die Eiszapfen über den Schaufenstern von *Schleck & Schmeck* in glitzerndes Licht. Archer und Oliver standen im Laden und warteten auf ihren Arbeitsbeginn. Und sie warteten auf Adélaïde.

»Wo bleibt sie bloß?« Oliver lief unruhig auf und ab.

Beide Jungen wurden mit jeder Minute blasser. Es war der letzte Gratis-Tag (heute gab es die berühmten Seepferdchen-Lollis) und die Glocke läutete unter dem Ansturm fröhlicher Kunden ununterbrochen. Bei jedem Läuten reckte Archer den Hals vor, aber von Adélaïde war nichts zu sehen.

»Glaubst du, Mr Mull…«

»Sprich es nicht aus!«

Auf dem Weg zum Süßigkeitenladen hatten sie bei Adélaïde an die Tür geklopft. Mr Belmont hatte, die Hände voller Espressobohnen, selbst aufgemacht. »Ich hab sie seit heute früh nicht mehr gesehen.« Archer und Oliver hatten auch bei Kana geklingelt, aber dort war niemand zu Hause gewesen. Sie waren zu *Schleck & Schmeck* gegangen und hatten gehofft, Adélaïde würde dort schon auf sie warten. Das hatte sie nicht.

»Ich geh mal ins Café«, sagte Archer, der nicht länger tatenlos herumstehen wollte. »Vielleicht ist sie bei Amaury. Du bleibst hier, falls sie aufkreuzt.«

Er wollte gerade zur Tür laufen, als Adélaïde hereingestürmt kam. Die Glocke wirbelte herum wie ein Kreisel.

»Wo warst du?«, schrie Oliver, als Adélaïde mit einer Zeitung in der Hand auf sie zuraste. »Du warst doch diejenige, die gesagt hat, wir … ACHTUNG!«

Molly Tinker schob einen Fuß vor und erwischte Adélaïdes Holzbein. Adélaïde vollführte einen Salto und landete in einer Pyramide aus Schokoriegeln. Süßigkeiten flogen in alle Richtungen. Die Schüler brachen in schadenfrohes Gelächter aus, als sich Adélaïde, die Zeitung fest umklammert, wieder aufrappelte.

»Alles in Ordnung?« Archer griff nach ihrem linken Arm, Oliver nach dem rechten.

»Nichts passiert«, sagte sie, obwohl das eindeutig nicht stimmte. Sie hatte einen bösen Kratzer auf der Stirn und blutete. Alle hörten sofort auf zu lachen – alle außer Alice, Molly und Charlie. Als sich die schrecklichen drei vor ihnen aufbauten, presste Adélaïde eine Hand auf die Wunde.

»Wetten, so hoch bist du nicht mehr gesprungen, seit du Ballerina warst!«, sagte Charlie.

»Du musst an deiner Haltung arbeiten«, fügte Alice hinzu. »Besonders anmutig sah das nicht aus.«

Oliver wollte zu einem Schlag ausholen, aber Archer hielt ihn zurück.

»Ich sage Archer, er soll euch verfluchen!«, drohte Oliver.

Alice heuchelte Entsetzen. Mr Schleck stürzte herbei, und Molly setzte ein Gesicht auf, als könnte sie keiner Fliege etwas zuleide tun.

»Ich glaube, es war ein Fehler, ausgerechnet die als Aushilfen für Ihre Feier auszuwählen«, sagte sie und zeigte mit einem unschuldigen Finger auf das Trio. »Sie vermasseln *immer alles*.«

Mr Schleck schob Archer, Oliver und Adélaïde in den hinteren Teil des Ladens. Der stets gut gelaunte Chocolatier wirkte alles andere als fröhlich.

»Ich weiß zwar nicht, was da vorne vorgefallen ist, aber *bitte*, lasst es mich nicht bereuen, dass ich euch ausgewählt habe. Es gibt jede Menge zu tun. Also bewahrt bitte einen kühlen Kopf. Ich bin gleich wieder da.«

Oliver schaute sich grummelnd nach einem Verbandskasten um. Archer entdeckte einen über der Spüle und wickelte Adélaïde einen Verband um den Kopf.

»Habt ihr das gesehen?« Adélaïde wedelte mit der Zeitung. »Kana kam heute Morgen übers Dach in mein Zimmer und hat mich damit geweckt. Ich hätte nicht allein losgehen dürfen, aber ich wollte kurz ins Café schauen. Ganz Rosewood hat's gelesen.«

Rosewood Chronicle

DER EISBERG IN HELMSLEYS EIGENEN WORTEN

Wir vom *Chronicle* sind nicht schadenfroh, dennoch hoffen wir, dass die Kollegen von der *Doldrums Press* aufmerksam mitlesen. Gestern Nachmittag wurde in unserem Büro ein Paket abgeliefert. Darin befanden sich Fotos von einem Tagebuch. Sie beweisen, dass der Eisberg von Ralph und Rachel Helmsley, wie wir berichteten, von Anfang an ein ausgemachter Schwindel war.

Auf den ersten vier Seiten des Tagebuchs hat Ralph Helmsley den eigenen Namen sechshundert Mal geschrieben. Die von ihm zunächst fein säuberlich gesetzte Unterschrift war zum Schluss kaum noch zu entziffern. Auf den folgenden Seiten hatte er gekritzelt: *Miegflog, Wolpschu, Fisperg, Gluup*. Wie wir herausgefunden haben, handelt es sich dabei nicht um richtige Wörter. Es folgt eine Seite, die sich wie eine Abschussliste liest. Ein Name ist durchgestrichen: Wigstan Spinler. Die letzte Seite des Tagebuchs bringt das Fass zum Überlaufen. Ralph beklagt, dass er seines Amtes als Präsident enthoben wurde. »Das hat vor mir nur ein Präsident erlebt. Südpol. Lieber tot, als aus dem Amt gejagt zu werden«, schreibt er.

Um uns die Echtheit des Tagebuchs bestätigen zu lassen, riefen wir bei der Gesellschaft an, wo wir mit Mr Suplard verbunden wurden. Er legte sofort auf. Eine Stunde später erreichte uns ein anonymer Anruf. Der Mann bestätigte, dass das Tagebuch eingehend geprüft und für echt befunden wurde. Wir fragten nach, wo man es gefunden hat.

»In unserem Archiv, in der Abteilung für verblichene Mitglieder, zwischen den übrigen Habseligkeiten des ehemaligen Präsidenten Helmsley.«

»Mr Birthwhistle wird sich ins Fäustchen gelacht haben«, sagte Archer und senkte die Zeitung.

»Der *Chronicle* treibt meinen Vater in den Ruin«, sagte Oliver und schaute zu Adélaïde. »Was ist mit Mr Bray? Ist er in seinem Laden?«

Adélaïde nickte und griff sich an den verbundenen Kopf. »Ich hab auf dem Weg kurz reingeschaut.«

Archer las den Artikel wieder und wieder und merkte nicht, dass Mr Schleck zurückgekehrt war.

»Haben wir uns etwas beruhigt? Ja? Sehr schön! Auf uns wartet jede Menge Arbeit! Aber zuerst die schlechte Nachricht. Ich werde euch nicht zeigen können, wie man Schokolade macht. *Nein*, mir schmeckt das auch nicht, Oliver! Der Schnee macht uns einen Strich durch die Rechnung. Es gibt keine Kakaobohnen. Deshalb werdet ihr eine Bestandsliste erstellen, damit ich sehen kann, was wir zu kleineren Köstlichkeiten einschmelzen können. Ich kann nicht meinen ganzen Laden verschenken! Sonst gehe ich pleite! Morgen früh sperre ich die beiden oberen Stockwerke ab, damit ihr dort sauber machen könnt. Und am Morgen vor der Feier schmelzen wir Schokolade ein und schmücken den Laden! Alles klar? Sind wir … *Archer?* Hörst du mir zu, Archer?«

»Äh, ja.« Archer riss den Blick von der Zeitung los. »Klingt wunderbar.«

»Das ist die richtige Einstellung! Nehmt das Klemmbrett! Zeit fürs Zählen!«

»*Klingt wunderbar?*« Oliver stöhnte und trottete hinter Archer und Adélaïde her. »Bestandslisten schreiben, sauber machen und Schokoladentafeln zu Täfelchen einschmelzen? So habe ich mir das nicht vorgestellt. Ich dachte, wir lernen, wie man Schokolade *macht*. Mr Schleck hat mir einen Staubsauger angedreht!«

»Einen Staubsauger mit Schokoüberzug.« Adélaïde betrachtete seufzend die drei Stockwerke mit den Bergen von Süßigkeiten und Schokoriegeln, die darauf warteten, gezählt zu werden.

Archer las den Artikel zum sechsten Mal, legte ihn dann aber beiseite, damit sie mit der Arbeit anfangen konnten.

Den ganzen Tag über zählten sie Schokolade. Es war eine ätzende Aufgabe, die noch übler wurde, weil Alice, Molly und Charlie sie wie die Mücken umschwirrten. Charlie tauchte ständig hinter einem Regal auf, fasste sich an die Kehle und schrie: »Ich bin verflucht! Archer hat mich verflucht!«

Molly hatte die Unsinnswörter aus dem *Chronicle* auswendig gelernt und sang sie zu einer erfundenen Melodie. »*Miegflog! Wolpschu! Fisperg! Gluup!*«

»Ich weiß jetzt, was sie bedeuten!«, rief Alice lachend. »Das ist Helmsley-Sprache und heißt: ›Unser Hirn vergammelt! Legt uns auf Eis!‹«

Archer versuchte, sie nicht weiter zu beachten. Aber er befürchtete, Adélaïde könnte Molly eine kleben, wenn sie sich wegen ihres Gesangs noch ein einziges Mal verzählten.

»Dreiundfünfzig«, sagte er und hievte einen Arm voll Schokoriegel ins Regal zurück.

Adélaïde nahm das Klemmbrett und notierte: »*Schleck & Schmecks* dreifach zarte zarter-als-zartbitter Schokoriegel: dreiundfünfzig.«

»Wisst ihr, wer das hier richtig gut könnte?«, fragte Oliver, während sie zum nächsten Regal wanderten. »Der blasse Mann, den wir im Hauptquartier gesehen haben – der nicht einen Satz zu Ende sagen konnte. Wie hieß er noch?«

»Mr Harptree, glaube ich«, sagte Adélaïde.

»Warum sollte er das richtig gut können?«, fragte Archer.

»Dein Opa hat gesagt, das Archiv der Gesellschaft ist so riesig, dass sich die wenigsten nicht darin verlaufen. Nur Mr Harptree hat den Überblick. Wetten, er müsste die Regale hier nur einmal anschauen und wüsste sofort, wie viele Schokoriegel Mr Schleck hat. Dann könnten wir uns … Archer, warum schaust du mich so komisch an? Ich hab nicht wirklich gemeint, dass wir Mr Harptree fragen sollen.«

»Das würde sowieso nicht gehen.« Adélaïde legte das Klemmbrett hin und langte nach neuen Schokoriegeln. »Musste er nicht mit dem Schiff nach Schottland? Er hat was von einem Notfall im Archiv gesagt.«

Archer schaute Oliver immer noch an. Sein Hirn arbeitete fieberhaft, während er seine Hosentaschen absuchte. Er hatte sein Notizbuch im Mantel gelassen. »Bin gleich wieder da«, sagte er und sauste davon.

»Ich glaube, er dreht durch«, seufzte Oliver. »Aber ich kann gut verstehen, dass er sich aus dem Staub macht. Was kommt als Nächstes?«

»*Schleck & Schmecks* dreifach gedrehte Kirsch-Sahne-Spiralen.«

Oliver blickte auf die knallrote Verpackung. Obwohl er die Stirn angestrengt runzelte, fielen ihm die Augen fast zu. »So ein Mist. Früher hab ich die so gern gegessen. Jetzt weiß ich nicht mehr, warum.«

Archer kehrte zu seinen Freunden zurück, war ihnen aber keine besonders große Hilfe. Zum Glück nahmen sie es ihm nicht krumm. Während sie mit der Zählerei fortfuhren, entschuldigte Archer sich immer wieder und verschwand hinter einem Regal, wo er aufmerksam durch sein Notizbuch blätterte. »Die Korrespondenz … versteckt er sie womöglich im … Kann das sein?« Archer kaute auf seiner Unterlippe. Hatte er das Maiskorn tatsächlich gefunden?

»Einunddreißig Karamell-Keks-Riegel«, sagte Oliver gerade zu Adélaïde, als Archer hinter dem Regal auftauchte. »Von der Frage bekomme ich zwar Bauchschmerzen, aber was kommt als Nächstes?«

Adélaïde senkte das Klemmbrett und lächelte. »Geschafft!«

Oliver grinste über beide Backen, als sie die Bestandsliste zu Mr Schleck brachten. Dieser schenkte ihnen zum Dank eine Riesentüte Schoko-Schlutze. Der Appetit auf Schokolade war den Kindern zwar gründlich vergangen, aber sie wollten Mr Schleck nicht enttäuschen. Olivers Schokoladenliebe entflammte sofort aufs Neue.

»Ich kapier das einfach nicht«, murmelte er und schloss die Augen.

»Was denn?«, fragte Mr Schleck.

»Die Lehrer in der Knopffabrik bringen uns stundenlang bei, wer die Elektrizität erfunden hat, aber sie erzählen uns nie, wer die Schokolade erfunden hat. Elektrizität ist natürlich wichtig, aber sie ist auch gefährlich. Menschen sind ihretwegen gestorben. An Schokolade ist noch niemand gestorben.«

»Ich sage es nur ungern, aber das stimmt nicht ganz«, erwiderte Mr Schleck. »Schokolade ist für schreckliche Zwecke missbraucht worden. Manchmal diente sie sogar als Tarnung für Gift! *Ja*. Ihr köstlicher Geschmack kann vieles übertünchen!«

Oliver schluckte den Schoko-Schlutz schnell hinunter. Er schien sich zu fragen, ob Mr Schleck ihm nicht nur einen Staubsauger angedreht, sondern ihn zu allem Überfluss auch noch vergiftet hatte.

Sie gingen in den zweiten Stock, um die müden Beine auf dem Sofa auszustrecken, aber Alice, Molly und Charlie machten sich so breit, dass kein Zentimeter Platz blieb.

»Die waren *den ganzen Tag* hier«, flüsterte Adélaïde. »Haben sie nichts Besseres zu tun, als uns auf die Nerven zu gehen?«

»Manchmal wünschte ich, du könntest wirklich Leute verfluchen, Archer«, seufzte Oliver, bevor sie sich zu dritt in die Fensternische über der Donnerblumenstraße quetschten.

✦ Die Aussenseiterbande ✦

Archer hielt sein Notizbuch aufgeschlagen auf dem Schoß und versuchte, nicht zu Adélaïde zu schauen. Aber er spürte auch so, dass ihr Blick zwischen ihm und dem Notizbuch hin und her wanderte.

»Möchtest du uns vielleicht was sagen, Archer?«, fragte sie schließlich.

Er stellte sich dumm, aber eine einbeinige Französin führt man nicht so leicht an der Nase herum.

Adélaïde verdrehte die Augen und kniff sie dann zusammen. »Archer, du darfst mich nicht anlügen. Ich bin deine Freundin. Ich weiß, du heckst schon den ganzen Tag was aus.« Sie schaute zu Oliver. »Ich glaube, er will ins Hauptquartier.«

Oliver runzelte die Stirn. »Sie hat sich zu oft mit Kana getroffen und …«

»Wann wolltest du uns in deinen Plan einweihen, Archer?«

»Gar nicht«, gestand er. »Ihr kommt nämlich nicht mit. Aber ich glaube, ich weiß, wo die Korrespondenz ist.« Er blätterte in seinem Notizbuch zu dem Artikel mit dem Eisberg-Schwindel. »Ihr habt vorhin über Mr Harptree geredet. Als wir im Hauptquartier waren, ist er nach Schottland abgereist.« Er drehte das Notizbuch in ihre Richtung. »Lest diese Zeile.«

> … teilte uns Präsident Birthwhistle mit, der zurzeit beim Schottland-Ableger der Gesellschaft zu Besuch ist.

»Ich glaube, Mr Birthwhistle hat Mr Harptree weggeschickt, damit er das Tagebuch ins Archiv schaffen konnte. Wahrscheinlich hat er dort auch die Korrespondenz versteckt. ›Sich nicht darin zu verlaufen, schaffen die wenigsten.‹ Das klingt doch nach dem perfekten Versteck, oder?«

Adélaïde nickte. »Dort findet es wahrscheinlich niemand.«

»Mal ganz ehrlich?« Oliver seufzte. »Ich hatte nicht erwartet, dass ich in den Weihnachtsferien fast in einem Schrank sterben würde. In den Ferien soll man sich erholen. Ich dachte, wir würden lernen, wie man Schokolade macht, und vielleicht noch eine Schneeballschlacht veranstalten. Aber stattdessen habe ich in dem Schrank gesteckt. Und ich werde jetzt nicht aufgeben. Wenn du zum Hauptquartier gehst, komme ich mit.«

»Ich auch«, erklärte Adélaïde.

Archer schüttelte den Kopf. »Ich muss das allein machen. Hier geht es schließlich um *meine* Großeltern. Ich will nicht, dass euch was …«

»Aber hier geht es nicht mehr nur um deine Familie.« Oliver hielt den *Rosewood Chronicle* hoch. »Die wollen die Zeitung von meinem Vater vernichten. Deshalb muss ich beweisen, dass sie Lügen verbreiten.«

»Wir kommen mit«, sagte Adélaïde bestimmt, bevor Archer widersprechen konnte. »Überlegen wir mal, wie wir hinkommen. Die Busse fahren nicht. Ihr wisst schon, wegen der Frau mit den Zitronendrops.«

»Ich wollte zu Fuß hingehen«, sagte Archer.

Oliver hätte beinahe gelacht. »Das ist eine ganz schlechte Idee. Wir können nicht einfach ins Hauptquartier spazieren, die Korrespondenz suchen und wieder rauslatschen. Jemand könnte uns sehen. Wir wissen nicht, wem wir dort trauen können.«

»Wenn wir an Greenhorn-Uniformen rankommen würden«, überlegte Adélaïde, »könnten wir uns unter die anderen mischen.«

»Gute Idee«, sagte Oliver. »Aber wenn wir die Korrespondenz finden, müssen wir sie so schnell wie möglich zu deinen Großeltern bringen. Und so wie es bei uns immer läuft, werden wir bestimmt gejagt. Zu Fuß wird das nichts.«

Oliver hatte recht. Das musste Archer zugeben. Adélaïde überlegte und schaute aus dem Fenster. In der Donnerblumenstraße flackerten zwei Scheinwerfer auf. Sie gehörten zum Lieferwagen von Café Belmont. Das Fahrzeug wich Fußgängern aus und kam schlitternd zum Stehen. Amaury zwängte sich aus der Fahrerkabine, kletterte über einen Schneehügel und tapste zitternd ins Kaffeehaus.

Adélaïde zeigte zum Lieferwagen. »Damit kommen wir hin.«

»Wir *dürfen* keinen Lieferwagen fahren«, sagte Oliver.

»Das ist doch nur ein *Lieferwägelchen*. Schau ihn dir an. Er sieht aus, als hätte jemand ein normal großes Auto in die Waschmaschine gesteckt und aus Versehen einlaufen lassen.«

»Die Größe spielt keine Rolle. Es ist verboten. Und das heißt, wir dürfen nicht damit fahren.«

»Nein.« Adélaïdes Augen funkelten verwegen. »Das heißt nur, wir dürfen uns nicht dabei *erwischen* lassen.«

Oliver fuhr sich durch die Haare. »Ich will ja nichts sagen, aber du und Lieferwagen? Das ist doch noch nie gut gegangen.«

»Würde Amaury merken, dass er weg ist?«, fragte Archer.

»Ja.« Adélaïde sackte in sich zusammen. »Wir könnten ihn natürlich fragen, aber er würde mir niemals erlauben, damit zu fahren.«

»Weil wir wahrscheinlich einen Unfall bauen würden«, sagte Oliver, »und sterben müssten.«

»Amaury hätte bestimmt Angst, wir könnten uns verletzen«, sagte Archer nachdenklich. »Aber was, wenn es ihm egal wäre? Oder wenn er sogar *wollen* würde, dass wir uns verletzen?«

Adélaïde blinzelte verwundert. »Das wäre das genaue Gegenteil von dem, was Amaury wollen würde.«

»Und wir haben etwas, womit er sich in sein Gegenteil verwandelt. Oliver, erinnerst du dich an die Kiste, die du im Koffer meiner Großeltern gefunden hast? An die Fläschchen mit den Pulvern und Flüssigkeiten?« Oliver konnte sich nur dunkel daran erinnern. »Die stammen von dem Botaniker, den Benjamin so bewundert. Mr Wigstan Spinler«, sagte Archer und erklärte seinen Freunden die Wirkung des Paradox-Pulvers.

»Nur, damit ich dich richtig verstehe«, sagte Oliver langsam. »Falls Paradox-Pulver wirklich so wirkt, wie dein Opa sagt, willst du … für mich klingt das, als wolltest du Amaury *unter Drogen* setzen, damit wir seinen Lieferwagen klauen können.«

»Wir müssen sichergehen, dass nichts Schlimmes passieren kann«, sagte Adélaïde. »Bevor wir Amaury das Paradox-Pulver geben, müssen wir es an jemandem austesten.«

»Ich spiele auf keinen Fall Versuchskaninchen«, sagte Oliver und griff in die Tüte mit den Schoko-Schlutzen. »*Paradox-Pulver* – lecker klingt das nicht.« Er schielte zu Adélaïde. »Vielleicht frisst Fritz das.«

»Meinem Hund tut ihr nichts ins Fressen! Was soll dabei auch rauskommen?«

»Wenn er wie eine Katze miaut, dann …«

»Schoko-Schlutze«, sagte Archer, als Oliver einen aus der Tüte zog. »Mr Schleck hat gesagt, der köstliche Geschmack von Schokolade kann vieles übertünchen. Wenn wir die Schokolade einschmelzen, könnten wir ein paar Stücke mit Paradox-Pulver präparieren. Keiner würde was merken. Wir könnten es bei der Feier austesten. Zum Beispiel an …«

»Miegflog! Wolpschu! Fisperg! Gluup!« Alice, Molly und Charlie, die noch immer auf dem Sofa lümmelten, brachen in Gelächter aus.

Archer, Oliver und Adélaïde grinsten sich an.

»Das dürfen wir nicht«, flüsterte Adélaïde.

»Wir *müssen* es austesten«, erwiderte Archer.

Oliver warf einen Schlutz in die Luft und fing ihn mit dem Mund auf. »Was soll schon groß passieren? Ist doch nur Schokolade.«

✦ Ein guter Rat? ✦

Archer ging nach Hause und hörte im Flur, wie seine Mutter mit jemandem telefonierte. Es war sein Vater.

»Hast du den Artikel gelesen, Richard? Ich wusste, dass etwas Schlimmes geschehen würde, aber damit hatte ich nicht gerechnet! Was sollen wir jetzt bloß mit ihm machen?«

Archer runzelte die Stirn und ging die Treppe hinauf. Seine Mutter musste den *Rosewood Chronicle* gesehen haben, aber was wollte sie *mit ihm machen*? Glaubte sie die Geschichte etwa? Er steckte den Kopf ins Zimmer seiner Großeltern. Sie waren nicht da. Seit der Ankunft von Mr Dalligold hatte er sie kaum noch gesehen. Sie hatten den *Chronicle* bestimmt auch gesehen. Wahrscheinlich beratschlagten sie gerade mit

Mr Dalligold, wie es mit Mr Bray weitergehen sollte. Archer trat ins Zimmer und machte die Tür hinter sich zu.

Als er oben auf dem Kleiderschrank nach der Kiste suchte, schaute ihn der ausgestopfte Igel vorwurfsvoll an. »Willst du mir was sagen?«, fragte Archer, während er die Kiste durchstöberte.

»Nein, nichts«, erwiderte der Igel.

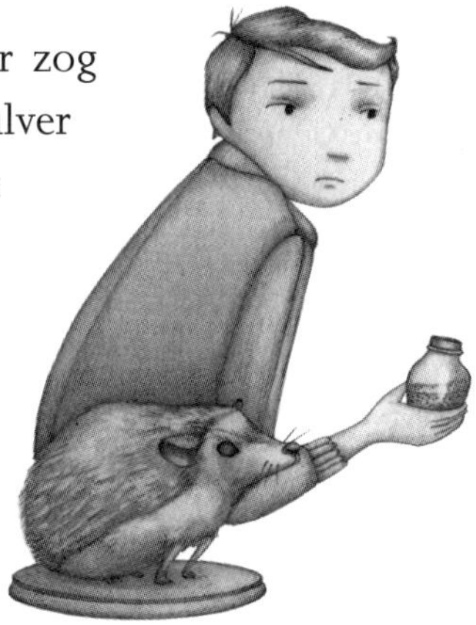

»Das glaube ich dir nicht.« Archer zog das Fläschchen mit dem Paradox-Pulver heraus. »Nun komm, sei kein Frosch.«

»Eins möchte ich mal klarstellen«, zischte der Igel. »Ich bin kein Frosch. Was du vorhast, geht mich zwar nichts an, aber du solltest sehr vorsichtig sein. Mit Dingen zu experimentieren, von denen man nichts versteht, ist gefährlich.«

»Aber ich weiß, wie es funktioniert.« Archer schob das Fläschchen in seine Hosentasche.

»In der Theorie vielleicht. Aber nicht in der Praxis. Das sind zwei völlig verschiedene Dinge.«

»Deshalb wollen wir es ja austesten.«

»Ja, du willst es an drei Kindern austesten, die nicht wissen, was los ist. Glaubst du, deine Großeltern würden das richtig finden? *Ich* nicht. Und ich kenne sie ziemlich gut. Ich wohne schon seit vielen Jahren in diesem Zimmer. Dein Opa hat selbst zu dir gesagt: ›Wir müssen tun, was wir für richtig halten, und hoffen, dass andere es genauso machen.‹«

Archer versuchte, die Warnung des Igels zu vergessen, aber seine Worte verfolgten ihn bis in sein Zimmer. Auch als er auf dem Bett saß und das Fläschchen von einer Hand in die andere gleiten ließ, musste er an sie denken. Er wusste nicht, ob er den Rat eines ausgestopften Igels befolgen sollte, aber ganz unrecht hatte er nicht. Vielleicht sollte er das Pulver nicht an Alice, Molly und Charlie austesten, so gern er es auch getan hätte. *Richtig* wäre es nämlich, das Experiment an sich selbst durchzuführen.

Archer legte das Fläschchen auf den Nachttisch und kletterte vom Bett. Er stellte sich vor den Spiegel und betrachtete sein Gesicht. Was würde herauskommen, wenn er sich in sein Gegenteil verwandelte?

12

✦ Ein Botaniker vor der Blüte ✦

»Wieso gehen wir in die Bibliothek?«, fragte Oliver gähnend, als er am nächsten Morgen neben Archer und Adélaïde den Zickzackweg entlangtrottete. »In den Weihnachtsferien sollen wir doch eigentlich einen großen Bogen um die Schule machen.«

Archer hatte Oliver und Adélaïde zwar noch nicht gesagt, dass er das Paradox-Pulver selbst ausprobieren wollte, aber er hatte ihnen von dem Buch erzählt, das er in der Bibliothek zu finden hoffte.

»Benjamin hatte es im Zug dabei. Er liest es von morgens bis abends. Ich weiß den Titel nicht mehr, aber man kann es gar nicht übersehen. Es hat einen smaragdgrünen Einband. Vielleicht hat Wigstan Spinler es geschrieben. Ich bin mir nicht sicher. Aber ich glaube, in dem Buch steht was über Paradox-Pulver. Ich möchte nämlich mehr darüber wissen.«

Sie traten durch das riesige schmiedeeiserne Tor der

Rosewood-Schule (auf dem immer noch Knopffabrik stand). Archer fischte eine zerknitterte Mütze aus der Tasche, setzte sie auf und zog den Schirm tief ins Gesicht. Miss Whitewood hatte ihn gewarnt, sich bei einem Besuch nicht erwischen zu lassen. Sie stiegen die halb unter Schnee begrabene Treppe hoch und stießen die schwere Eingangstür auf.

»Unheimlich.« Oliver schaute sich in der leeren Halle um. »So leise ist es hier noch nie gewesen.«

»Du lässt den Kopf besser unten«, sagte Adélaïde und legte eine Hand auf Archers Schulter. »Wir führen dich zur …«

Eine Tür ging quietschend auf. Schnelle Schritte näherten sich.

»Zurzeit findet kein Unterricht statt! Darf ich fragen, was ihr hier zu suchen habt?«

Die Stimme erkannte Archer sofort wieder, aber unter dem tief gezogenen Mützenschirm sah er nur die Schuhe von Mrs Littell. Sie waren lindgrün, mit winzigen Schleifen. Adélaïde und Oliver zeigten der Schulleiterin die von Miss Whitewood ausgestellten Bibliotheksausweise.

»Wie viele hat Marion bloß verteilt?«, murmelte Mrs Littell.

Archer zog seinen Ausweis ebenfalls aus der Tasche. Statt ihn zu nehmen, legte Mrs Littell einen Finger unter Archers Mützenschirm und lüpfte ihn. Im nächsten Augenblick riss sie ihren kleinen Kopf ruckartig nach hinten, als wollte sie einem Schneeball ausweichen.

»*Archer Helmsley?* Was hast du hier zu suchen? Du wurdest nach dem Zirkus mit den Tigern von der Schule verwiesen.«

»Wir hatten das nicht geplant …«

»So wie deine Großeltern den Eisberg nicht *geplant* hatten?« Archer wurde rot und biss sich auf die Zunge. »Dein Streich hat böse Folgen gehabt. Die Murkleys mussten ihr Haus verkaufen, um die Arztrechnungen bezahlen zu können. Jetzt wohnen sie in einer erbärmlichen Zwei-Zimmer-Hütte in Unterholz. *In Unterholz!* Das ist das schlimmste Viertel in ganz Rosewood.«

»Wie geht es Mrs Murkley?«, heuchelte Adélaïde Mitgefühl.

Mrs Littell schüttelte sorgenvoll den Kopf. »Es heißt, sie macht Fortschritte, aber die sehe ich nicht. Sie kann nicht mehr sprechen und blinzelt, wenn sie jemandem etwas mitteilen möchte. Die Ärmste muss sich fühlen wie ein Blinklicht! Archer, du verlässt auf der Stelle die Schule. Und ihr beiden geht auf direktem Weg in die Bibliothek. Richtet Miss Whitewood bitte aus, dass ich sie kurz sprechen möchte, bevor sie geht. Bibliotheksausweise für Kinder, die von der Schule verwiesen wurden? Also wirklich!«

»Geh zu *Schleck & Schmeck*«, formte Adélaïde lautlos mit den Lippen, bevor sie Oliver in Richtung Bibliothek folgte.

Mrs Littell blieb vor Archer stehen und tippt immer energischer mit dem Fuß, bis sie beinahe stampfte. Dabei zeigte sie auf die Eingangstür, die mit einem Mal aufflog.

»ARCHER! Was für eine Überraschung!«

Archer wirbelte herum und verlor beinahe das Gleichgewicht. Mr Churnick schlenderte herein, in der einen Hand einen verschlissenen Koffer, in der anderen eine durchgeweichte Kuchenschachtel. Er lächelte so breit, dass seine Hasenzähne vollkommen entblößt waren.

»Mr Churnick, was machen Sie denn in Rosewood?«

»Ich treffe mich mit der reizenden Mrs Littell.« Er drückte besagter Mrs Littell die Kuchenschachtel in die Hand. »Ich habe Ihnen Käsekuchen mitgebracht, meine liebe Littell. Den besten aus ganz Stonewick!«

Mrs Littell versuchte, die Schachtel möglichst weit von sich wegzuhalten, damit die durchsickernde Flüssigkeit nicht auf ihren lindgrünen Schuhen landete.

»Archer, ich hab dir noch nicht für *meinen* Käsekuchen danken können!«, fuhr Mr Churnick fort. »Furchtbar nett von dir. Eine wundervolle Überraschung. Wünschte, ich hätte Zeit für einen kleinen Plausch, aber ich bin in Eile. Muss den Zug nach Stonewick erwischen, bevor der Verkehr eingestellt wird. Offenbar zieht ein Schneesturm auf. Mir soll es recht sein. Wollte sowieso nicht noch eine Nacht in dem Hotel bleiben. War bis unters Dach voll mit komischen Vögeln. Alle anderen waren leider ausgebucht! Ach, ich hoffe, deine Eltern waren nicht allzu …«

Mrs Littell hüstelte laut, als wäre ihr Hals mit einer klebrigen Kröte verstopft.

»Stimmt etwas nicht, meine liebe Littell?«

»Bitte nennen Sie mich nicht immer *liebe Littell*, Mr Churnick. Archer muss das Schulgelände umgehend verlassen. Nach dem *Vorfall* hat er einen Verweis erhalten.«

»Der Eisbär!« Mr Churnick schüttelte sich vor Lachen. »Wer könnte den vergessen?«

»*Wir* jedenfalls nicht.«

»Ach, kommen Sie, Mrs Littell. Nun seien Sie doch nicht so streng mit dem Jungen. Die alte Unke hat von ihm nur bekommen, was sie verdient hat. Miss Whitewood glaubt, dass Sie nicht die ganze Geschichte kennen. Dieses Scheusal hat den Ruf meiner Schule *ruiniert*. Ich würde es Archer zwar nicht verübeln, aber ich glaube nicht, dass er sie mit dem Eisbären tatsächlich erschlagen wollte.«

»Da bin ich mir nicht so sicher.« Mrs Littell warf Archer einen strengen Blick zu. »Mr Churnick und ich müssen ein paar Missverständnisse aus dem Weg räumen. Archer, da ist die Tür!«

Mrs Littell marschierte in ihr Büro. Mr Churnick haute Archer auf den Rücken und ging grinsend davon. »Muss wohl mal wieder einen Nachsitzzettel verschwinden lassen. Oder in diesem Fall … einen Verweis.«

✦ Trübe Gedanken ✦

Draußen blieb Archer auf der Schultreppe stehen, weil er einen glitzernden Silberknopf im Schnee entdeckt hatte. Er steckte ihn in die Tasche und erstarrte. Auf der anderen Straßenseite ragte der dunkle Park auf. Er suchte die schiefen Bäume und ihre schiefen Schatten mit den Augen ab. Hatte Mr Mullfort sich dort versteckt? Seitdem er beschlossen hatte, allein ins Hauptquartier zu gehen, hatte er Angst, Mr Birthwhistle könne irgendwie Wind von seinem Plan bekommen. Er machte einen vorsichtigen Schritt nach vorn, spähte in beide Richtungen des Zickzackwegs und hörte nicht auf zu rennen, bis er die Tür von *Schleck & Schmeck* hinter sich zugemacht hatte.

»Wieso bist du denn so aufgelöst?«

Archer wirbelte herum. Es war nur Mr Schleck. Noch nie hatte er sich so gefreut, den Chocolatier zu sehen.

»Ach, wegen nichts«, keuchte er. »Oliver und Adélaïde kommen gleich nach. Ich wollte nur …«

»Dein Lieblingsgenie einmal ganz für dich allein haben?«, tippte Mr Schleck augenzwinkernd und schlang einen Arm um Archers Schulter. »Deshalb bist du so aufgelöst, stimmt's? Hast wohl Angst, mich zu enttäuschen? Keine Sorge! Du schlägst dich tapfer!«

Ehe Archer sichs versah, hatte er einen Mopp in der einen und einen Eimer Wasser in der anderen Hand und stand im zweiten Stock, den Mr Schleck hinter ihm mit einer Kordel absperrte. Archer blickte zu den leeren Sofas und Stühlen, dann auf den Fußboden. Die reinste Katastrophe. Es war nun mal die Zeit der nassen Stiefel. Archer stöhnte, stieß den Mopp in den Eimer und klatschte ihn auf den Boden.

Was hatte Mr Churnick mit Mrs Littell zu besprechen? Und was hatte er damit gemeint, dass er den Verweis verschwinden lassen wollte? Selbst wenn der Direktor Mrs Littell davon überzeugen konnte, den Verweis zurückzuziehen, würde seine Mutter Archer wieder nach Raven Wood schicken. Mr Churnick hatte gesagt, er hoffe, seine Eltern wären nicht allzu … *was?* Er hatte den Satz nicht beendet.

Archer stopfte das Putzgerät in den Eimer. Das Wasser färbte sich gräulich braun. Er wrang den Mopp aus und klatschte ihn erneut auf den Boden.

Was, wenn etwas mit dem Paradox-Pulver schieflief? Wenn er sich mit der Menge vertat und sich für immer in sein Gegenteil verwandelte?

Archer tunkte den Mopp wieder in den Eimer und sah zu, wie eine Spinne vor der sich ausbreitenden Pfütze davonkrabbelte. Am liebsten hätte er Benjamin nach dem Paradox-Pulver gefragt. Mit Pflanzen kannte sein ehemaliger Mitbewohner sich besser aus als jeder andere. Außerdem würde Benjamin ihnen helfen können, an ein paar Greenhorn-Uniformen heranzukommen. Archer war davon überzeugt, dass sich die Korrespondenz irgendwo im Archiv befand, aber er hatte keine Ahnung, wo das Archiv eigentlich war. Er konnte seine Großeltern schlecht fragen, ob sie einen Plan vom Hauptquartier hatten. *Ach, ich bin nur neugierig.* Das würden sie ihm niemals abkaufen. Aber vielleicht besaß Benjamin ja einen Plan.

Natürlich brauchte er Benjamins Hilfe nur aus einem Grund: Er wollte seinem Vater einen Mordversuch nachweisen! Archer war sich nicht sicher, ob er seinem alten Freund das wirklich antun wollte.

Damals, im Zug nach Raven Wood, hatte er sich hundeelend gefühlt. Und ihm war noch mulmiger geworden, als der Schulbus in die Auffahrt eingebogen war und er die baufällige Ruine zum ersten Mal gesehen hatte – seine neue Schule. In der ersten Woche mit Benjamin hatte Archer noch ein komisches Gefühl gehabt, aber danach hatte er die Schrecken von Raven Wood beinahe vergessen.

»Du musst dir fest über die Stirn reiben«, hatte Benjamin an einem Herbstmorgen auf dem Weg zur Krankenstation zu ihm gesagt. »Bis sie richtig heiß ist.«

»Jungs, ihr habt Fieber«, hatte die Krankenschwester festgestellt und sie ins Bett gesteckt. »Wir behalten euch hier, bis es gesunken ist – sonst steckt ihr noch die ganze Schule an.«

Nachdem die Schwester die beiden mit einem Vorhang von der Außenwelt abgeschottet hatte, sprang Benjamin aus dem Bett, schob ein Fenster hoch, und Archer kletterte hinter ihm hinaus. Sie rannten über den Schulhof und steuerten auf den dichten Kiefernwald zu, der Raven Wood von drei Seiten umschloss.

»Leider hab ich im Wald bisher noch kein seltenes Exemplar entdeckt.« Benjamin setzte sich ein Kupfergestell mit Lupengläsern auf den Kopf. »Falls du eine Pflanze findest, die ungewöhnlich aussieht, bring sie sofort zu mir.«

Im Schatten der hohen immergrünen Bäume trennten sie sich. Archer wanderte durch den mit Kiefernnadeln bedeckten Wald und kickte einen Tannenzapfen weg. Dieser landete in einer eigenartigen Pflanze. Die Blätter waren in Dreiergruppen angeordnet – zwei kleine und ein großes in der Mitte. Sie hatten orangefarbene Spitzen und glänzten wie mit Wachs überzogen. Ob die Pflanze ungewöhnlich aussah, konnte Archer nicht beurteilen, trotzdem pflückte er ein paar Blätter und brachte sie zu Benjamin, der vor einem Grüppchen lila gepunkteter Pilze kauerte.

»Ich glaube, ich hab was gefunden«, sagte Archer und hockte sich neben ihn.

Benjamin betrachtete die Blätter durch die Vergrößerungsbrille. Dann starrte er Archer an. Die Linsen ließen seine Augen doppelt so groß und doppelt so besorgt aussehen.

»Das ist Gift-Efeu.«

Archer schmiss die Blätter weg und Benjamin schob die Brille hoch. »Das wird einen bösen Ausschlag geben. Du musst den Milchsaft abwaschen. Schnell! Zum Meer!«

Archer und Benjamin schossen aus dem Kiefernwald, rasten an dem zerdrückten Buchsbaum vorbei, in dem ein Junge fast gestorben wäre, und liefen über den Steinweg zum glitzernden Meer. Am Wasserrand ging Archer in die Hocke und tauchte die Hände ein. Er bemerkte die Welle erst, als sie ihn verschluckte. Das Salz weitete seine Nasenflügel, er setzte sich klitschnass auf und spuckte im hohen Bogen Meerwasser aus. Benjamin musste so laut lachen, dass ihm die Vergrößerungsbrille wieder auf die Nase rutschte.

»Du bist der einzige Springbrunnen, der in Raven Wood noch läuft!«

Entweder bemerkte er die zweite Welle nicht oder sie kam ihm durch die Vergrößerungsbrille weiter weg vor. Was auch immer der Grund gewesen war, wenige Sekunden später saß Benjamin jedenfalls triefnass neben Archer und spuckte Wasser.

»Du meinst, einer von zwei Springbrunnen«, sagte Archer. Beide grinsten sich an.

Archer stand im zweiten Stock von *Schleck & Schmeck* und starrte in den trüben Wassereimer. Warum musste Benjamin ausgerechnet Mr Birthwhistle zum Vater haben?

✦ Auf natürliche Weise unnatürlich ✦

Archer stellte den Mopp in den Eimer und lief zur Treppe, von der die Stimmen von Oliver und Adélaïde herauftönten.

»Ich schaff's nicht!«, stöhnte Oliver. »Hilf mir!«

»Du kriegst das schon hin«, erwiderte Adélaïde.

Archer hob die Kordel hoch, damit die beiden darunter hindurchschlüpfen konnten. Adélaïde hatte eine prall gefüllte Tasche umgehängt. Oliver trug zwei Eimer, einen Mopp, einen Besen, eine Bürste, Putzlappen und Sprühflaschen. Er brach unter der Last beinahe zusammen.

»Habt ihr das Buch gefunden?« Archer nahm Oliver einen Eimer ab.

»Nicht das, das du wolltest.« Adélaïde schüttete Bücher auf ein Sofa. »Miss Whitewood hat uns die hier rausgesucht, aber ich glaube nicht, dass sie uns weiterhelfen.«

»Gut, dass du nicht dabei warst«, sagte Oliver, während Archer den Stapel durchging. »Miss Whitewood hat uns richtig ausgequetscht. Sie fand es komisch, dass wir uns mitten im Winter plötzlich für Bücher über Pflanzen und Gärten interessieren.«

Archer nahm ein Buch mit dem Titel *Rosen, Tulpen, Nelken – wie sie nicht verwelken*. Es hatte einen rosa Umschlag und auf dem Deckel war eine Frau abgebildet. Sie lächelte komisch, als müsste sie dringend einen Psychologen aufsuchen. Ein anderes hieß *Löwenzähne ziehen: So werden Sie Herr über Ihr Unkraut.*

Der Umschlag war gelb und zeigte einen dicken, rotbackigen Mann, der mit einer Zange bewaffnet in einem mit Löwenzahn überwucherten Garten hockte. Die beiden hätten sich auf dem Blumenfest seiner Mutter pudelwohl gefühlt.

»Ich weiß.« Adélaïde hatte seinen Gesichtsausdruck gesehen. »Aber andere hatte Miss Whitewood nicht. Von dem smaragdgrünen Buch hatte sie noch nie gehört.«

»Vielleicht hilft uns das hier weiter«, sagte Archer hoffnungsvoll und schlug ein Buch mit dem Titel *Das Pflanzen ABC* auf. Er zog das Fläschchen mit dem Paradox-Pulver vorsichtig aus der Hosentasche und suchte im Inhaltsverzeichnis nach den Pflanzen, die auf der Rückseite aufgelistet waren. Keine einzige kam in dem Buch vor. Er runzelte die Stirn. »Als wären sie noch gar nicht entdeckt worden.«

»Kann ich mal sehen?«, fragte Oliver.

Archer reichte ihm das Fläschchen.

Oliver hielt es gegen das Licht und schüttelte das blaue Pulver mit den rosa Pünktchen vorsichtig hin und her. »Das kann nicht natürlich sein.«

»Eigentlich ist es vollkommen natürlich«, sagte Adélaïde.

»Wie kann etwas natürlich sein, das Menschen zu unnatürlichem Verhalten bringt?«

»Wenn man die Natur benutzt, damit sich jemand unnatürlich verhält, ist es trotzdem natürlich.«

»Das ist mir zu kompliziert. Und ich kapier immer noch nicht, warum du mehr über Paradox-Pulver wissen willst, Archer.«

»Wir könnten Alice, Molly und Charlie einen Dauerdachschaden zufügen«, erklärte Adélaïde.

»Wenn wir sie für immer in ihr Gegenteil verwandeln, tun wir Rosewood einen Gefallen.«

»Wir testen es nicht an ihnen aus.« Archer klappte das Buch zu. »Sondern an mir.«

»Ich höre viel Geplapper, aber kein Geschrubbe!«, zwitscherte Mr Schleck vom ersten Stock her. »Schrubb! Schrubb! Schrubb!«

»Seinen Laden mag ich sehr.« Oliver griff sich eine Bürste und ging auf die Knie. »Aber Mr Schleck bekommt immer mehr einen muffigen Beigeschmack.«

»Warum testen wir das Paradox-Pulver an dir aus?«, fragte Adélaïde und angelte sich einen Mopp.

»Weil mir das richtig vorkommt«, erklärte Archer. »Dann kann ich aus erster Hand berichten, wie es war. Ich nehme es morgen bei der Feier. Wenn meine Großeltern oder meine Mutter oder Amaury in der Nähe sind, geht das nicht.«

»Ich hatte mich so auf die Verwandlung der schrecklichen drei gefreut.« Oliver, der gerade einen Kaugummi zwischen zwei Bodenbrettern herauszukratzen versuchte, seufzte. »Was bei dir wohl rauskommt?«

Das fragte Archer sich auch. Er war ein Helmsley. Aber wer war *Archer* Helmsley?

»Tja«, sagte Adélaïde. »Du bist zuverlässig und mutig. Wahrscheinlich verwandelst du dich in einen unzuverlässigen Feigling.«

»Manchmal«, überlegte Oliver, »kommt es uns so vor, als wärst du gar nicht da, sondern ganz weit weg. Vielleicht bist du mit dem Pulver doppelt da.« Er starrte Archer an. »Könnte anstrengend werden.«

Archer grinste und ging mit den Putzlappen und Sprühflaschen zum Fenster. Während er die Scheibe polierte, sah er einen Lieferwagen vor der Donnerblumenstraße anhalten. Er war länger als der Wagen von Cornelius. Archer erstarrte, weil er erwartete, dass Mr Birthwhistle und seine Komplizen aussteigen würden. Aber als die Tür aufging, strömten stattdessen Greenhorns heraus. Sie teilten sich in kleine Gruppen auf, schwärmten in die Donnerblumenstraße aus und liefen auf verschiedene Läden zu. Er entdeckte Darby. Sie rannte hinter zwei älteren Greenhorns her, die auf dem Weg zum Scherzartikelladen *Trumm & Drumm* waren. Der Betonklotz Fledger trabte neben einem Jungen, der an ein Stück Treibholz erinnerte, auf *Schleck & Schmeck* zu.

Plötzlich sprang Benjamin aus dem Lieferwagen. Er war allein und schien nicht recht zu wissen, wo er hinsollte. Archer zögerte, klopfte dann aber gegen die Scheibe. Er klopfte lauter. Er hämmerte. Endlich schaute Benjamin hoch, und Archer gab ihm ein Zeichen, in den Laden zu kommen. Benjamin blieb zögernd stehen, aber dann folgte er Betonklotz und Treibholz in den Süßigkeitenladen.

Archer raste zur Treppe.

»Wo willst du hin?« Oliver war damit beschäftigt, den Kaugummi aus der Bürste zu ziehen.

»Benjamin ist hier. Ich muss ihn um Hilfe bitten.«

Adélaïde fiel fast der Mopp aus der Hand. »Benjamin um Hilfe bitten? Du darfst ihm nichts von unserem Plan verraten. Wenn du ihm erzählst, dass wir zum Hauptquartier wollen, geht er zu seinem Vater und …«

»Du darfst ihm nichts sagen«, gab Oliver ihr recht.

Es war gewagt, aber Archer lotste Benjamin trotzdem die Treppe hinauf.

✦ Beissender Geruch ✦

Steif. Kein anderes Wort hätte das zweite Wiedersehen nach Raven Wood besser beschreiben können. Den Ranzen auf dem Schoß saß Benjamin dem Trio auf einem Sofa gegenüber und schaute überallhin, nur nicht zu Archer.

»Ich hab Mr Churnick heute Morgen gesehen«, begann Archer. »Er war in der Knopffabrik. Keine Ahnung, was er da wollte.« Benjamin gab sich gelangweilt.

»Warum sind die Greenhorns hier?«, fragte Adélaïde.

»Das Hauptquartier platzt aus allen Nähten«, sagte Benjamin schließlich. »Wir stören nur. Deshalb haben sie uns nach Rosewood verfrachtet.«

Oliver räusperte sich, denn er meinte zu wissen, welche Laus Benjamin über die Leber gelaufen war. »Du bist bestimmt sauer, weil wir bei euch eingebrochen sind, und fragst dich wahrscheinlich, was wir …«

»Mein Vater hatte nichts mit dem Eisberg zu tun«, erklärte Benjamin und schaute Archer in die Augen. Er öffnete seinen Ranzen und zog eine Zeitung heraus. »Ich bin nur hier, weil ich dir das zeigen wollte. Sie haben ein Tagebuch gefunden, Archer. Es beweist, dass dein Großvater verrückt geworden ist.«

Archer hätte lieber einen fauligen Fisch gegessen, als den Artikel noch einmal zu lesen. »Das Tagebuch ist eine Fälschung.«

»Warum sollte jemand ein Tagebuch fälschen?«

»Weil der Eisberg kein Schwindel war. Dafür gibt es Beweise. Sie sind irgendwo im Hauptquartier versteckt. Und ich werde sie finden …«

Benjamin war aufgesprungen und stopfte die Zeitung wieder in den Ranzen. »Viel Glück«, sagte er. »Aber wenn du mich fragst, verschwendest du nur deine Zeit. Ich weiß, du willst es nicht glauben, aber das musst du. Die Wahrheit ist nirgendwo versteckt. Sie schläft in eurem Haus.«

Archer sprang auf, bevor Benjamin die Treppe erreicht hatte.

»Bitte geh nicht, Benjamin. Ich weiß, du magst meine Großeltern nicht. Du bist sauer, weil sie Wigstan Spinler ausschließen wollten. Du wirst es mir nicht glauben, aber mein Großvater hat nichts gegen ihn. Er wollte etwas anderes erreichen. Aber meine Großeltern dürfen auch nicht ausgeschlossen werden. Ich brauche deine Hilfe. Bitte.«

Benjamin strich sich das strähnige Haar aus dem Gesicht. »Du wirst bitter enttäuscht sein«, sagte er und ging langsam zum Sofa zurück. »Aber wenn du dich dann endlich damit abfindest, dass mein Vater die Wahrheit sagt, okay, dann helfe ich dir. Was brauchst du?«

Dass Benjamin so schnell seine Hilfe anbieten würde, hatte Archer nicht erwartet. Er war sprachlos.

»Wobei soll ich dir helfen?«, fragte Benjamin.

»Kannst du uns Greenhorn-Uniformen besorgen?« Adélaïde schielte zu Archer.

Benjamin nickte. »Wie viele braucht ihr?«

»Vier. Zwei für Mädchen, zwei für Jungs.«

»Und weißt du, ob es einen Plan vom Hauptquartier gibt?«, fragte Oliver.

»Es gibt einen«, sagte Benjamin. »Er ist ziemlich kompliziert, aber ich kann …«

»Moment mal.« Archer hob die Hände, um die anderen zum Schweigen zu bringen. »Benjamin, du weißt schon, wobei du mir hilfst, oder? Ich glaube, es gibt einen Beweis, dass meine Großeltern nicht verschwinden wollten. Einen Beweis, dass irgendjemand sie umbringen wollte. Und dieser Jemand ist *dein* Vater.«

Benjamin plumpste seufzend aufs Sofa. »Ich weiß, du denkst, mein Vater würde hinter allem stecken. Es wäre schön, wenn du mir endlich glauben würdest. Aber das tust du nicht. Nicht, solange du dich nicht selbst überzeugt hast. Keine Ahnung, was du dort finden willst, aber du …« Benjamin verstummte. Sie hatten das Paradox-Pulver auf dem Tisch liegen gelassen. »Woher hast du das?« Benjamin wollte danach greifen, aber Archer war schneller. »Du hast es doch nicht etwa aus Mr Spinlers Sammlung gestohlen?« Archer schüttelte den Kopf. »Außer ihm weiß niemand, wie man es herstellt. Wie bist du da rangekommen?«

»Mein Opa hatte es.« Archer zeigte auf den Stapel nutzloser Gartenbücher. »Wir wollten mehr über das Pulver rausfinden. Mein Opa hat gesagt, es kann …«

»Ich weiß, was Paradox-Pulver kann.«

Benjamin fischte in seinem Ranzen. Archer sah es smaragdgrün aufblitzen, und dann lag das Buch, das er gesucht hatte, vor ihm auf dem Tisch. Die auf Samt gedruckten goldenen Buchstaben funkelten im Licht.

Wigstan Spinlers
PFLANZENKUNDE

Dritte Ausgabe

WIGSTAN SPINLER • GILDE VON MAGELLAN

Benjamin schlug das Buch auf. »Lies die Pflanzen auf der Rückseite vor.«

»Die erste heißt Tümpelwurz«, sagte Archer.

TÜMPELWURZ

Tümpelwurz kommt überwiegend in feuchtheißen Regionen vor. Mein erstes Exemplar dieser faszinierenden Viridiplantae entdeckte ich in einem stillstehenden Gewässer im Amazonasgebiet. Die Wurzeln waren unter Schlamm begraben und die Blätter ragten knapp zwei Zentimeter über die Wasseroberfläche. Die Blätter hatten meine Neugier sofort geweckt. Sie waren bemerkenswert dick – derart fleischige Blätter habe ich bis heute bei keiner zweiten Pflanze gesehen. Ich pflückte eins ab und zerrieb es zwischen den Fingern. Ein beißender Geruch drang an meine Nase. Auf meinen Reisen habe ich

> seitdem viele Tümpelwurz-Proben entnehmen können. Er ist vielseitig einsetzbar, entfaltet seine stärkste Wirkung meines Erachtens jedoch in Verbindung mit Gelbem Hokus und Beißblatt. *Siehe auch*: Paradox-Pulver, Seite 253.

»Mr Spinler untertreibt gern«, erklärte Benjamin und schielte zu dem Fläschchen in Archers Hand. »Tümpelwurz riecht nicht nur beißend. Er stinkt *bestialisch*. Hast du mal an dem Pulver gerochen?«

Das hatte Archer noch nicht. Er entkorkte die Flasche und wäre beinahe in Ohnmacht gefallen. »Das riecht wie ein alter Schwamm, der sich mit ranziger Mich vollgesogen hat!«, japste er und gab die Flasche an Oliver weiter, der aus einem unerklärlichen Grund ebenfalls daran roch.

Tränen schossen ihm in die Augen. »Das ist das Ekligste, was ich … ich glaube, es hat mir die Nasenhaare weggeätzt!«

Adélaïde nahm das Fläschchen und hielt es kurz unter die Nase. Ihre Augen traten hervor. »*Widerlich*. Hoffentlich kann die Schokolade das übertünchen. Sonst kriegst du es bestimmt nicht runter, Archer.«

Adélaïde bemerkte ihren Fehler erst, als Benjamins Lächeln verblasste.

»*Runterkriegen?*«, fragte er. »Was habt ihr vor?«

Archer wollte Benjamin auf keinen Fall in den ganzen Plan einweihen.

»Ich muss es ausprobieren«, sagte er. »Wir wollen sichergehen, dass es nicht gefährlich ist.«

Benjamin blickte ernst. »Ohne Aufsicht dürfen Greenhorns keine Versuche durchführen«, warnte er. »Ich würde die Wirkung von Paradox-Pulver nur zu gern aus nächster

Nähe beobachten. Aber die Arbeit von Mr Spinler ist nur für den internen Gebrauch der Gesellschaft gedacht. Nichtmitglieder dürfen nichts davon wissen.«

»Warum nicht?«, fragte Adélaïde.

»Stell dir vor, jeder würde eine Flasche Paradox-Pulver mit sich rumtragen«, sagte Benjamin ungläubig. »Das wäre das reinste Chaos.«

»*Ich* probiere es aus«, sagte Archer. »Und ich bin *kein* Greenhorn. Wir tun es in Schokolade und ich esse sie morgen bei der Feier von Mr Schleck.« Er ließ das Fläschchen von einer Hand in die andere gleiten. »Ich habe nie verstanden, warum du so auf Pflanzen stehst. Ich fand sie immer langweilig. Aber ich habe mich geirrt. Pflanzen sind fantastisch.«

Benjamin sah ihn misstrauisch an.

»Wir passen auf«, fuhr Archer fort. »Falls die Gesellschaft dahinterkommt, übernehme ich die Verantwortung.«

Benjamin lächelte nicht, aber als er wieder auf das Buch schaute, zuckte es um seine Mundwinkel. Er blätterte zu Seite 253 vor. *Paradox-Pulver*.

»Bei der Dosierung macht Mr Spinler nie genaue Angaben«, erklärte er, beinahe außer Atem. »Ich würde vorschlagen, ihr macht drei Stück Schokolade und gebt jeweils eine Prise Pulver dazu. Lieber zu viel als zu wenig.«

Benjamin klappte das Buch zu, steckte es in den Ranzen und stand lächelnd auf. »Das verpasse ich auf keinen Fall. Ich komme morgen zur Feier. Aber wir müssen aufpassen. Keiner darf irgendwas erfahren.«

»Denk an die Uniformen und den Plan«, sagte Adélaïde.

Benjamin nickte und folgte Archer zur Treppe.

»Ich hab dir ja gesagt, wenn du erst mal mehr über Pflanzen weißt, wirst du sie auch interessant finden.« Er lächelte immer noch. »Und Paradox-Pulver ist nur ein Beispiel. Du solltest mal sehen, was sie sonst noch können.«

Archer lächelte nicht ganz so glücklich. Die Vorstellung, morgen Paradox-Pulver zu essen, machte ihn nervös. Immerhin würde Benjamin dabei sein, dadurch wurde der Gedanke etwas erträglicher. Hoffentlich machte auch die Schokolade das Pulver halbwegs erträglich.

»So richtig schmeckt mir das nicht«, flüsterte Adélaïde Oliver zu, als Archer und Benjamin die Treppe hinunterstiegen. »Benjamin behauptet zwar, sein Vater hätte nichts mit dem Eisberg zu tun gehabt. Aber was ist, wenn er mehr weiß, als er zugibt?«

»Dann müsste er ein hervorragender Lügner sein«, erwiderte Oliver.

»So hervorragend wie, sagen wir mal, *sein Vater?*«

Oliver fiel die Kinnlade herunter. »Daran habe ich noch gar nicht gedacht.«

»Erinnerst du dich?«, fuhr Adélaïde fort. »Als wir Archers Großeltern von dem gestohlenen Tagebuch erzählt haben, hat seine Oma uns vor Mr Birthwhistle gewarnt. Sie hat gesagt, bei diesem Mann ist nichts so, wie es scheint. Was, wenn das auch auf Benjamin zutrifft?« Sie nagte an ihrer Unterlippe. »Vielleicht bilde ich mir alles bloß ein. Trotzdem sollten wir ihn morgen bei der Feier im Auge behalten. Archer sagst du besser nichts. Er macht sich schon genug Sorgen wegen dem Paradox-Pulver.«

Archer kam zurück und sie fuhren mit der Arbeit fort.

Sie schrubbten den zweiten Stock und wischten den ersten. Als sie fertig waren, hatte sich das Wasser in den Eimern fast vollständig in Matsch verwandelt. Draußen war es dunkel, drinnen strahlte alles. Am meisten Mr Schleck.

»Das habt ihr wunderbar gemacht!«, zwitscherte er und strich mit dem Zeigefinger über ein Regalbrett. »Kein einziges Staubkorn! Kann mich nicht erinnern, wann der Laden zum letzten Mal so schön ausgesehen hat! Am liebsten würde ich euch für immer hierbehalten! Vielleicht lässt sich da was machen? Wir reden ein anderes Mal darüber! Morgen seid ihr so früh wie möglich hier! Vor der Feier müssen wir noch jede Menge Schokolade einschmelzen!«

Die drei holten ihre Mäntel und gingen nach draußen. Die kalte Abendluft fühlte sich auf ihren heißen, verschwitzten Gesichtern herrlich erfrischend an. Die Menschenmenge, die sich vor Feder & Tinte versammelt hatte, gefiel ihnen dagegen überhaupt nicht.

»Warum geht niemand rein?«, fragte Archer, obwohl er Angst hatte, die Antwort bereits zu kennen.

Sie traten näher und hörten die Leute flüstern.

»Ich war mit Mr Bray auf einen Kaffee verabredet.«

»Da muss jemand eingebrochen sein.«

Selbst aus ein paar Metern Entfernung sahen die drei, was los war. Die Glasscheibe in der grünen Tür war eingeschlagen, darüber hing ein Schild: FEDER & TINTE BLEIBT BIS AUF WEITERES GESCHLOSSEN.

13

✦ König Oliver ✦

Die Leute sprechen gern von der Ruhe vor dem Sturm. Doch vor einem Sturm herrscht nur selten Ruhe, vor allem nicht, wenn ein richtiges Unwetter aufzieht.

Alle laufen kopflos hin und her, hamstern und horten Vorräte, bevor das Tosen und Toben von Mutter Natur beginnt. Schaufel-Fabriken arbeiten rund um die Uhr, Zeitungen sagen den Weltuntergang voraus, Lebensmittelgeschäfte werden leer gekauft.

Verglichen damit herrscht während des Sturms vollkommene Ruhe. Die Straßen sind menschenleer, in den Häusern schlürft man heiße Suppe, davor warten Schaufeln auf ihren Einsatz.

In Rosewood war es vor dem Sturm alles andere als ruhig. Ein bleierner Himmel hing über der Stadt und tauchte alles in ein bedrohliches Grau.

Rosewood Chronicle

SCHLIMMSTER SCHNEESTURM ALLER ZEITEN?

Wie es aussieht, ist der Helmsley-Fluch noch nicht vorbei. Das Barometer fällt und fällt. Bald werden Schnee und starke Winde aufeinandertreffen. Das kann nur eins bedeuten: Uns steht ein heftiger Schneesturm bevor.

»Das ist doch lächerlich.« Adélaïde schaute aus dem Fenster von *Schleck & Schmeck*.

In der Donnerblumenstraße herrschte hektisches Treiben, alle hatten die Hände voller Schaufeln und Einkaufstüten und hasteten hierhin und dorthin. Es raste sogar ein Mann mit einer Schubkarre vorbei, die bis obenhin mit Heizgeräten beladen war.

»Vielleicht fällt viel Schnee. Aber das ist doch nur *gefrorenes Wasser*.«

»Man könnte meinen, es würde stattdessen bald Feuer vom Himmel regnen«, stimmte Oliver ihr zu.

Archer schaute zum Lieferwagen von Café Belmont, der auf der anderen Straßenseite parkte. Laut Wettervorhersage sollte der Schneesturm am Tag der Verhandlung über die Stadt hereinbrechen.

Wenn der Test mit dem Paradox-Pulver glatt lief, blieb ihnen vor dem Unwetter noch ein Tag, um das Archiv zu durchsuchen. Archer hoffte sehr, dass die Zeit reichen würde. Gegen einen Sturm würde der winzige Lieferwagen nicht ankommen.

»Hoffentlich geht es Mr Bray gut«, sagte er und drehte sich vom Fenster weg.

Rosewood Chronicle

EDMUND BRAY: EIN VERBRECHER?

In der Donnerblumenstraße ereignete sich gestern in den späten Nachmittagsstunden ein Einbruch im Geschäft *Feder & Tinte*. Vom Besitzer Edmund Bray fehlt seitdem jede Spur. Gerüchten zufolge diente sein Laden einer Rosewooder Verbrecherbande als Geheimtreff.

Nachdem er das eingeschlagene Fenster gesehen hatte, war Archer mit Oliver und Adélaïde in die Weidengasse gerannt. Er hatte gehofft, seine Großeltern und Mr Dalligold hätten den Einbruch vorgetäuscht, um Mr Bray bis zur Verhandlung zu verstecken. Leider hatte er seine Großeltern nicht fragen können. Sie waren nicht zu Hause gewesen. Archer hatte sie erst morgens beim Frühstück gesehen. Seine Eltern hatten mit am Tisch gesessen und die Überschrift des *Chronicle* gelesen.

»Dass Mr Bray in kriminelle Machenschaften verwickelt ist, darauf wäre ich nie im Leben gekommen.« Mr Helmsley hatte Archers Großeltern über den Rand der Zeitung fragend angeschaut.

»Das zeigt doch nur, wie wenig wir über andere wissen«, sagte Mrs Helmsley seufzend. »Was er wohl unter dem Ladentisch verkauft hat? Handgranaten? Kugelfische? Geschmuggelte Kaugummis?«

Seine Großeltern erwiderten nichts und rührten auch ihr Frühstück nicht an. Vor seinen Eltern konnte Archer sie nicht fragen, was vorgefallen war. Aber er wusste es auch so. Ihre besorgten Mienen sagten alles. Mr Mullfort musste im Laden von Mr Bray eingebrochen sein. Auf dem Weg zu

Schleck & Schmeck brachte Archer Oliver und Adélaïde auf den neusten Stand.

Oliver war entsetzt. Mr Bray lieferte seit Jahren Papier und Druckerfarbe für die Zeitung seines Vaters. Als Oliver noch klein gewesen war, hatte Mr Bray immer ein Stück Schokolade für ihn dabeigehabt, wenn er die großen Papierrollen vorbeibrachte. Jetzt bekam Olivers Schwester Claire die Schokolade.

»Ich kapier's immer noch nicht.« Adélaïde schleppte eine Kiste mit Girlanden aus Mr Schlecks Abstellraum. »Mr Dalligold hat versprochen, Mr Bray beobachten zu lassen. Wieso konnte Mr Mullfort ihn entführen?«

»Vielleicht ist derjenige, der ihn beobachtet hat, ebenfalls verschwunden«, vermutete Archer und zog eine Kiste mit Luftschlangen aus dem Regal.

»Mr Mullfort hat es bestimmt großen Spaß gemacht«, murmelte Oliver. »Wahrscheinlich hat er ihn gefesselt und irgendwo versteckt. Was er wohl als Nächstes plant?«

Auch wenn keiner von ihnen im Moment an Schokolade denken mochte, war sie doch ihre einzige Hoffnung.

»Ich geh in die Küche«, sagte Oliver, als Archer und Adélaïde sich jeweils einen Eimer und einen Mopp griffen. Oliver würde den ganzen Vormittag mit Mr Schleck zusammen Schokolade einschmelzen, während Archer und Adélaïde im unteren Stockwerk sauber machen, Girlanden aufhängen und Tische decken sollten.

»Pass auf, dass Mr Schleck nichts mitkriegt.« Archer drückte Oliver das Paradox-Pulver in die Hand.

»Und nicht vergessen, drei Stück Schokolade und in jedes eine Prise«, sagte Adélaïde.

Oliver steckte das Fläschchen in die Hosentasche und ging in die Küche.

✦ Ein neues Schokoladenrezept ✦

Mr Schleck lief noch vergnügter als sonst durch seine Küche.

»Bevor wir beginnen, möchte ich dir etwas erzählen«, zwitscherte er und schob Oliver zu einer Wand, an der zwei gold gerahmte Kupferstiche krumm und schief hingen. »Du hast dich beschwert, dass dir deine Lehrer nicht beibringen, wer die Schokolade erfunden hat.« Er zeigte auf eins der Bilder. »Schokolade wurde nicht *erfunden*. Sie wurde *entdeckt!*«

»Entdeckt?«, wiederholte Oliver. Vielleicht waren Expeditionen doch interessanter, als er bisher geglaubt hatte.

»Ja, entdeckt. Das hier sind Azteken. Sie hielten Kakaobohnen für ein Geschenk der Götter. Die Azteken haben die Schokolade mit Kräutern gemischt und getrunken. Ihr Kakao würde dir wahrscheinlich viel zu bitter schmecken.«

Mr Schleck deutete auf das zweite Bild, das seinen eigenen Laden zeigte.

»Erfunden wurde die Schokolade, wenn man so will, als jemand auf die Idee kam, Zucker hinzuzufügen. Der Rest ist *süße Geschichte!*«

Oliver erzählte Mr Schleck natürlich nichts davon, aber er dachte ununterbrochen daran, dass er gleich selbst ein neues Schokoladenrezept erfinden würde. Nachdem sie einen ganzen Berg *Schleck & Schmecks* dreifach zarte zarter-als-zartbitter Schokoriegel in winzige Stücke gebrochen hatten, warf Oliver diese in eine Glasschüssel und stellte sie in einen Topf mit kochendem Wasser.

»Nicht zu heiß werden lassen. Immer schön langsam rühren, sonst klumpt es.«

Mr Schleck verschwand mit dem Kopf in einem Schrank und brabbelte weiter: »Langsam und bedächtig. In der Ruhe liegt die Kraft. Schildkröten! Damit fangen wir an!«

Mr Schleck baute eine Reihe Formen auf, in die jeweils sechs Schildkröten passten, und ließ Oliver mit einem Schöpflöffel Schokolade einfüllen. Dann nahm er einen länglichen Spachtel, kratzte die überschüssige Schokolade ab und gab sie zurück in die Glasschüssel. Oliver schlug die Formen auf den Tisch – »damit sich keine Luftbläschen bilden« – und stellte die Schokolade zum Aushärten hin.

»Dauert keine zehn Minuten! Du machst mit den Schildkröten weiter. Ich bereite den Rest vor.«

Während Mr Schleck ihm den Rücken zukehrte, löffelte Oliver Schokolade in die nächste Form. Er füllte nur drei Schildkröten und entkorkte das Paradox-Pulver. Obwohl er das Fläschchen von der Nase weghielt, konnte er den stinkenden Tümpelwurz riechen. Er ließ in jede Schildkröte eine Prise rieseln und beobachtete, wie sich das blaue Pulver mit den rosa Punkten in der dunklen Masse auflöste. Blitzschnell versteckte er die Form unter dem Tisch und machte sich daran, die übrigen Schildkröten zu füllen.

Es sollten noch viele verschiedene Formen folgen. Als Oliver und Mr Schleck fertig waren, standen überall köstliche Schokotiere. Die ganze Küche war mit einer dicken Schokoschicht überzogen. Oliver langte unter den Tisch und prüfte die Schildkröten mit der Paradox-Pulver-Füllung. Sie waren hart. Schnell drückte er sie aus den Förmchen und ließ sie in der Hosentasche verschwinden.

»Das war schon fast zu einfach«, murmelte er. Mr Schleck und er räumten die Küche auf und sortierten die Schokotiere vor.

»Geh Archer und Adélaïde holen. Sie sollen dir helfen, die Schokolade im Laden auf Tischen zu verteilen! Ich kümmere mich um ....«

Mr Schleck redete nicht weiter und schaute Oliver komisch an. Hatte er Verdacht geschöpft? Oliver hastete aus der Küche.

Als Oliver den Raum betrat, brachen Archer und Adélaïde in lautes Gelächter aus und wären beinahe von ihren Leitern gefallen.

»Was ist denn so witzig?«, fragte Oliver.

»Wolltest du dich selbst in Schokolade verwandeln?« Adélaïde, die eine Packung Luftschlangen in der Hand hielt, schaute kichernd zu ihm hinunter. »Sollen wir *dich* bei der Feier servieren?«

Oliver wischte sich über die Stirn. Schokolade bröckelte herunter. »Deshalb hat Mr Schleck mich so komisch angeschaut. Und, nein, vielen Dank. Ihr werdet mich nicht bei der Feier servieren.«

»Ist wahrscheinlich auch besser. Solange du dich nicht bei Kana entschuldigst, schmeckst du sowieso nur nach beleidigter Leberwurst.«

Oliver zog die Schokostirn kraus. »Weshalb sollte ich mich bei ihr entschuldigen?«

Adélaïdes Grinsen verschwand. »Der Schneesturm? Schon vergessen? Kana hat ihn vorausgesagt. Stell dich nicht dumm, Oliver. Abgemacht ist abgemacht.«

Oliver grummelte und schaute zu Archer. »Die Schokolade ist fertig«, sagte er, bevor er sich das Gesicht waschen ging.

✦ Gesichter in der Menge ✦

Vor dem Schaufenster war es stockfinster, als die Kinder Mr Schleck bei den allerletzten Vorbereitungen halfen. Adélaïde hängte die restlichen blauen und roten Luftschlangen und lilafarbenen Seepferdchen-Luftballons im Laden auf. Oliver und Mr Schleck sperrten die Regale mit Seilen ab.

»Während der Feier hast du frei, aber sobald du siehst, dass jemand lange Finger macht, schreist du laut!«

Adélaïde ging zu dem langen Tisch neben der Tür und baute rund um die riesige Kakaomaschine aus dem Café Belmont Becher auf. Als Amaury das Gerät vor einer Stunde über die Straße geschleppt hatte, wäre er unter der Last beinahe zusammengebrochen. Jetzt spuckte sie bestimmt hundert Liter heiße Schokolade aus.

»Herrlich!« Mr Schleck schaute sich im Laden um. »Es ist wunderschön geworden!«

Mit dem bunten Schmuck sah der Süßigkeitenladen aus, als wäre ein Feuerwerk in der Luft eingefroren.

»Fehlt nur noch … Archer? *Archer?* Wisst ihr, wo er steckt? Ich hole jetzt die Lose.«

Die Blicke von Oliver und Adélaïde kreuzten sich.

»Hast du ihn gesehen?«, fragte Oliver.

»Nicht, seit Mr Schleck ihn zum Schneeschippen rausgeschickt hat.«

Sie gingen zur Tür und sahen eine Horde Schüler ungeduldig vor dem Laden warten. Plötzlich tauchte Archer auf und kämpfte sich durch die Meute. Sein Gesicht wurde gegen die Scheibe gedrückt. »Lasst mich rein!«

Oliver öffnete die Tür einen Spalt weit und Archer zwängte sich hindurch.

»Zurück!« Oliver stemmte sich mit seinem ganzen Gewicht gegen die Tür. Die Schüler lachten und versuchten, sie aufzustoßen. »Zurück, ihr Tiere!«

Archer und Adélaïde kamen ihm zur Hilfe. Mit vereinten Kräften schafften sie es.

»Die Schlange zieht sich durch die ganze Donnerblumenstraße«, sagte Archer, noch immer außer Atem.

»Freiwillig melden wir uns nie wieder!« Oliver drehte den Schlüssel um.

Plötzlich füllte sich der Laden mit Musik und Mr Schleck tauchte mit einer gigantischen Abreißrolle mit Losen auf. Später sollte eine Tombola stattfinden, und dem glücklichen Gewinner winkte ein Gutschein, mit dem er sich ein Jahr lang jeden Tag eine Gratissüßigkeit abholen konnte.

»Ein Los pro Kind! Und jetzt geht einen Schritt zurück! Ich mache die Tür auf. Das könnte gefährlich werden. Sieht nach einer ziemlich wilden Horde aus.«

Archer, Oliver und Adélaïde flüchteten zur Empore im ersten Stock.

»Die werden ihn über den Haufen rennen!«, rief Oliver, als Mr Schleck die Tür aufschloss.

Die Schüler strömten herein. Vermutlich war jedes Kind aus der Knopffabrik gekommen, wenn nicht gar aus ganz Rosewood. Mr Schleck verteilte im Affenzahn Lose. Alice, Molly und Charlie grapschten sich jeweils eins. Sie hatten keine Lust, sich selbst Kakao zu holen, und rissen drei anderen Kindern die Becher aus der Hand. Digby entdeckte Archer, Oliver und Adélaïde auf der Empore, tat aber so, als hätte er sie nicht gesehen, und mischte sich unter eine Gruppe Kinder, die um den besten Platz an einem Schokoladentisch kämpften. Archer suchte die krakeelende Menge nach Benjamin ab. Alle drei bemerkten Kana erst, als sie neben ihnen stand.

»Ich hab das von Mr Bray gelesen«, sagte sie. »Und ich hab so ein Gefühl, dass es nicht gut aussieht. Richtig?«

»Wir glauben, Mr Mullfort hat ihn irgendwo eingesperrt«, erklärte Oliver. Adélaïde knuffte ihn in die Seite. »*Ist ja gut*. Kana, ich war eine beleidigte Leberwurst.«

Kana fiel die silberne Strähne ins Gesicht. »Du meinst, in einem früheren Leben?«, fragte sie und klemmte sich die Strähne hinters Ohr.

»Nein. Nicht wirklich … Es tut mir leid, dass ich gesagt habe, du wärst durchgeknallt. Adélaïde hat erzählt, dass du die Männer aufhalten wolltest, als ich bei Mr Birthwhistle im Schrank in der Falle saß. Vielen Dank.«

Kana lächelte nachsichtig. »Ich bin nur froh, dass du keine echte beleidigte Leberwurst warst. Die mag ich nämlich nicht.«

»Da ist er«, sagte Archer.

Benjamin kämpfte sich durch die Menge und stieg die Treppe hinauf.

»Das ist ja wie in Raven Wood, wenn alle zum Frühstück rennen«, sagte er grinsend. »Habt ihr das Paradox-Pulver vorbereitet?«

Oliver klopfte auf seine Hosentasche. »Gehen wir lieber in den zweiten Stock.«

Die fünf stiegen die Treppe hoch und quetschten sich auf ein Sofa. Lange blieben sie nicht allein. In kürzester Zeit hatte sich auch der zweite Stock mit einer schreienden Horde gefüllt. Archer fragte sich langsam, ob es wirklich eine gute Idee wäre, das Paradox-Pulver vor so vielen Augen auszuprobieren. Alle schienen sie anzuglotzen, und sie mussten eng zusammenrücken, um sich in dem Krach zu verstehen.

»Hier sind die Uniformen.« Benjamin drückte Adélaïde eine braune Papiertüte in die Hand. »Vielleicht passen sie nicht wie angegossen, aber es dürfte reichen. Und hier ist der Plan vom Hauptquartier.«

Archer hatte sich den Plan ganz anders vorgestellt. Er war sehr kompliziert – ein ganzes Heft mit Plänen, auf denen sämtliche Räume in allen Stockwerken eingezeichnet waren. Und dann sagte Benjamin auch noch, er hätte etliche Geheimwege und versteckte Zimmer entdeckt, die es auf dem Plan gar nicht gab.

»Falls morgen irgendwas schiefläuft und ihr meine Hilfe braucht, findet ihr mich dort.« Benjamin tippte auf einen Raum in einem der Türme. »Das ist der Speisesaal der Greenhorns. Aber seid vorsichtig. Mrs Malmurna könnte auch dort sein.«

Archer studierte immer noch den Plan, als Oliver ihm die drei Schoko-Schildkröten reichte. Sein Hals wurde ganz trocken.

»Ich habe mit Mr Spinler geredet«, sagte Benjamin. »Eine Prise Paradox-Pulver hält eine Stunde lang an. Das ist eine kleine Dosis und sie wirkt sich nur auf die auffälligste Eigenschaft aus. Ein Feigling wird mutig, ein Fiesling wird nett. Je mehr man nimmt, umso mehr Eigenschaften verändern sich.«

Archer verteilte die Schildkröten auf seiner Handfläche und schnupperte daran. Das Paradox-Pulver war nicht zu riechen.

»Ich würde nur eine essen«, riet Benjamin.

Archer schaute nervös zu seinen Freunden. Alle starrten ihn aus weit aufgerissenen Augen an.

»Ich entschuldige mich jetzt schon mal«, sagte er. »Falls ich mich danebenbenehme. Passt bitte auf, dass ich nicht nach Hause oder sonst wohin gehe. Und falls ich … *NEIN!*«

Charlie hatte Archer im Vorbeirennen die Schildkröten aus der Hand gerissen. Archer sprang auf. Alice und Molly, im Schlepptau von Charlie, kicherten schadenfroh.

»Die wollt ihr bestimmt nicht essen!« Archer versuchte, Charlie die Schokolade zu entwenden. »Sie sind nicht das, wofür ihr sie …«

Zu spät. Alice, Molly und Charlie schlangen die Schildkröten hinunter und rannten auf die andere Seite des Zimmers, wobei sie ununterbrochen sangen: »Miegflog! Wolpschu! Fisperg! Gluup!«

»Zehn Minuten sind um.«

»Ich glaube, es wirkt nicht.«

»Wie lange soll es dauern?«

»Zehn Minuten.«

Sie ließen die schrecklichen drei nicht aus den Augen, hatten allerdings nicht die geringste Ahnung, worauf sie achten sollten.

»Ich hatte es befürchtet«, sagte Benjamin. »Vielleicht hat die Schokolade die Wirkung …«

Eine Augenbraue von Charlie zuckte. Alle fünf hatten es gesehen. Sie zuckte erneut. Beim dritten Mal musste Charlie es ebenfalls bemerkt haben. Er wurde ganz still. Alice und Molly grölten weiter. Dann zuckte das ganze Augenlid von Charlie. Alice verstummte. Sie schien Angst zu haben, den Mund aufzumachen – vielleicht befürchtete sie, es könnte etwas anderes als eine böse Bemerkung herauskommen. Molly tat das Gegenteil. Sie machte den Mund auf und zu wie ein Karpfen. Charlie blickte sich erstaunt um, als hätte er vergessen, wo er war. Alice und Molly glotzten sich an, als wäre im Gesicht der anderen das Geheimnis des Universums versteckt. Dann war es vorbei. Als wäre nie etwas gewesen.

»Hat es gewirkt?« Adélaïde klang enttäuscht.

Keiner wusste es. Alice, Molly und Charlie waren von ihren Freunden umringt, schienen sich dort aber nicht mehr wohlzufühlen.

»Sie schauen zu uns, Archer«, warnte Kana. »Sie lächeln. Sie … kommen … Tut so, als wärt ihr beschäftigt!«

Adélaïde tauchte buchstäblich in die braune Tüte ab. Kana versteckte sich hinter ihren Haaren. Archer und Benjamin klappten den Plan auf. Oliver schaute nach links und rechts. Ihm blieb nichts anderes übrig, als in Panik auszubrechen.

»Ich wollte mich bei dir entschuldigen«, sagte Charlie und tippte Archer auf die Schulter. »Ich hätte deine Schokolade nicht essen dürfen. Möchtest du welche von mir?«

Archer und Benjamin hielten den Blick auf den Plan geheftet.

Molly zog Adélaïdes Kopf aus der Papiertüte. »Tut mir leid, dass ich dir ein Bein gestellt habe«, sagte sie. Und sie meinte es tatsächlich auch so. »Möchtest du …?«

»Danke, Molly, aber ich bin gerade sehr mit der Tüte beschäftigt.« Adélaïde wich Mollys gruseligem Grinsen aus und zeigte auf Oliver. »Warum machst du nicht was mit ihm? Du und deine Freunde. Oliver war in letzter Zeit schrecklich einsam.«

Alice, Molly und Charlie umringten Oliver, dessen ängstlicher Blick sich in ein gequältes Lächeln verwandelte. Alice und Molly sahen aus, als wären sie von ihm hin und weg. Als wäre Oliver ein kostbarer Edelstein – dem die Haare zu Berge standen.

»Wir wollen was spielen!«, rief Alice und ergriff Olivers rechten Arm. Molly schnappte sich den anderen. »Du musst mitkommen!«

Oliver schaute verzweifelt zu seinen Freunden. *Tut was, damit sie mich nicht mitnehmen!* Einen Moment später war er verschwunden.

»Das Paradox-Pulver scheint zu wirken«, sagte Adélaïde.

Kana pustete sich die silberne Strähne aus dem Gesicht. Alle lachten.

»Wir behalten sie besser im Auge«, sagte Benjamin.

»Aber erst holen wir uns was Süßes«, schlug Kana vor. »Bevor alles weg ist.«

Adélaïde und Kana machten sich zu den Schokoladentischen auf. Archer und Benjamin gingen hinterher, aber in der wilden Menge hätten sie ebenso gut zwei Bojen auf stürmischer See folgen können. Die Tische im zweiten Stock waren vollständig geplündert. Auch die im ersten Stock waren leer gefegt. Die vier begaben sich ins Erdgeschoss.

Es waren nur noch klägliche Reste übrig, hier und da auf dem Boden verstreut liegende Schokostücke. Die Freunde klaubten sie auf und entdeckten unter der Empore ein Fleckchen, wo sie sich hinsetzen und die Feier genießen konnten. Archer wollte nicht über den nächsten Tag reden. Benjamin offenbar auch nicht. Wo sie auch hinschauten, lachten Kinder, einige tanzten sogar. Ein mit roten Luftschlangen umwickelter Junge schoss an ihnen vorbei, dicht gefolgt von einem Mädchen mit einem Seepferdchen-Ballon vor dem Gesicht.

»Ich glaube, Zucker wirkt so stark wie Paradox-Pulver«, sagte Archer lachend.

»Was erzählt sie da eigentlich?« Benjamin nickte in Kanas Richtung.

Sie konnten kaum etwas verstehen. Adélaïde kicherte, während Kana mit den Händen irgendetwas von einem Pferd erzählte. Oder ging es um eine Kuh? War Kana von einer Kuh über den Haufen gerannt worden? Plötzlich erstarrte sie und zeigte zur Empore im ersten Stock.

Oliver stand am Geländer und ließ seinen Blick majestätisch über die Menge schweifen. Alice, Molly und Charlie klebten an seiner Seite und fütterten ihn mit Schokolade, die er hoheitsvoll aß.

»Sie behandeln ihn wie einen König«, staunte Kana.

»Das wird ihm zu Kopf steigen.« Adélaïde unterdrückte ein Lachen.

»Wenn das mit der Zeit stimmt, Benjamin«, sagte Archer. »Dann bleibt Oliver noch eine halbe Stunde, um seine neue Rolle zu genießen.«

»Die Rückverwandlung dürfte hart für ihn werden«, erwiderte Benjamin.

Oliver schaute zu ihnen hinunter und schrie gegen den Krach an.

»Die sind zum Piepen! Sie wollten mit Digby Ringelreihen tanzen. Digby hat Angst bekommen, weil er dachte, sie wollten ihn angreifen. Er kauert noch immer in einer Ecke. Diesen Tag werde ich mein Leben lang nicht mehr vergessen!«

Oliver verschwand für eine Weile, kehrte aber in Begleitung seiner Untertanen ans Geländer zurück, als Mr Schleck die Tombola ankündigte. Die Menge teilte sich, weil Mr Schleck eine große Lostrommel hereinkarrte. Alle verstummten und hielten die Lose gezückt, während Mr Schleck eifrig die Trommel drehte.

Archer und Benjamin spähten einem Jungen und einem Mädchen über die Schultern.

»Du hast es verloren, stimmt's?«, sagte das Mädchen zu dem Jungen, der panisch in seinen Hosentaschen kramte.

»Wetten, du hast es aus Versehen gegessen. Dabei habe ich doch gesagt, du sollst gut darauf aufpassen.«

Archer und Benjamin lachten leise. Mr Schleck wirbelte die Trommel immer schneller und die Lose stoben wie wild umher. Er ließ die Kurbel los und griff hinein.

»Unser glücklicher Gewinner ist … Losnummer einhundertneununddreißig!«

Archer schaute enttäuscht auf sein Los. Eine Niete. Auch Benjamin hatte nicht gewonnen. Adélaïde und Kana schüttelten ebenfalls die Köpfe.

»Ich wiederhole: Losnummer einhundertneununddreißig!«

Alle murmelten und blickten sich um. Benjamin stieß Archer an und zeigte zur Empore. Charlie tauschte mit Oliver die Lose. Oliver schien es peinlich zu sein, aber Charlie jubelte und riss Olivers Hand hoch.

»König Oliver hat gewonnen!«

Die Menge klatschte und ließ Oliver zum Erdgeschoss durch.

»Schaut ihn euch an«, sagte Adélaïde grinsend, als Oliver von Mr Schleck den Gutschein über eine tägliche Gratis-Süßigkeit in Empfang nahm. »Er platzt gleich vor Freude.«

Oliver warf den Gutschein in die Höhe. Alle jubelten, am lautesten Archer und Adélaïde. Doch plötzlich hörte man von der Empore ein durchdringendes Kreischen und der ganze Laden verstummte.

»Hier ist was faul!«

»Es wirkt nicht mehr«, flüsterte Benjamin Archer zu.

Charlies Augen zuckten wieder. Auch die von Molly und

Alice. Die Menge trat einen Schritt vor. Alle schauten verunsichert nach oben.

»Der Helmsley-Fluch!«, schrie einer. »Meine Eltern haben mich gewarnt!«

Archer wich zurück, aus Angst, die Kinder könnten sich auf ihn stürzen. Adélaïde, Kana und Benjamin stellten sich schützend vor ihn. Das Zucken auf der Empore hörte auf. Die schrecklich netten drei waren wieder nur noch schrecklich und Charlie spießte das Los in Olivers Hand mit seinem Blick auf.

»Das ist meins!«, brüllte er. »Oliver hat mein Los *geklaut!*«

Ein Mädchen riss ihm das Los aus der Hand, das er vor gar nicht langer Zeit mit Oliver getauscht hatte.

»Charlie lügt!« Sie hielt den Papierfetzen in die Luft. »Das hier ist seins.«

Die schrecklichen drei verließen die Empore unter Buh-Rufen.

✦ Stille Nacht ✦

»Ich weiß nicht, ob das möglich sein wird«, sagte Benjamin, als Archer ihn zur Eingangstür von *Schleck & Schmeck* begleitete. »Aber vielleicht können wir nach der Verhandlung wieder Freunde sein.«

Archer war sich auch nicht sicher. »Danke für deine Hilfe«, sagte er, bevor Benjamin davontrottete.

Archer kehrte zu Oliver, Adélaïde und Kana zurück, aber im Kopf hatte er die Feier mit Benjamin verlassen. Er schaute an seinen lachenden Freunden vorbei zum Ladenfenster. Das Paradox-Pulver wirkte. Der Lieferwagen war ihnen sicher. Das Schicksal seiner Großeltern lag in seinen Händen. Zusammen mit ein paar Schokostückchen. Als er einen Schatten am Fenster vorbeihuschen sah, ließ er sie auf den Boden fallen.

»Was ist denn?« Oliver hob die Schokolade auf. »Archer? So wie du guckst, machst du den Leuten Angst.«

Archer starrte zum Fenster und rührte sich nicht.

»War da draußen jemand?«, fragte Adélaïde.

»Du siehst aus, als hättest du einen Mordsschreck gekriegt«, fügte Kana hinzu.

»Ich könnte schwören … es ging so schnell … er hat mich … hat uns beobachtet.«

»Wer denn?«, fragte Oliver.

»Mr Mullfort.«

Sie suchten die Fenster ab. Mr Mullfort war nirgends zu sehen. Adélaïde und Kana gingen nach draußen und spähten in beide Richtungen der Donnerblumenstraße.

»Da ist niemand«, sagte Adélaïde, als sie vor Kälte zitternd die Ladentür wieder schloss.

»Kann es sein, dass du nur *Angst* hast, ihn irgendwo zu sehen?«, fragte Kana.

Hatte er sich alles eingebildet? Mr Mullfort war so schnell verschwunden, wie er aufgetaucht war.

»Vielleicht hast du einfach zu viel Schokolade gesehen?«, tippte Oliver.

»Das haben wir alle.« Adélaïde schaute sich im Laden um. »Hier sieht's aus wie nach einem Erdbeben. Hauen wir lieber ab, bevor Mr Schleck uns noch aufräumen lässt.«

Sie holten ihre Mäntel.

»Du nimmst die Greenhorn-Uniformen.« Archer drückte Adélaïde die Tüte in die Hand. »Wir treffen uns morgen früh bei dir. Ich nehme den Plan mit nach Hause und präge mir alles ein.«

Die Feier war noch in vollem Gang, als sie aus der Tür traten und sich auf den Heimweg machten. Die Wolkendecke war an einer Stelle aufgerissen und der Mond und die Sterne funkelten hell. Als die vier in den Zickzackweg einbogen, lachten Adélaïde und Kana immer noch über die schrecklich netten drei. Oliver fischte den Süßigkeiten-Gutschein aus seiner Hosentasche, weil er sichergehen wollte, dass er nicht nur geträumt hatte. Archer trottete ein paar Schritte hinter den anderen her. Er glaubte immer noch nicht, dass er sich Mr Mullfort nur eingebildet hatte.

»Gute Nacht«, sagte Adélaïde, bevor sich ihre Wege trennten. »Wir müssen morgen ausgeschlafen sein.«

Archer und Oliver gingen zu ihren Häusern.

»Wir haben niemandem von der Korrespondenz erzählt.« Oliver legte Archer eine Hand auf die Schulter. »Mr Birthwhistle kann von unserem Plan nichts wissen. Ganz ehrlich? Adélaïde und ich haben uns wegen Benjamin ein bisschen Sorgen gemacht. Wir haben ihn bei der Feier beobachtet. Na gut, ich war verhindert. Aber Adélaïde und Kana haben ihn im Auge behalten. Und sie sind überzeugt, dass er nichts gegen dich hat.«

Archer glaubte das auch nicht.

»Wenn ich das sage, klingt es vielleicht komisch«, erklärte

Oliver. »Aber ich glaube, du musst dir wegen nichts Sorgen machen. Wenigstens nicht bis morgen. Versuch zu schlafen.«

»Bis morgen«, wiederholte Archer und schaute Oliver nach.

Er hatte gehofft, dass seine Großeltern zu Hause wären, aber sie waren wieder einmal mit Mr Dalligold unterwegs. Mrs Helmsley freute sich, als er ihr vom Erfolg der Feier erzählte. Er ging in sein Zimmer, saß noch ein paar Stunden am Tisch und studierte den komplizierten Plan vom Hauptquartier. Dort, wo sich das Archiv und der Speisesaal der Greenhorns befanden, zeichnete er kleine Kreuze ein. Dann löschte er das Licht und schlüpfte unter die Decke.

Es war bestimmt schon ein Uhr nachts, als Archer endlich in den Schlaf hinüberdämmerte. Er war noch nicht ganz angekommen, sondern an dem Punkt, den wir alle kennen – der eine Fuß liegt noch im Bett, der andere steht schon im Traum. An diesem Punkt kann dich das leiseste Geräusch daran hindern, ganz in den Traum hinüberzugleiten, und du setzt dich stattdessen senkrecht im Bett auf. Und genau das geschah mit Archer. Aber das Geräusch, das ihn aus dem Traum zurückholte, war nicht leise. Es war ein donnerndes, Furcht einflößendes Geräusch. Und es ertönte so plötzlich, dass Archer aus dem Bett sprang.

✦ TEIL DREI ✦

DER STURM

14

✦ Das Haus der Helmsleys verschwindet ✦

Archer blickte sich erschrocken im dunklen Zimmer um. Hatte er das Geräusch nur geträumt? Es hatte sich angehört wie eine Explosion. Er schob den Kopf aus der Tür. Wenn es nur ein Traum gewesen war, musste seine Mutter den gleichen gehabt haben. Aus dem Schlafzimmer seiner Eltern hörte er Schreie. Der Strauß blökte die Treppe hinauf.

»Was hat das schmutzige Wesen jetzt schon wieder angestellt? Hat jemand was gesehen? Nehmt endlich den Lampenschirm von meinem Kopf!«

Archer lief die Treppe hinunter und blieb im zweiten Stock abrupt stehen. Von der Vorderseite des Hauses wehte ein eisiger Wind herein, als stünden sämtliche Fenster sperrangelweit offen. Archer machte das Licht an.

Da waren keine offenen Fenster. Da waren überhaupt keine Fenster mehr. Der Erker über der Eingangstür, der mit einem Kupferdach und einer springenden Ziege gekrönt ge-

wesen war, war verschwunden. An seiner Stelle befand sich ein riesiges Loch, bestimmt zwei Meter hoch und anderthalb Meter breit, als wäre ein Elefant aus dem Haus ausgebrochen. Archer *musste* träumen.

Mrs Helmsley raste die Treppe hinunter, dicht gefolgt von Mr Helmsley. Keiner sagte ein Wort. Schnee wirbelte herein und sammelte sich auf dem Teppich. Mr Helmsley ging langsam auf das Loch zu. Archer folgte ihm.

»Archer!«, rief Mrs Helmsley. »Komm sofort da weg!«

Archer und sein Vater blieben wenige Meter vor dem Loch stehen – vor Glasscherben, zersplitterten Dielenbrettern, zerfetzten Tapeten und herausgebrochenen Ziegeln. Auf der anderen Straßenseite steckte ein Lastwagen zur Hälfte in einer Schneewehe fest. An der Stoßstange waren vier Taue befestigt. Sie waren mit den vier Pfeilern verbunden, die früher zu beiden Seiten der Eingangstür vom Haus der Helmsleys gestanden und den Erker darüber abgestützt hatten. Jetzt lagen Pfeiler, Fenster und Mauerreste über die Weidengasse verteilt. Die Ziege aus Kupfer war auf der Treppe des gegenüberliegenden Hauses gelandet,in dem gerade das Licht anging. Die winzige Witwe Mrs Darington öffnete die Tür, sah die Ziege, schrie und schlug die Tür wieder zu.

Das musste das Werk von Mr Mullfort sein.

Archer drehte sich um, raste los und wich im Vorbeirennen seiner Mutter aus.

»ARCHER!«

Er schoss an seinen Großeltern vorbei, die ihn ebenfalls aufhalten wollten. »Was ist hier los, Archer?« Oma Helmsley wickelte sich in ihren Morgenmantel.

Unten angekommen, sprang Archer in seine Stiefel und wetzte über die Straße. Auf dem Lastwagen prangte das Wappen der Gesellschaft. Der Motor lief und Rauch stieg von der Kühlerhaube auf. Archer riss die Fahrertür auf. Die Kabine war leer.

Er trat einen Schritt zurück, blickte nach links, nach rechts. Mr Mullfort war nirgends zu sehen. Er drehte sich um und schaute zu seinem Haus. Von außen sah die Verwüstung noch verheerender aus. Als wäre das Haus von einem Torpedo getroffen worden. Seine Eltern und Großeltern blickten ihm aus dem Loch entgegen.

In der Weidengasse gingen überall die Lichter an. Haustüren wurden geöffnet, entsetzte Schreie hallten durch die Straße. Selbst die alte Mrs Darington stand wieder auf der Treppe. Mr Glub stürzte aus dem Nachbarhaus und streifte sich im Laufen seinen Mantel über.

»*Archer?*« Mr Glub kletterte über eine zerborstene Säule und einen Haufen Glasscherben. »Was zum Kuckuck …?« Er erstarrte, als er das Loch im Haus der Helmsleys entdeckte.

»Archer, komm sofort ins Haus zurück!«, rief Archers Mutter. Aber Archer stand wie angewurzelt neben Mr Glub und versuchte zu begreifen, was geschehen war.

Von fern näherten sich Martinshörner, flackernde Blaulichter zerrissen die dunkle Nacht.

»Tu lieber, was sie sagt«, riet Mr Glub und schob Archer auf die andere Straßenseite. »Ich sage der Polizei, dass niemand verletzt wurde.«

Als Archer ins Haus zurückkehrte, stand sein Vater in der Eingangshalle und besah sich den Schaden.

»Hör auf deine Mutter, Archer«, sagte er und langte nach seinem Mantel. »Und tu alles, was sie sagt.«

Mr Helmsley lief zu Mr Glub. Mrs Helmsley raste mit einem Koffer die Treppe hinunter. Ihre Augen sprühten Funken, wie Wunderkerzen. Sie ließ den Koffer neben Archer fallen und legte ihm beide Hände auf die Schultern.

»Geh rauf und pack deine Sachen. Wir brechen sofort auf. Ich rufe in einem Hotel an. Schnell.«

Archer widersprach nicht. Er rannte zum Zimmer seiner Großeltern, aber die Tür war verschlossen und auf sein Klopfen reagierte niemand.

»Du weißt, dass es Mr Mullfort war«, sagte der Eisbär, als Archer auf dem Weg in sein Zimmer vorbeilief.

»Hast du ihn gesehen?«

»Ich kann nichts sehen. Ich kann bloß sagen, was du denkst.«

Archer zerrte den scharlachroten Koffer aus dem Wandschrank und warf Kleidungsstücke für ein paar Tage hinein. Oliver trat durch die Balkontür. Ihm fielen fast die Augen aus dem Kopf.

»*Was ist passiert?*«

»Das muss Mr Mullfort gewesen sein.« Archer stopfte Pullover in den Koffer. »Meine Mutter ist ausgeflippt. Wir ziehen in ein Hotel.«

»Wie machen wir das jetzt mit dem Hauptquartier? Und mit Amaurys Lieferwagen?«

Archer hatte keine Ahnung. Seine Gedanken schossen ziellos hin und her.

»Warte«, sagte Oliver.

Er lief nach draußen und kehrte wenige Minuten später mit dem tragbaren Funkgerät zurück. »Adélaïde hat es bei mir gelassen. Nimm's mit. Wenn es da, wo sie dich hinbringt, kein Telefon gibt, können wir so in Verbindung bleiben. Und gib mir das Paradox-Pulver.«

Archer öffnete eine Kommodenschublade, zog das Fläschchen aus der hintersten Ecke und reichte es Oliver.

»Erzähl Adélaïde, was passiert ist.«

»Mach ich. Sobald das Café öffnet, sind wir da und warten vor dem Funkgerät.«

Archer schleifte den Koffer zur Tür und schaute sich kurz zu Oliver um, bevor er die Treppe hinunterstieg. Mrs Helmsley lief hektisch auf und ab. Sie nahm einen Griff von Archers Koffer. Zusammen schleppten sie ihn zu einem Taxi, das ein paar Meter neben dem Haus der Helmsleys parkte.

»Was für ein Schlamassel«, begrüßte sie der Taxifahrer. »Was ist denn hier passiert?«

»Wenn Ihre Familie sich mit seltsamen Leuten einlässt, dann passieren eben seltsame Dinge«, erwiderte Mrs Helmsley und stieg ein.

Archer sah seine Großeltern, seinen Vater und Mr Glub neben dem Lieferwagen stehen und mit der Polizei reden. Eine Traube Nachbarn hatte sich um sie versammelt. Alle starrten zum Loch. Archer hätte sich gern zu ihnen gestellt.

»Kann ich mich wenigstens noch von Oma und Opa verabschieden?«, fragte er, als der Taxifahrer das Gepäck in den Kofferraum wuchtete.

»Nein. Und ich habe ihnen gesagt, sie sollen sich von dir fernhalten. Jetzt steig endlich ein, Archer.«

Das Taxi brauste los. Archer verrenkte sich fast den Hals, um aus der Heckscheibe zu schauen. Er drehte sich erst wieder um, als das Haus der Helmsleys aus seinem Blickfeld verschwunden war.

✦ Geheim gehaltene Geheimnisse ✦

Ein müder Hotelpage empfing Archer und seine Mutter vor dem *Kanal Hotel* und half ihnen, das Gepäck hineinzutragen. Es war mitten in der Nacht, trotzdem war das Foyer von seltsamen Gestalten bevölkert. Sichtlich entrüstet versuchte Mrs Helmsley den Portier auf sich aufmerksam zu machen, der so schnell durch die Halle schwirrte, dass Archers brennende Augen ihn nur verschwommen wahrnahmen.

»Pfeife rauchen ist hier verboten!«

»Stiefel vom Sofa! Es wurde gerade frisch gepolstert!«

»Nein, die Küche hat geschlossen. Und gegrillte Heuschrecken stehen nicht auf unserer Speisekarte!«

»Entschuldigung!« Mrs Helmsley hielt den Portier am Arm fest, bevor er zum fünften Mal an ihnen vorbeilaufen konnte.

Das Entsetzen wich aus seinem Blick, als er Archer und seine Mutter sah – stinknormale, rechtschaffene Rosewooder Bürger.

»Oh, ich muss mich *bei Ihnen* entschuldigen.« Der Portier senkte die Stimme. »Die kommen alle aus der Gesellschaft oder wie auch immer das heißt. Offenbar platzen die da aus allen Nähten. So wie jetzt sämtliche Hotels in Rosewood!«

»War es deshalb so schwer, ein Zimmer zu bekommen?« Mrs Helmsley blickte sich bestürzt um. »Ich hatte schon befürchtet, wir müssten im Bahnhof übernachten.«

»Sie hatten Glück. Vorgestern hat ein Herr seinen Aufenthalt vorzeitig abgebrochen und ist mit einer Schachtel Käsekuchen aus dem Hotel geflüchtet.« Der Portier lotste Archers Mutter zur Rezeption. »Mrs Helmsley, nehme ich an?«

Beim Namen *Helmsley* verstummte das gesamte Foyer. Alle Augen richteten sich auf Archers Mutter.

»Richtig. *Bitte, beeilen Sie sich.*«

Während der Portier auf dem chaotischen Empfangstresen nach dem Zimmerschlüssel suchte, blieb Archer neben dem Gepäck stehen. Als ihm jemand auf die Schulter klopfte, hätte er beinahe aufgeschrien. Erleichtert stellte er fest, dass es Mr Dalligold war.

»Meine Großeltern brauchen Ihre Hilfe«, sagte er schnell. »Jemand hat ein Loch in unser Haus gerissen. Die Polizei ist da.«

Er stand immer noch unter Schock. Mr Dalligold musste es spüren, denn er ließ die Hand beruhigend auf seiner Schulter liegen. Merkwürdigerweise fühlte Archer sich tatsächlich gleich viel ruhiger.

»Deine Großmutter hat mich vor fünf Minuten angerufen.« Mr Dalligold schaute Archer an, als würde er seine Gedanken lesen. »Das ist nicht der richtige Zeitpunkt für Geheimnisse. Du hast uns von dem Tagebuch erzählt. Was hast du uns *nicht* erzählt?«

Den Plan mit dem Hauptquartier konnte Archer vergessen, aber irgendetwas musste er tun.

»Es gibt Beweise, dass der Eisberg kein Schwindel war«, erklärte er. »Ich bin mir sicher, sie sind irgendwo im Hauptquartier versteckt. Irgendeine Korrespondenz. Im Archiv.«

Mr Dalligold stieß einen tiefen Seufzer aus.

»Ich frage dich nicht, warum du so etwas Wichtiges für dich behalten hast. Bestimmt hattest du deine Gründe. Aber uns rennt die Zeit davon. Die Verhandlung findet morgen Abend statt. Ich werde Beatrice Lune und Cornelius auf die Suche schicken. Mit etwas Glück ist die Verhandlung vorbei, bevor …«

»Eins noch«, unterbrach ihn Archer. »Sie müssen auf Oliver, Adélaïde und Kana aufpassen. Er hat uns bedroht.«

»Wer hat euch bedroht?«, fragte Mr Dalligold.

»*Bedroht?*« Mrs Helmsley tauchte mit dem Zimmerschlüssel hinter Archer auf. »Haben Sie gerade meinen Sohn bedroht? Wer sind … *Sie* waren bei uns zu Hause!«

Mr Dalligold richtete sich auf. »Das stimmt. Und es war sehr unhöflich, mich nicht vorzustellen. Mein Name ist Dalligold.«

»*Dalligold?*« Mrs Helmsley riss die Augen auf. »Dann sind *Sie* der betrügerische Losbudenbetreiber!«

Mr Dalligold legte den Kopf schief und lächelte sonderbar. »Ich wurde schon als alles Mögliche bezeichnet, aber *das* habe ich noch nie gehört.«

Mrs Helmsley errötete, als wäre ihr klar geworden, dass sie mit ihrer Beleidigung einen Schritt zu weit gegangen war. »Ich wollte nicht … Bitte entschuldigen Sie, wenn ich … Wir sagen jetzt besser Gute Nacht.«

Während er mit seiner Mutter das Gepäck zum Fahrstuhl

trug, spähte Archer kurz über seine Schulter, aber Mr Dalligold war nicht mehr da.

Im Zimmer angekommen, schloss Mrs Helmsley die Tür hinter sich ab. Archer dachte, sie würde den Schlüssel hinunterschlucken, aber sie steckte ihn nur in die Tasche.

»Ich rufe deinen Vater an.« Mrs Helmsley griff zum Telefon, das zwischen den beiden Betten auf einem Nachttisch stand.

Archer zog die Glastür auf und trat auf den steinernen Balkon. Die eisige Luft kühlte seine heißen Wangen. Er lehnte sich übers Geländer und sah den Kanal, der sich in beide Richtungen erstreckte. Er hatte keine Ahnung, wo er war, aber das Hotel musste nördlich der Weidengasse liegen. Rechts sah er die hohe Turmuhr des Bahnhofs. Es war drei Uhr morgens. Die Schornsteine der Knopffabrik ragten in weiter Ferne vor ihm auf. Er wünschte sich, er hätte das Haus der Helmsleys sehen können. Was dort wohl gerade vor sich ging? Und noch wichtiger: Wie würde es jetzt weitergehen?

»Komm rein und geh ins Bett«, rief Mrs Helmsley. »Ich habe deinen Vater nicht erreicht. Wir kümmern uns morgen um alles.«

Viel war von der Nacht nicht mehr übrig. Archer legte sich ins Bett, konnte aber nicht schlafen. Mrs Helmsley legte sich gar nicht erst hin. Sie lief bis Sonnenaufgang unruhig auf und ab und murmelte vor sich hin.

»Wir hätten niemals einziehen dürfen. Ich wusste, dass es ein Fehler war. Und wir gehen auf gar keinen Fall wieder zurück.«

Archer konnte sich zwar nicht ans Einschlafen erinnern, aber er musste geschlafen haben. Nach dem Aufwachen hielt er die brennenden Augen geschlossen. *Es war nur ein böser Traum. Ich hab zu viel Schokolade gegessen. Wir müssen zum Hauptquartier.* Irgendwann machte er die Augen doch auf und bereute es sofort. Helles Morgenlicht strömte ins Hotelzimmer und seine Mutter döste am Tisch.

Als er aus dem Bett stieg, hob sie den Kopf. »Du musst was essen, Archer.« Sie hielt ihm eine Speisekarte hin. »Bestell einfach, was du willst.«

»Gehen wir denn nicht nach unten?«

Mrs Helmsley verzog das Gesicht. »Mit *diesen* Leuten setzen wir uns nicht an einen Tisch. Im Speisesaal muss es zugehen wie im Zirkus. Ich rufe in der Küche an.« Sie zeigte auf eine kleine Tür in der Wand. »Das Frühstück kommt mit dem Speiseaufzug.«

Mit dem Frühstück kam auch eine Zeitung.

ROSEWOOD CHRONICLE

HELMSLEY-HAUS STÜRZT EIN

Archer hätte den Artikel gern gelesen, aber Mrs Helmsley warf die Zeitung in den Papierkorb, und er traute sich nicht, sie wieder herauszufischen.

»Bleiben wir hier, bis ich wieder nach Raven Wood muss?« Archer pikste seine Gabel in einen Pfannkuchen.

»Du fährst nicht mehr nach Raven Wood.« Mrs Helmsley stürzte ihren Kaffee in einem Zug hinunter. Sie hastete zum Telefon und wählte noch einmal die Nummer der Küche. »Schicken Sie bitte eine Kanne Kaffee auf Zimmer acht null eins. Ja, eine *ganze Kanne*. Vielen Dank.«

»Warum nicht?«, fragte Archer, nachdem sich seine Mutter wieder an den Tisch gesetzt hatte.

»Vor drei Tagen haben wir einen Brief von Mr Churnick bekommen. Raven Wood wurde geschlossen. Er hat sich in aller Form entschuldigt, weil er es uns nicht schon früher mitgeteilt hat. Offenbar ist er jetzt Vertrauenslehrer an der Rosewood-Schule. Viele seiner Schüler werden die Schule wechseln. Und er hat mehrfach betont, wie sehr er sich freuen würde, wenn du es ebenfalls tätest.«

Archer konnte kaum glauben, was seine Mutter gerade gesagt hatte. Die Lampe am Speiseaufzug blinkte. Mrs Helmsley holte die Kaffeekanne.

»Aus irgendeinem Grund«, fuhr sie fort, während sie sich eine zweite Tasse einschenkte, »hat Mrs Littell deinen Verweis zurückgezogen, unter der Bedingung, dass du nach deiner Rückkehr unter strenger Beobachtung bleibst.«

Archer zögerte, aber dann fragte er doch. »Darf ich wieder auf meine alte Schule gehen?«

»Ja, darauf hatten dein Vater und ich uns geeinigt«, erwiderte sie. »Aber die letzte Nacht hat alles verändert. Jemand hat es auf deine Großeltern abgesehen. Zu Hause ist es nicht mehr sicher. Vor vielen Jahren hat dein Opa mal zu mir gesagt, er hätte den Verdacht, in der Gesellschaft würden schlimme Dinge vor sich gehen. Und wenn er schon schlimm sagt, dann kann ich mir nicht mal vorstellen, was *ich* dazu sagen würde. So, jetzt muss ich länger telefonieren.«

Archer war der Appetit auf Pfannkuchen vergangen. Mr Mullfort hatte in der letzten Nacht mehr kaputt gemacht als nur das Haus der Helmsleys.

Mrs Helmsley saß den ganzen Tag am Telefon und redete mit einem Immobilienmakler. Archer schnappte hin und wieder einen Gesprächsfetzen auf. Gut klang es nicht.

»Ich hätte noch ein abgelegenes Objekt im Angebot! *Sehr* abgelegen. Ein herrliches Häuschen! Im Wald versteckt – ja, tief im Wald versteckt! Dort wird Sie kein Mensch finden!«

Archer stand fast den ganzen Tag auf dem Balkon. Er war sich fast sicher, in weiter Ferne die Sternwarte der Gesellschaft sehen zu können. Er hätte Cornelius sein linkes Auge geschenkt, wenn er dadurch erfahren hätte, was vor sich ging. Mr Dalligold, Cornelius und Beatrice Lune durchsuchten in diesem Moment bestimmt das Archiv. Wahrscheinlich hatten sie die ganze Nacht gesucht. Hatten sie die Korrespondenz schon gefunden?

Auch das Mittagessen kam mit dem Speiseaufzug. Wieder rührte Archer nichts an. Zum Abendbrot war ihm fast schlecht vor Hunger. Am Vortag hatte er nur die Schokolade von Mr Schlecks Feier gegessen. Mrs Helmsley zog einen gefüllten Truthahn aus dem Speiseaufzug. Archer saß vor dem gebratenen Vogel, der so riesig war, dass man damit das Loch im Haus der Helmsleys hätte stopfen können. Er aß ihn zur Hälfte auf und war hinterher todmüde. Er kletterte ins Bett und fiel sofort in tiefen Schlaf – tief, aber nicht erholsam. Unruhig warf er sich hin und her, gefangen in einem Albtraum.

Archer stand im Dunkeln. Er hatte keine Ahnung, wo er war. Über ihm flackerten Lampen und mit jedem Flackern kam eine Gestalt näher. Mit einem Mal beruhigten sich die Lampen und strahlten hell, und dort, direkt vor ihm, stand Mr Birthwhistle, die Hände ganz schmutzig. Sie waren im Großen Saal. Allein. Archer wollte wegrennen, schaffte es aber nicht. Der saphirblaue Teppich war dick mit Schokolade überzogen. Archers Füße auch.

»Das Wesen mit den schmutzigen Händen!«, jaulte Mr Birthwhistle. »Das Wesen mit den schmutzigen Händen!«

»Warum kratzen Sie sich dauernd am Arm?«, fragte Archer.

»Ich bin mit zwei lästigen Dingen in Berührung gekommen. Eins davon warst *du*.«

Mr Birthwhistle stürzte sich auf ihn. Archer schrie und schoss im Bett hoch, schweißgebadet. Er wischte sich über die Stirn und schaute ängstlich zu seiner Mutter, aber sie schlief tief und fest. Archer schlüpfte aus dem Bett und zog sein Notizbuch aus dem Koffer. Er knipste die Schreibtischlampe an und blätterte durch die Seiten, bis er die Aufzeichnungen der Funk-Expedition gefunden hatte.

Mr Birthwhistle *hatte* zu Mr Mullfort gesagt, er sei mit zwei lästigen Dingen in Berührung gekommen. Er hatte gesagt, eins davon sei Mr Mullfort gewesen. Was war das andere? Mr Birthwhistle hatte sich am Arm gekratzt. Hatte er einen Hautausschlag gehabt?

Archer lehnte sich zurück. An dem Abend im Hauptquartier, nachdem sie Benjamin im Labor des Gewächshauses gefunden hatten, hatte Oliver eine Pflanze gestreift.

»Die ist doch nicht giftig, oder?«

War sie nicht. Benjamin hatte gesagt, giftige Pflanzen würden in Gewächshaus vier verwahrt. Dann waren sie von einem Geräusch unterbrochen worden.

»Das ist bestimmt Malmurna. Wenn sie mich hier erwischt, kriege ich einen Tadel.«

Auf dem Dach der Sternwarte hatte Adélaïde gesehen, wie das Licht in Gewächshaus vier anging.

»Malmurna weiß, wie gern ich in den Gewächshäusern bin.«

War es wirklich Malmurna gewesen?

»Mein Vater ist auf dem Weg. Vielleicht ist er schon hier.«

Mr Dalligold suchte an der falschen Stelle. Die Korrespondenz war nicht im Archiv. Sie war im Gewächshaus vier unter giftigen Pflanzen vergraben. Dort würde niemand suchen. Deshalb hatte Mr Birthwhistle sich am Arm gekratzt. Beim Graben war er mit einer Pflanze in Berührung gekommen.

Archer ging auf den Balkon. Ein roter Streifen zerriss den dunklen Himmel. Die Turmuhr vom Bahnhof läutete sechs Mal. Was sollte er jetzt machen? Er musste jemandem von seiner Entdeckung erzählen. Er musste mit Oliver und Adélaïde Kontakt aufnehmen und aus dem Hotel fliehen.

Mrs Helmsley schlief noch, als Archer ins Zimmer zurückkehrte. Er lief mit dem tragbaren Funkgerät ins Badezimmer und stellte die Dusche an, um das Summen zu übertönen.

Oliver und Adélaïde warteten zitternd vorm Café.

»Glaubst du, er ist noch in Rosewood?«, fragte Adélaïde.

»Hoffentlich«, erwiderte Oliver. »Da ist Amaury.«

»Wollt ihr schon wieder so früh ans Funkgerät?« Amaury eilte zur Tür. »Irgendwas Neues von Archer? Ich habe mir gerade das Loch angesehen – nicht zu fassen.«

»Wir haben keine Ahnung, wo seine Mutter ihn hingebracht hat«, seufzte Oliver.

Amaury schloss die Tür auf und sie stürzten ins Café. Oliver und Adélaïde liefen zum Funkgerät. Sie schaltete es ein und Oliver schnappte sich den Kopfhörer.

»Hörst du was?«, fragte sie. Er schüttelte den Kopf. »Du bleibst hier, ich hole Kakao.«

Oliver behielt den Kopfhörer auf, während er versuchte, den Mantel abzustreifen. Als er Archers Stimme hörte, wäre er beinahe über das Kabel gestolpert.

Archer:	Hört mich jemand? Oliver? Bist du da? Hier spricht Archer.
Oliver:	Ich bin hier, Archer!
Archer:	Ich weiß, wo die Korrespondenz ist.
Oliver:	Hört sich an, als würde es bei dir regnen. Kannst du das wiederholen?
Archer:	Ich weiß, wo die Korrespondenz ist. Nicht im Archiv. Wir müssen ins Hauptquartier. Ihr müsst mich abholen. Ich bin in einem Hotel. In Rosewood.

»Was ist los?« Adélaïde stellte zwei Becher auf den Tisch.

»Das ist Archer. Er ist noch in Rosewood. Wir müssen ihn abholen. Hast du einen Stadtplan?«

»Im Lieferwagen liegt einer.« Adélaïde war schon auf dem Weg.

Archer:	Was ist passiert, seit ich weg bin?
Oliver:	Die Polizei hat deine Großeltern befragt. Dann kam Mr Dalligold. Keine Ahnung, was er gesagt hat, aber die Polizei ist sofort weggefahren. Er ist ein bisschen sonderbar, oder? Adélaïde hat den Stadtplan. Wie heißt das Hotel?
Archer:	*Kanal Hotel.*
Oliver:	Du bist nördlich von der Donnerblumenstraße und westlich vom Hauptquartier.
Archer:	Wann könnt ihr hier sein?
Adélaïde:	Archer, hier spricht Adélaïde. Der Sturm wird um sieben erwartet. Amaury macht das Café zur Sicherheit schon um sechs zu. Ich möchte ihm das Paradox-Pulver nicht geben, bevor er abgeschlossen hat. Wenn alles nach Plan läuft, sind wir um halb sieben bei dir. Meinst du, das reicht?
Archer:	Ja. Die Verhandlung findet heute Abend statt. Wir müssen da sein, bevor sie zu Ende ist. Ich warte auf der Südseite vom Kanal auf euch. Ich überlege mir noch, wie ich hier rauskomme.

Der Tag zog sich hin wie Kaugummi. Nach dem Frühstück suchte Archer unauffällig nach dem Zimmerschlüssel, während seine Mutter eine Liste mit Häusern durchging. Er war nirgends zu finden. Wahrscheinlich steckte er in ihrer Tasche.

Nach dem Mittagessen stand Archer auf dem Balkon und verrenkte sich fast den Hals, um sich die Fassade des Hotels genauer anzusehen. Dort verlief ein Regenrohr. Wenn er sich daran festhielt und die Fenstersimse als Leiter benutzte, konnte es klappen. Sieben Stockwerke hinabzusteigen, wäre nicht einfach, aber er würde es versuchen müssen.

Zur selben Zeit zog Oliver in der Weidengasse ein Blech mit frischen Himbeer-Plundern aus dem Ofen. Er verstaute das Fläschchen Paradox-Pulver wieder in der Hosentasche und wartete, bis die Kuchen abgekühlt waren. Dann füllte er die Plunder in eine Papiertüte und legte die beiden mit dem Paradox-Pulver obenauf. Um sie nicht zu verwechseln, hatte er sie mit einem Daumenabdruck markiert. Auf der anderen Seite der Weidengasse nahm Adélaïde die Greenhorn-Uniformen, schlüpfte in ihre Stiefel und ging zu Kana.

Kurz vor dem Abendbrot hörte Archer von draußen lautes Stimmengewirr. Er ging auf den Balkon und sah eine große Gruppe von Mitgliedern der Gesellschaft aus dem Hotel strömen. Sie stiegen in Busse, die am Straßenrand parkten. Die Busse fuhren nacheinander los und rumpelten über eine Kanalbrücke. Die Turmuhr des Bahnhofs schlug sechs Mal. Eine Schneeflocke landete auf Archers Stirn. Er schaute zum Himmel, eine dicke Decke aus kaltem grauem Stahl.

Im Café Belmont stand Amaury am Fenster und blickte ebenfalls zum Himmel hinauf. Das Café war leer gefegt wie die Straßen von Rosewood. Adélaïde, Oliver und Kana saßen am Tresen. Gleich würden sie etwas tun, das sie eigentlich nicht tun wollten.

✦ Amaury mal ganz anders ✦

»Ich schließe jetzt ab«, sagte Amaury. »Und ihr passt auf, dass ihr sicher nach Hause kommt.« Seine Augen weiteten sich, als Oliver die Tüte mit den Himbeer-Plundern öffnete.

»Möchtest du einen?«

Amaury eilte zum Tresen. »Adie, ich habe deinem Vater gesagt, wir müssen die unbedingt im Laden verkaufen.« Er nahm einen großen Bissen. Der zweite war deutlich kleiner. »Hat deine Mutter was am Rezept geändert? Oder war die Milch sauer?«

»Glaub ich nicht«, sagte Oliver.

Amaury schien der Kuchen nicht mehr so gut zu schmecken wie bei der Weihnachtsfeier der Glubs. Trotzdem aß er höflich auf, wobei er ein Würgen unterdrücken musste. Dann verschwand er in der Küche. Die Uhr fest im Blick lauschten Adélaïde, Oliver und Kana. Amaury schien aufzuräumen. Nach ziemlich genau zehn Minuten wurde es in der Küche unheimlich still, dann polterte und knallte es. Ein völlig veränderter Amaury kehrte zum Tresen zurück. Adélaïde hatte sich noch nie vor Amaury gefürchtet. Jetzt tat sie es. Seine freundlichen Augen blickten feindselig, und seine beträchtliche Körperfülle, die ihn bärig und herzlich wirken ließ, hatte mit einem Mal etwas Bedrohliches.

»Was habt ihr hier noch zu suchen?« Amaury donnerte die Fäuste auf den Tresen und glotzte die Kinder aus toten Augen an. »Ich hab gesagt, ihr sollt verschwinden!«

»W... wollten gerade gehen.« Adélaïde wischte einen Tropfen Spucke von ihrer Nase und wich zurück. »Aber wir haben uns gefragt, ob ...«

»Nach *gehen* sieht mir das nicht aus, du *Lügnerin*! Du wolltest deinem Vater sagen, dass ich Hilfe brauche. Ich hab dir geglaubt! Und was hast du gemacht? Nichts! Wetten, du schaust gern zu, wie ich in diesem Meer aus Kaffee absaufe!«

»Tut mir leid«, sagte Adélaïde. »Ich wollte mit ihm reden, aber ich hab's vergessen. Ich hatte viel zu tun ...«

Amaurys Lachen klang kalt und grausam.

»*Viel zu tun?* Seit der Laternenpfahl auf dich draufgeknallt ist, sitzt du den lieben, langen Tag doch nur noch rum!«

Adélaïde sah aus, als hätte jemand glühende Kohlen über ihr ausgeschüttet. Kana flüsterte ihr zu: »Denk dran, das ist *nicht* Amaury.«

»Ich hasse Geheimnisse!«, fuhr Amaury sie an.

»Das war kein Geheimnis«, erklärte Kana.

»Sah mir aber ganz danach aus.«

»Geheimnisse kann man nicht sehen«, sagte Oliver. »Das sind nur Wörter, die man sich zuflüstert.«

»Dann nehmt eure geflüsterten Wörter und ... Ach, meinetwegen könnt ihr auch hierbleiben.« Amaury zerrte seine Schürze herunter und pfefferte sie mit solcher Wucht auf den Tresen, dass dieser beinahe entzweigebrochen wäre. »Ich hab's satt, von morgens bis abends im Kaffee deines Vaters zu schwimmen.« Er marschierte zur Tür und hob sie beinahe aus den Angeln.

Oliver wirbelte auf dem Barhocker herum. »Warte! Dürfen wir den Lieferwagen nehmen?«

Amaury fischte in seiner Hosentasche und warf ihm den Autoschlüssel zu. »Tut mir einen Gefallen und fahrt ihn übers Kliff. Ich hab vom Ausliefern die Nase voll. Ich hab von diesem Horror-Café die Nase voll.« Er stürzte aus dem Laden und knallte die Tür hinter sich zu.

Alle fühlten sich schrecklich mies. Vor allem Adélaïde. Und das zu Recht. Wenn du einen netten Menschen in einen schrecklichen verwandelst, dann bist nämlich du in Wahrheit der schreckliche Mensch.

»Das hätten wir nicht tun dürfen.« Oliver drehte den Autoschlüssel in seiner Hand.

»Wir können es nicht rückgängig machen«, warf Kana ein.

Adélaïde starrte auf Amaurys Schürze. Dass er gemein werden würde, hatte sie vorher gewusst. Aber dass er ihre Vergangenheit ausgraben würde, damit hatte sie nicht gerechnet.

Oliver öffnete die Kuchentüte und gab ihr einen Himbeer-Plunder. »Vielleicht geht's dir damit besser.« Er reichte Kana ebenfalls einen. Und nahm sich den dritten.

Adélaïde und Kana hatten ihre aufgegessen, bevor Oliver überhaupt abgebissen hatte. Er betrachtete den Himbeer-Plunder und schlang ihn dann in einem Stück herunter. »Wir fahren besser los«, sagte er und zerknüllte die Tüte.

Adélaïde packte seinen Arm. »Wieso ist die leer? Du hast doch *zwei* mit Paradox-Pulver präpariert! Damit wir einen als Ersatz haben!«

Wenn man bedenkt, was gerade passiert war, dann wirkte Oliver nicht übermäßig überrascht. Er schloss nur die Augen und ließ den Kopf auf den Tresen fallen. Adélaïde und Kana tauschten besorgte Blicke.

✦ Der Speiseaufzug ✦

Archer und seine Mutter waren mit dem Abendbrot fertig.

»Räum bitte ab«, sagte Mrs Helmsley, bevor sie im Badezimmer verschwand.

Archer trug die Teller zum Speiseaufzug. Dass er an der glatten Hotelfassade herabklettern musste, machte ihm Angst, aber leider blieb ihm keine andere Wahl. Seine Freunde würden bald kommen. Er drückte auf den Knopf des Speiseaufzugs. Die Lampe ging an und Archer ein Licht auf.

Warum hatte er nicht früher daran gedacht? Er hatte die Lösung seit zwei Tagen vor Augen gehabt. Er konnte im Speiseaufzug fliehen! Er war eng, außerdem hatte Archer keine Ahnung, ob er sein Gewicht tragen würde. Aber die einzige andere Möglichkeit würde sicherlich mit einem Sturz in die Tiefe enden. Wenn er schon in die Tiefe segeln musste, dann lieber in einem dunklen Schacht als an der Fassade eines Hotels. Er trug die Teller zum Tisch zurück und zog den Plan vom Hauptquartier aus seinem Koffer.

»Ich kapier das nicht«, sagte Adélaïde zu Kana. »Es hätte längst wirken müssen. Du siehst aus wie immer. Ich fühle mich wie immer. Und Oliver …«

Oliver hatte seit zehn Minuten nichts mehr gesagt. Sein Kopf lag immer noch auf dem Tresen. Adélaïde legte ihm eine Hand auf die Schulter. »Ollie, geht's dir gut?«

Oliver hob den Kopf. Kana kicherte. Adélaïde stöhnte. Olivers Gesichtsausdruck sagte alles. Er wirkte vollkommen ruhig und gelassen. Als würde er sich um nichts und niemanden Sorgen machen.

»Ich mag es, wenn du mich Ollie nennst. Und die Antwort auf deine Frage heißt *Ja*. Mir geht es gut. Mehr als gut. *Supergut*.«

Seine Stimme klang sanft und süß, wie ein gehauchtes Schlaflied.

»Du hast den falschen Kuchen gegessen«, erklärte Adélaïde.

»Falscher Kuchen?« Oliver lächelte und tippte Adélaïde an die Stirn. »Sei. Nicht. Albern. *Dummie*«, betonte er jedes Wort mit einem Tippen. »Es gibt keine falschen Kuchen.«

Adélaïde blickte zu Kana. »Ich bin dafür, ihn hierzulassen.«

»Keine gute Idee«, erwiderte Kana. »Vielleicht läuft er auf die Straße und verirrt sich im Schneesturm. Oder stell dir vor, er geht nach Hause. Seine Eltern dürfen ihn auf keinen Fall in diesem Zustand sehen … schau.«

Oliver rührte mit einem Zeigefinger in einer Zuckerdose.

»Wie Sand – *Zuckersand*. Ob die Sterne mit Zuckersand gefüllt sind? Vielleicht *sind* Sterne Zuckersand.«

»Du hast recht, Kana.« Adélaïde sprang vom Barhocker. Sie nahm die Tüte mit den Greenhorn-Uniformen und gab Oliver eine Hose. Er zog die Hosenbeine über die Arme und wedelte damit herum, als wären sie Tentakel.

»Ich bin ein Tiefseeungeheuer! Und ziehe euch in meine finstere Höhle!«

Adélaïde fand es nicht witzig. »Wenn das Tiefseeungeheuer nicht gleich seine Hose anzieht, bleibt es hier.«

Oliver hörte auf zu wedeln und legte einen Hosenbeinarm um ihre Schulter. »Manchmal mache ich mir Sorgen um dich. Du siehst immer alles gleich so schwarz.«

»Wir wollen ins Hauptquartier, Oliver.« Adélaïde seufzte, langte in die Tüte und verteilte Hemden, Strickjacken und Halstücher. »Du solltest die Sache etwas ernster nehmen. Falls du es vergessen hast – Mr Mullfort hat ein Loch in Archers Haus gerissen.«

»Mach dir wegen Mr Mullfort keine Sorgen«, erwiderte Oliver und zog die Arme aus den Hosenbeinen. »Um den kümmere ich mich.«

✦ In letzter Sekunde ✦

Archer drückte zum dritten Mal auf den Knopf und legte ein Ohr an die Tür des Speiseaufzugs. Die Zahnräder ratterten, während der Korb an Drahtseilen durch den Schacht gezogen wurde. Das Rattern hörte auf. Die Lampe ging an.

Archer riss die Tür auf und kroch hinein. Es klappte – mit Mühe und Not. Sein Kopf klebte auf den Knien, und er musste den Arm verdrehen, um den Knopf zu erreichen. Er hatte es gerade geschafft, als die Badezimmertür aufsprang.

Mrs Helmsley sah ihn eingezwängt im Speiseaufzug kauern, brauchte aber einen Augenblick, um alles zu begreifen. Archer hatte gerade noch Zeit, auf den Knopf zu drücken, bevor sie auf ihn zuhechtete.

»Archer! Was in aller Welt soll das wer…«

Archer zog die Tür mit einem Ruck zu. Der Speiseaufzug setzte sich in Bewegung.

✦ Holperfahrt zum Kanal Hotel ✦

Adélaïde öffnete die Tür zum Laderaum des Lieferwagens und machte Platz für Oliver. Er hockte sich vergnügt zwischen die Kaffeekisten.

»Kana, du steigst besser auch hinten ein«, sagte sie. »Archer muss gleich vorne sitzen.«

Kana kletterte hinein. Adélaïde machte die Tür zu und

setzte sich hinters Lenkrad. In der Rückwand des Fahrerhauses war ein Loch und Oliver schob den Kopf hindurch.

»Das ist ja wie bei diesen Dingern auf dem Jahrmarkt!«, rief er begeistert. »Weißt du? Diese Wände aus Holz, wo man den Kopf durchsteckt und der Körper aussieht wie ein Hummer oder sonst was. Wie sehe ich aus?«

»Wie ein Junge, der den Kopf durch ein Loch gesteckt hat«, erwiderte Adélaïde.

»*Ach*. Das ist aber nicht besonders witzig.«

Adélaïde steckte den Schlüssel ins Zündschloss und wünschte sich, sie hätte vorher fahren gelernt. Sie ließ den Motor im Leerlauf tuckern und probierte die Pedale aus. Sie trat aufs Gas. Der Wagen fuhr los. Sie trat auf die Bremse. Der Wagen blieb stehen. »Kinderleicht.«

»Scheinwerfer nicht vergessen«, sagte Oliver.

Adélaïde drehte einen Schalter am Armaturenbrett. Die Scheibenwischer quietschten von links nach rechts.

»Das sind keine Scheinwerfer.«

»Sei still!«

Adélaïde drehte an einem anderen Schalter. Die Scheinwerfer gingen an. Kana reichte ihr den Stadtplan. Das *Kanal Hotel* war rot eingekreist. Adélaïde legte den Stadtplan auf den Beifahrersitz und schaute in die Seitenspiegel. Ihre Augen weiteten sich. Vielleicht bildete sie sich alles nur ein? Doch Kana hatte es durch das hintere Fenster auch gesehen: Zwei Gestalten in langen schwarzen Mänteln liefen auf den Wagen zu.

»Los, Adélaïde!«, rief Kana. »Ich glaube, wir werden …« Sie schrie auf, weil eine Gestalt nach dem Türgriff langte. Die zweite erreichte Adélaïdes Fenster, legte eine Hand auf die Windschutzscheibe, die andere auf die Fahrertür.

»FAHR!«, schrie Oliver. »Das sind Birthwhistles Leute!«

Adélaïde trat aufs Gaspedal. Der Wagen schoss in die Donnerblumenstraße und schlitterte seitwärts in den Zickzackweg. Adélaïde stieg auf die Bremse. Olivers Kopf steckte nicht mehr in dem Loch.

»Alles in Ordnung?«, rief Adélaïde, während sie den Kopf aus dem Fenster schob und zurückschaute. Die beiden Männer steckten in einer Schneewehe und bewegten sich nicht mehr.

»Bei mir ja«, verkündete Kana und zog die hintere Tür fest zu.

»Bei mir auch«, sagte Oliver. »Die Kaffeekisten haben mich aufgefangen.«

»Hast du sie zerdeppert?«

»Schwer zu sagen … hinten ist es ganz schön dunkel …«

»Hat er«, bestätigte Kana.

Adélaïde zuckte zusammen. Ihr Vater würde wütend werden.

»Weg hier«, sagte Kana. »Sie stehen auf.«

Adélaïde umklammerte das Lenkrad und sie schossen davon.

Wenn du hinter einem Fenster gesessen und auf das Hereinbrechen des Sturms gewartet hättest, wärst du stattdessen Zeuge eines seltsamen Spektakels geworden. Der Lieferwagen brauste los, hielt abrupt an, fuhr weiter, erst langsamer, dann schneller, dann viel zu schnell! Und wieder Stopp. Aber während sie auf dem Zickzackweg in Richtung *Kanal Hotel* holperten, fand Adélaïde allmählich heraus, wie man das Fahrzeug beherrschte.

✦ Flucht aus dem Kanal Hotel ✦

Im engen Korb des Speiseaufzugs war es furchtbar unbequem. Die Zahnräder ratterten noch lauter als zuvor. Archers Herz schlug, wie der Speiseaufzug fuhr – mal langsam, dann rasend schnell. Mit Sicherheit stieg seine Mutter im selben Augenblick in den Fahrstuhl. Sie musste vor Wut kochen. Was auch immer Mr Churnick gesagt hatte, um sie zu überzeugen, dass er ein neuer Mensch geworden war, zählte jetzt nicht mehr. Der Speiseaufzug blieb stehen. Die Tür ging auf. Archer sah grelles Licht, hörte Töpfe scheppern und Wasser zischen.

»Es ist ein Junge!«, rief jemand.

Archer schoss aus dem Speiseaufzug wie eine Scheibe Brot aus einem Toaster.

»Was machst du da?«, polterte der Koch. »Das ist kein Spielzeug! Du hättest ihn kaputt machen und in den Tod stürzen können!«

Archer hechtete zur Küchentür, sprintete durch einen Flur, hastete durch eine weitere Tür und purzelte fast ins Foyer. Der Portier stand über ein Sofa gebeugt und versuchte grummelnd, einen Fußabdruck wegzuwischen. Archer raste zur Eingangstür. Hinter ihm klingelte der Fahrstuhl. Er sprang auf die schneebedeckte Straße und schaute sich nicht mehr um.

15

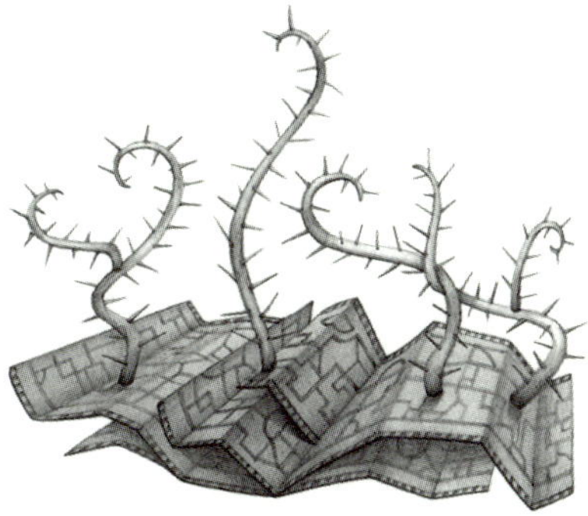

✦ Mitten hinein in den giftigen Traum ✦

Archer wurde abwechselnd in Licht und Schatten getaucht, als er unter den Laternen hindurchraste, die die Brücke säumten. Der Wind wurde mit jeder Sekunde stärker und trieb Schneeflocken auf seine Stirn. Auf der anderen Seite des Kanals war er völlig außer Atem. Er blieb stehen und suchte die verlassene Straße ab.

Archer hörte den Lieferwagen, bevor er ihn sah. Er klang wie ein aufgezogenes Spielzeug. In einer engen Gasse tauchten plötzlich Scheinwerfer auf. Im Näherkommen waberte der Lichtstrahl mal nach links, mal nach rechts. Archer stieg auf einen Schneehaufen und riss die Arme hoch. Der Lieferwagen drosselte das Tempo, rutschte seitlich weg und hielt an.

Adélaïde kurbelte das Fenster herunter und warf Archer eine Greenhorn-Uniform zu. »Wir dachten schon, wir sehen dich nie wieder«, sagte sie lächelnd.

»Das waren zwei ganz schön lange Tage, was?« Archer kletterte auf den Beifahrersitz. »Hat alles gut geklappt?«

»Das meiste. Aber im Café ist was schiefgelaufen.«

»Mit Amaury?«

»Nein. Na ja, auch. Wir haben ihn in ein Monster verwandelt. Außerdem ist …«

»Archer!« Oliver schob den Kopf durch das Loch. »Super, dass du es geschafft hast! Ganz schön *aufregend*, was?«

Archer schaute Adélaïde fragend an.

»Er ist bis obenhin voll mit Paradox-Pulver. Und Kuchen. Wir wollten ihn erst gar nicht mitnehmen.«

»Aber wir hatten Angst, er verirrt sich im Schneesturm«, warf Kana ein.

»Im Schneesturm verirren klingt lustig«, sagte Oliver fröhlich und senkte die Stimme, um Archer zuzuflüstern: »Aber seit wir im Café los sind, stellt Adélaïde sich so an.«

»Ich kann dich hören, Oliver. Ich sitze *vor dir*.«

»Siehst du?« Oliver wackelte mit den Augenbrauen und verschwand im Dunkeln.

»Wir werden ein Auge auf ihn haben«, flüsterte Archer.

»*Sechs* Augen«, berichtigte Adélaïde. »Aber das meinte ich nicht. Vor dem Café waren zwei Männer. Sie wollten uns aufhalten.«

»Wir glauben, das waren Birthwhistles Leute«, erklärte Kana. »Sie müssen uns gefolgt sein.«

»Vielleicht waren es auch Freunde von Mr Dalligold«, vermutete Archer. »Ich hab ihm von der Korrespondenz erzählt und ihn gebeten, auf euch aufzupassen. Was haben die Männer denn gesagt?«

Alle schwiegen.

»Wir haben nicht so lange gewartet«, erklärte Oliver. »Wir haben sie, na ja ...«

Adélaïde biss sich auf die Unterlippe. »Wir haben sie über den Haufen gefahren.«

»Ihr habt *was?*«

»Keine Sorge«, erklärte Kana. »Ich hab alles gesehen. Sie haben einen Schreck gekriegt. Und sie lagen im Schnee. Aber sie haben sich wieder aufgerappelt. Tot sind sie nicht.«

»Wir hatten Angst. Das werden sie bestimmt verstehen«, sagte Adélaïde und trat aufs Gaspedal.

✦ Richtung Süden ✦

Je weiter sie in Richtung Süden fuhren, umso heftiger wurde das Schneegestöber. Adélaïde stellte die Scheibenwischer schneller. »Wie hast du herausgefunden, wo die Korrespondenz versteckt ist?«

»Das ist eine lange Geschichte«, erklärte Archer. »Sie ist in Gewächshaus vier. Dort, wo die giftigen Pflanzen verwahrt werden. Ich hatte einen Albtraum.«

»Du bist im Traum darauf gekommen?«

»Eigentlich erst danach.«

Draußen wurden die Häuser allmählich von Lagerhäusern abgelöst.

»Wir sind in Barrow's Bay.« Archer schaute auf den Stadtplan.

Je enger die Straßen und je höher die Häuser wurden,

BELMONT

umso dichter wirbelte der Schnee. Adélaïde stellte die Scheibenwischer auf Höchstgeschwindigkeit und fuhr auf eine Brücke. Der Wagen wurde von einer Windböe erfasst und hin und her geworfen.

»Oliver, Kana, festhalten!«, rief Archer nach hinten.

Auf der anderen Kanalseite begann das Labyrinth. Straßenlaternen flackerten. Viele waren ganz ausgefallen. Der Wind wirbelte Schnee um den Lieferwagen. Die Kinder waren froh, nicht draußen zu sein, fühlten sich aber auch im Wagen nicht vollkommen sicher. Sogar Oliver schwieg.

»Warum hast du die Scheibenwischer ausgemacht?«, fragte Archer in die Stille.

»Hab ich nicht.« Adélaïde drehte den Schalter hin und her. »Sie sind wohl festgefroren.«

Schnee türmte sich auf der Scheibe auf.

»Wir fahren noch irgendwo gegen.« Adélaïde beugte sich über das Lenkrad und versuchte, durch einen winzigen, freien Spalt auf die Straße zu spähen. »Ich sehe nichts.«

Archer kurbelte das Fenster runter und steckte den Kopf raus. »Immer geradeaus. Vor uns ist eine Lücke. Ich glaube … ja, da ist es!«

Vor ihnen erhob sich das Hauptquartier. Es war hell erleuchtet und strahlte ihnen durch den dichten Schnee entgegen. Archer hatte noch nie etwas Schöneres gesehen. Er lotste Adélaïde über den großen Platz zu einer Fußgängerbrücke. Sie stellte den Motor ab und alle stiegen aus. Sofort wollte Oliver auf das Gebäude zulaufen, aber Adélaïde hielt ihn zurück.

»Warte. Ohne uns gehst du nirgendwohin.«

Oliver schaute zu Archer und verdrehte die Augen. »Manchmal ist sie echt 'ne Spielverderberin.«

»Sie hat recht, Oliver. Du musst bei uns bleiben.«

»Zwei Spielverderber.«

»Beeilung.« Kana schaute zum finsteren Himmel. »Gleich geht es richtig los.«

Die vier hakten sich unter und tappten vorsichtig über die Brücke. Archer war sich nicht sicher, ob er den Wind heulen oder Oliver einen Schlachtruf ausstoßen hörte, als sie an den Narwalen mit den gekreuzten Stoßzähnen vorbei die Treppe hochstapften und die Tür aufstießen.

✦ Was ist ein Eisberg? ✦

»Jemand zu Hause?« Olivers Stimme echote durch die leere Eingangshalle. »Haben wir uns umsonst in Schale geschmissen?«

»Ist die Verhandlung zu Ende?«, fragte Kana.

»Das darf nicht sein.« Archer schaute entsetzt zu Adélaïde.

Sie liefen über den Schachbrettboden und hasteten die Treppe hinauf. Archer legte ein Ohr an die Tür zum Großen Saal. War es vorbei? Er hörte eine Stimme und öffnete die Tür einen Spalt weit.

Die Verhandlung lief noch. Der Große Saal war brechend voll. Die Feier bei *Schleck & Schmeck* war dagegen ein Treffen im kleinen Kreis gewesen. Die Stuhlreihen zogen sich bis zur Bühne. Nicht ein Platz war frei geblieben. An den Wänden standen weitere Mitglieder, andere hockten auf den Fensterbänken.

Auf der Bühne, vor dem flackernden Kaminfeuer, saß Mr Suplard auf einem erhöhten Stuhl, umgeben von zehn Männern in schwarzen Roben. Links von ihnen saßen Archers Großeltern und Mr Dalligold. Rechts stand Mr Birthwhistle. Er war allein und richtete sich an die schweigende Menge.

»Und was ist ein Eisberg? Ein abtrünniger Eisbrocken, der sich vom Gletscher gelöst hat, weil er seinen eigenen Weg gehen will. Und sind die Helmsleys nicht genau das? Ein Eisberg, der sich von unserem Gletscher gelöst hat? Niemand wird bestreiten, dass sie einen großen Beitrag zu unserer Forschung geleistet haben. Und ich bezweifle nicht, dass viele von Ihnen sie *immer noch* sehr schätzen. Aber wir dürfen niemals zulassen, dass uns die Gefühle den Verstand vernebeln. Schon vor ihrem Verschwinden waren die Helmsleys eine Gefahr für unsere Arbeit. Sollten wir sie tatsächlich wieder aufnehmen, werden sie auch weiterhin eine Gefahr für uns alle sein!«

Der Saal explodierte förmlich. Archer fasste etwas Mut, weil er mindestens genauso viele aufgebrachte wie zustimmende Schreie hörte. Trotzdem durften sie jetzt keine Zeit verlieren. Er schloss die Tür und zog den Plan vom Hauptquartier unter seiner Jacke hervor.

»Zum Gewächshaus. Schnell.«

✦ Einem Monster Manieren beibringen ✦

»Wir müssen da lang.«

»Nein, du hältst den Plan verkehrt rum.«

»Auf der Tür steht SCHATZKAMMER.«

»Dann müssen wir dort lang.«

»Nein, *da* lang.«

Selbst mit Plan war der Weg zum Gewächshaus nicht leicht zu finden. Den Kindern blieb nichts anderes übrig, als die Schilder über den Türen mit dem Plan abzugleichen. Dabei kamen sie nur langsam voran.

»Mit Darby waren wir nicht hier«, sagte Archer, als sie einen schmalen Korridor entlangliefen, von dem aus man in einen Raum mit ausgestopften Tieren und den Werkzeugen eines Präparators schauen konnte.

»Nein, aber schau mal.« Adélaïde zeigte auf den Plan. »Der Fahrstuhl müsste gleich da drüben liegen.«

Kana öffnete eine Tür, und richtig, dort war der Fahrstuhl. Adélaïde lief hin und drückte auf den Knopf. Archer, Oliver und Kana blieben hinter ihr stehen.

»Wir müssen vorsichtig sein.« Archer faltete den Plan zusammen und steckte ihn unter die Jacke. »Im Gewächshaus stehen giftige Pflanzen. Benjamin hatte in Raven Wood eine, die tödlich sein kann. Davon gibt's im Gewächshaus bestimmt jede Menge.«

»Du hast Angst vor *Pflanzen*?«, spottete Oliver. »Wenn sie uns angreifen, kämpfe ich mit ihnen. Ich reiße ihnen die Blätter aus und schicke sie in die Wüste.«

»Archer meint Gift«, erklärte Adélaïde. »Mit Gift kannst du nicht kämpfen, Oliver.«

»Wart's nur ab.«

Der Fahrstuhl kam. Hinter dem Gitter sah Archer zwei tief liegende, tiefblaue Augen aufblitzen, aber bevor er etwas sagen konnte, hatte Adélaïde die Tür schon aufgezogen. Plötzlich hing sie in Mr Mullforts Armen wie ein toter Fisch – ein toter Fisch mit Holzbein. Archer, Oliver und Kana erstarrten. Sie hatten keine Ahnung, was sie tun sollten.

»Was für eine Überraschung!« Mr Mullforts Augen funkelten schadenfroh. »Habt ihr denn immer noch nicht genug? Und wie war die Feier im Süßigkeitenladen? König Oliver, so haben sie dich doch genannt, oder?«

Er entdeckte Kana und lächelte boshaft.

»Dann stimmt es also doch! Ich dachte, Digby hätte sich geirrt. Meine Güte, Kana, bist du groß geworden! Nicht mehr das kleine Mäuschen von damals, was?«

Archer und Oliver tauschten einen Blick.

»Wissen sie es etwa nicht, Kana?«, fragte Mr Mullfort. »Präsident Birthwhistle war sich *sicher*, du erzählst es ihnen. Und er hat geglaubt, du wärst die Richtige, um ihnen mit unserem Brief Angst einzujagen. Aber er war nicht zufrieden. Präsident Birthwhistle wiederholt sich nämlich nicht gern.«

»Wovon redet er?«, fragte Archer.

Kana schüttelte den Kopf. »Bitte nicht, Mr Mullfort.«

Mr Mullfort wieherte vor Lachen.

»Kana, also *wirklich*. Hast du dich geschämt? Weil du den Eisberg hättest verhindern können, aber stattdessen *nichts* gemacht hast?«

Kana blickte zu Boden.

»Ja, Wunderkind. Sie hat es gewusst. Lange, bevor es passiert ist. Die kleine Horcherin. Hat ein Vieraugengespräch im Nachbargarten belauscht. Das war ziemlich frech von dir. Aber ich habe dir Manieren beigebracht, stimmt's, Kana?«

»Es tut mir furchtbar leid, Archer«, murmelte Kana. »Ich

hätte etwas sagen sollen. Ich wollte es, aber ich hatte Angst. Er hat gesagt, wenn ich meinen Mund nicht halte, tut er mir was an. Ich war neun Jahre alt.«

Archer war nicht wütend. Nicht mal ein kleines bisschen. Als seine Großeltern verschwunden waren, war er auch erst neun gewesen. Damals hatte er geglaubt, Pinguine hätten seine Großeltern gefressen. Mr Mullfort hatte ein neunjähriges Mädchen bedroht. Welcher Mensch tat so etwas?

»Sie sind ein richtiges Monster«, sagte er und schaute Mr Mullfort böse an.

»Und du bist ein frecher Junge, der nicht merkt, dass er verloren hat. Wo wollt ihr mit eurer Greenhorn-Verkleidung hin? Wisst ihr, wo die Korrespondenz ist?«

Adélaïde fing an zu zappeln, weil Mr Mullfort sein fieses Ohr an ihre Schläfe drückte, als wollte er ihre Gedanken belauschen. Oliver beugte sich vor und flüsterte den anderen beiden zu.

»Kana, du kommst mit mir mit. Wir bringen *ihm* Manieren bei. Archer, du machst dich mit Adélaïde auf die Suche. Und ich entschuldige mich schon mal für das, was jetzt kommt.«

Archer konnte nichts erwidern. Ein scharfer Schmerz durchzuckte ihn. Oliver hatte ihn in den Bauch geboxt. Archer kippte nach hinten und fiel rückwärts gegen Mr Mullfort. Oliver rief: »Wetten, Sie fangen mich nicht! Ich bin nämlich schneller als Sie!« Er schob die Hände unter Archers Strickjacke, zog sie ihm mit einem Ruck über den Kopf und schleuderte sie dem verdutzten Mr Mullfort ins Gesicht.

»Mr Mullfort, wir müssen jetzt los«, rief Kana. »Und ich hab so ein Gefühl, dass es für Sie nicht gut ausgehen wird.«

Oliver und Kana rannten los. Mr Mullfort schubste Adélaïde in Archers Richtung, zerrte die Strickjacke von seinem Gesicht und setzte sich in Bewegung. Oliver und Kana bogen um die Ecke, dicht gefolgt von Mr Mullfort.

»Das war genial.« Archer rieb sich den Bauch. »Ich weiß, dir gefällt der neue Oliver nicht, aber er ist echt 'ne Wucht.«

»Hoffentlich ist der neue Oliver immerhin so vorsichtig, dass er und Kana nicht umgebracht werden.« Adélaïde folgte Archer zum Fahrstuhl. Sie mussten beide an Kana und Mr Mullfort denken. »Und ich hatte Amaury für ein Monster gehalten.«

»Ich hab so ein Gefühl, Mr Mullfort ist schuld an ihrer silbernen Haarsträhne.« Archer bediente den Hebel und der Fahrstuhl setzte sich in Bewegung.

✦ Falsche Pflanze ✦

Archer und Adélaïde standen hinten im großen Gewächshaus und spähten durch die Scheibe. Laut Plan befand sich Gewächshaus vier gleich neben der Kanalmauer, keine zehn Meter entfernt. Das Problem war nur, dass sie es nicht sehen konnten. Sie sahen rein gar nichts. Der Schneesturm blendete sie.

»Wir müssen es beim ersten Mal schaffen«, sagte Archer. »Ein falscher Schritt und wir könnten in den Kanal stürzen.«

»Das wäre blöd.«

Sie fassten sich an den Händen und traten in den Sturm hinaus. Es war wie im Traum. Außer dem blendenden Weiß des herumwirbelnden Schnees sahen sie nichts. Adélaïdes Haare wehten in alle Richtungen, während sie sich zentimeterweise vorwärtskämpften, die freien Hände tastend vorgestreckt.

»Spürst du was?«, fragte Archer.

»Nichts.«

Noch ein Schritt. Wieder nichts. Noch einer.

»Meinst du, wir sind dran vorbei?«, fragte Adélaïde.

»Wir dürfen noch nicht aufgeben.«

Noch ein Schritt. Ihre Hände waren schon ganz taub. Noch einer. Kaltes Metall.

»Das ist es!«, sagte Archer.

Sie tasteten sich an der Wand des Gewächshauses vier entlang. Adélaïde entdeckte die Tür. Sie traten ein und standen im Dunkeln. Archer suchte nach dem Lichtschalter und streifte ihn mit dem Handrücken. In Gewächshaus vier sprang das Licht an.

»Bin ich froh, dass Oliver nicht hier ist.« Adélaïde schaute sich mit weit aufgerissenen Augen um.

Sie waren von unheimlichen Pflanzen umzingelt. Einige Blätter sahen aus wie Hände, die nach ihnen greifen würden, sobald sie in ihre Nähe kamen. Andere lockten mit riesigen

bunten Blüten. Sogar die Luft roch giftig.

»Pass auf, dass du nirgendwo gegen kommst«, warnte Archer. Er nahm sich einen Spaten und reichte Adélaïde einen zweiten. »Er hat die Korrespondenz bestimmt in einer Kiste vergraben. Am besten stichst du den Spaten in die Erde, bis er auf was Hartes stößt.«

»Das wird lange dauern.« Adélaïde blickte zu den bepflanzten Kästen, die das Gewächshaus säumten.

»Hast du einen besseren Vorschlag?«

Adélaïde schüttelte den Kopf. »Ich fange hier an. Du dort. Dann arbeiten wir uns vor.«

Sie begannen mit der Suche, aber es war nicht leicht, den Pflanzen auszuweichen. Es wirkte fast so, als würden sie regelrecht darauf warten, dass Archer und Adélaïde in sie hineinliefen. Sechs Hängelampen leuchteten ihnen den Weg, während draußen der Sturm heulte und an den Scheiben rüttelte. Sie schritten die Kästen ab, stießen die Spaten in die Erde und zogen sie wieder heraus.

Adélaïde blieb stehen.

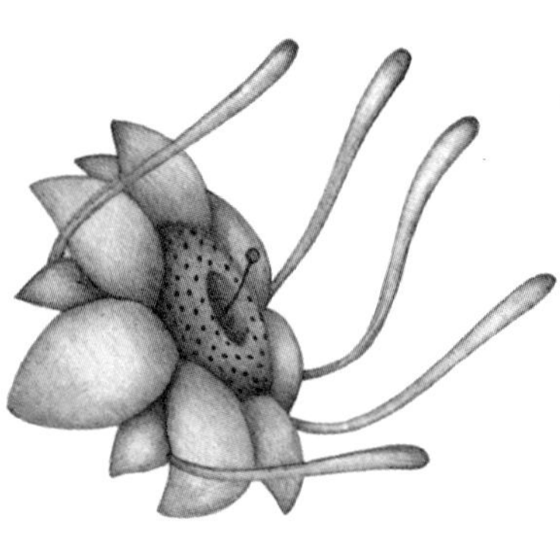

»Hast du was gefunden?«, fragte Archer hoffnungsvoll.

»Nein. Mach weiter.«

Archer wurde langsam unruhig. Sie hatten entlang der Vorderseite der Kästen gesucht und nahmen sich nun die Rückseite vor. Es waren nur noch wenige

Meter übrig. Er stieß den Spaten in immer kürzeren Abständen in die Erde, aus Angst, irgendetwas zu übersehen.

»Immer noch nichts?«, fragte er.

»Nein.«

Die Korrespondenz *musste* hier sein. Archer stieß den Spaten wieder in die Erde und prallte beim Herausziehen mit Adélaïde zusammen. Sie erstarrten. Vor ihnen war ein Loch. Darin lag eine schmutzige Blechdose. Sie war leer.

»Das kapier ich nicht.« Archer griff ins Loch und zog die Dose heraus. »Wo ist die Korrespondenz? Warum hat er sie ausgegraben?«

Er drehte sich zu Adélaïde, aber die war nicht mehr da. Sie lag auf dem Boden.

»Adélaïde!« Er ging in die Knie. »Was ist denn?«

»Neben dem Kasten stand noch ein Topf mit einer Pflanze. Ich hab sie nicht gesehen. Sie hat mich gestochen. Ich spüre mein Bein nicht mehr.«

Archer beugte sich über Adélaïde und zog einen riesigen Dorn aus ihrem Bein. Er starrte ihn ungläubig an und suchte nach der Topfpflanze. Da stand eine *Paria glavra*, wie Benjamin sie in ihrem Zimmer in Raven Wood gehabt hatte. Ihre dürren, spiralförmigen Stängel waren mit den längsten Dornen übersät, die Archer je gesehen hatte.

»Wir müssen sofort etwas unternehmen«, keuchte er.

Archer hatte keine Ahnung, was zu tun war, aber er kannte jemanden, der es wusste. Er packte Adélaïde unter den Armen und zog sie über den Boden.

»Du bist schwerer, als du aussiehst«, sagte er und stieß die Tür des Gewächshauses mit dem Rücken auf.

»Vielleicht bist du auch nur so stark, wie du aussiehst.«

Archer schleifte Adélaïde durch den Schneesturm und schaute immer wieder über seine Schulter. Aber er konnte das große Gewächshaus gar nicht verfehlen. Es war riesig. Bald stieß er rückwärts dagegen und tastete die Wand nach der Tür ab. Er setzte Adélaïde im Labor auf einen Schemel und machte sich auf die Suche nach Benjamin.

✦ Dorn und Betonklotz ✦

Archer erreichte den Speisesaal der Greenhorns und öffnete die Tür nur einen Spalt weit, weil er Angst hatte, Mrs Malmurna könnte ihn entdecken. Die meisten Greenhorns lümmelten auf gemütlichen Sofas und unterhielten sich leise. Archer winkte Benjamin unauffällig zu, der allein am Fenster saß. Benjamin sah es. Leider auch Betonklotz Fledger. Er öffnete den Mund und wollte schreien, aber Darby war schneller. Sie sprang von hinten auf ihn zu, presste die Hände auf seinen Mund und ließ nicht mehr los. Während Benjamin zur Tür schlich, rangen die beiden miteinander.

»Was ist los?«, flüsterte Benjamin.

»Du musst mir helfen. Adélaïde wurde von einer *Paria glavra* gestochen.« Benjamin spähte zur anderen Seite des Saals. Mrs Malmurna saß an einem Tisch und war in ein Buch vertieft. Archer winkte Darby zu und sie lächelte zurück, die Hände immer noch auf Fledgers Mund.

»Was wolltet ihr im Gewächshaus vier?«, fragte Benjamin, als sie den Gang entlangliefen.

»Wir haben nach Beweisen gesucht.«

»Habt ihr was gefunden?«

»Nein.«

Als sie das Gewächshaus erreichten, saß Adélaïde immer noch auf dem Schemel. Benjamin hockte sich neben ihr Bein und untersuchte den Einstich. »Du kannst deine Beine nicht mehr spüren, oder?«

Trotz allem kicherte Adélaïde. »Halb so wild. Ich hab sowieso nur noch eins gespürt.«

»Ich will dir keine Angst machen«, sagte Benjamin ernst. »Aber wenn wir uns nicht beeilen, könntest du das andere auch noch verlieren.«

Adélaïde blieb ganz ruhig. Archer nicht. »Das andere *auch noch verlieren*? Bitte nicht! Kann ich irgendwas tun?«

»Nein.« Benjamin sprang auf und öffnete ein Schränkchen. »Das wird schon wieder. Ich muss nur ein paar Pflanzen mischen und das Gift aussaugen.«

»Archer, du musst los«, flüsterte Adélaïde.

»Keine Ahnung, wo ich jetzt noch suchen soll«, flüsterte er zurück. »Ich war mir so sicher, dass die Korrespondenz im Gewächshaus ist. Vielleicht hat Mr Mullfort sie geholt. Vielleicht war er deshalb im Fahrstuhl.«

»Wenn er sie hätte, wäre er nicht hinter Oliver und Kana hergelaufen.«

Archer schielte zu Benjamin, der gerade Fläschchen und Tiegel auf dem Tisch anordnete. Für einen Augenblick hielt Benjamin inne und schaute zu Archer. Keiner von ihnen sagte ein Wort. Dann machte Benjamin sich wieder an die Arbeit und Archer drehte sich zu Adélaïde.

»Wenn alles vorbei ist, hole ich dich«, versprach er und verschwand.

Benjamin kniete sich vor Adélaïde hin und saugte das gelbliche Gift mit einer stumpfen Spritze ab, bevor er die Pflanzenmixtur auftrug. »Das stinkt ein bisschen. Aber dafür wirst du dein Bein bald wieder spüren.«

Adélaïde schaute zu, wie Benjamin das Bein beugte und streckte. »Was machst du, wenn Archer den Beweis findet, dass dein Vater hinter dem Eisberg gesteckt hat?«

Benjamin ließ das Bein los. »Archer wird keinen Beweis finden, weil es keinen gibt. Jetzt versuch aufzustehen.«

✦ Präsident Birthwhistle ✦

Archer lief durch einen Flur und kam sich dabei langsam vor wie ein Jo-Jo. Wo sollte er jetzt noch suchen? Wahllos bog er um eine Ecke und fragte sich, wo Oliver und Kana steckten.

Warum suchte Mr Mullfort nach der Korrespondenz? Und warum hatte Mr Birthwhistle sie vor ihm versteckt? Trauten sie sich gegenseitig nicht über den Weg? Hatte Mr Birthwhistle sie deswegen ausgegraben? Hatte Mr Mullfort erraten, dass sie im Gewächshaus vier versteckt war? Wenn das stimmte, dann musste sie jetzt irgendwo sein, wo Mr Mullfort nicht nachschauen würde.

Archer starrte auf den Plan. War sie vielleicht irgendwo versteckt, wo Mr Mullfort schon gesucht *hatte* und nicht noch mal nachsehen würde?

»Woher wissen Sie, dass sie in meinem Büro waren? Waren Sie etwa selbst dort?«

Archer raste los und blieb erst stehen, als er die Tür von Mr Birthwhistles Büro sah. Er schlüpfte hinein, lief an dem Kaminsims mit den Piranhas vorbei und riss die obere Schublade des Schreibtisches auf. Da war etwas, in Stoff eingeschlagen. Archer legte das Bündel auf den Tisch, wickelte es aus und hielt einen Packen Telegramme in den zitternden Händen.

Erstes Telegramm: Wie von Ihnen verlangt, ist Kapitän Thorn plötzlich erkrankt. Hab mit Kapitän Lemurn geredet. Er ist an Bord, will aber mehr Geld.

Zweites Telegramm: Geld wurde übergeben. Sie müssen mich nicht an unsere Abmachung erinnern. Lemurn weiß nicht, dass Sie den Auftrag gaben. Niemand weiß das. War soeben im Hafen. Helmsleys sind aufgebrochen.

Drittes Telegramm: Alles lief glatt. Helmsleys während der Fahrt zum Südpol auf Eisberg geklettert. Wollten Pinguine beobachten. Lemurn hat Gelegenheit genutzt und Rückwärtsgang eingelegt.

Viertes Telegramm: Ihr letztes Telegramm klang unwirsch. Der Eisberg war genial. Lemurn musste keine Spuren verwischen. Es gab keine. Ralph und Rachel haben offenbar gebettelt, dass er zurückkommt. Für das Spektakel hätte sogar ich Geld bezahlt.

Fünftes Telegramm: Ihr Einwand leuchtet ein. Kann mir nicht vorstellen, dass sie das Beiboot der Helmsleys mitgenommen haben. Keine Sorge. Mit dem Kahn kommen sie nicht weit. Bin auf dem Weg zum Hauptquartier, will bei Wette mitmachen.

Sechstes Telegramm: Lemurn im Hafen eingelaufen. Bin mit ihm und seiner Crew zu Suplard. Er hat keinen Verdacht geschöpft. Lemurn und Crew herrlich durcheinander.

Siebtes Telegramm: Geschichte in der Doldrums Press gelesen. Andere Zeitungen greifen sie auf. Der reinste Zirkus.

Achtes Telegramm: Sie werden nicht glauben, wer heute bei mir in der Straße von Magellan war. Der Enkel. Mit zwei Freunden. Sagte, er will zum Südpol und Großeltern suchen. Dachte, Sie werden darüber so laut lachen wie ich.

Neuntes Telegramm: Wie kann das angehen? Es ist zwei Jahre her!

Zehntes Telegramm: Warum antworten Sie nicht? Gehe jetzt zum Helmsley-Haus. Hörte Gerüchte, sie seien zurück. Frage eigentlich überflüssig, aber haben Sie die Korrespondenz vernichtet? Hab Ihre Mitteilungen, wie vereinbart, verbrannt.

Archer las die Telegramme wieder und wieder. Ihn verließ der Mut. Der Name Birthwhistle tauchte nirgendwo auf. Die Telegramme bewiesen nur, dass Mr Mullfort dahintersteckte – er hatte seinen eigenen Laden erwähnt. Deshalb hatte Mr Birthwhistle sie aufbewahrt. Und deshalb wollte Mr Mullfort sie haben.

Immerhin hatten die Telegramme in Mr Birthwhistles

Schreibtisch gelegen. Bewies das nicht, dass er seine Hände im Spiel gehabt hatte? Sollte Archer sie zurücklegen und Mr Suplard holen, damit er sie mit eigenen Augen sah? Aber wenn Mr Birthwhistle sie wegschaffen ließ, bevor Archer mit Mr Suplard zurückkehrte? Er hielt die Beweise in den Händen, dass seine Großeltern damals nicht verschwinden *wollten* und der Eisberg *kein* Schwindel gewesen war. Wenn er sie liegen ließ, um Mr Birthwhistles Schuld nachzuweisen, würden sie womöglich verschwinden. Dieses Risiko durfte er nicht eingehen. Er wickelte die Telegramme wieder ein, nahm das Bündel und rannte aus dem Büro.

Er lief, so schnell er konnte. Als er die Tür zum Großen Saal erreichte, schloss er die Augen, straffte die Schultern und schoss hindurch.

✦ Der grosse Auftritt ✦

Archer hatte keine Ahnung, was im Großen Saal gerade besprochen worden war, aber als er eintrat, verstummten alle. Seine Schritte hallten wie Donner von den hohen Wänden wider. Die Mitglieder der Gesellschaft saßen dicht gedrängt bis zur Bühne und jeder Einzelne drehte sich zu ihm um und starrte ihn schweigend an. Wenn du schon mal vor einer großen Gruppe fremder Menschen gestanden hast und dich alle angegafft haben, dann weißt du, wie Archer sich in diesem Augenblick fühlte.

»Die Greenhorns sind außer Rand und Band!«, rief jemand. »Hat Malmurna sie denn gar nicht mehr im Griff?«

»Ist das ein Greenhorn? Die beiden anderen kannte ich nicht und den hab ich auch noch nie gesehen.«

Die beiden anderen? Waren Oliver und Kana etwa hier gewesen? Archer schaute zu seinen Großeltern, die am anderen Ende des Saals saßen.

»Den kenn ich. Das ist der Enkel.«

»Wessen Enkel?«

»Mein Enkel!« Opa Helmsley stand auf. Oma Helmsley auch.

»Was hat er hier zu suchen?« Mr Suplard schaute Archer von der Bühne her streng an. »Und warum hat er sich als Greenhorn verkleidet?«

Die Frage konnte nur Archer beantworten, aber er brachte nichts als Gestammel heraus. »Ich … äh … ich.«

»Lauter, Junge!«, befahl Mr Suplard.

Archer schluckte. Der große Augenblick war gekommen und er konnte vor Aufregung nicht sprechen.

»Ein Verrückter, genau wie Ralph und Rachel!«

»Ruhe!«, schrie Mr Suplard. Er schlug mit einem kleinen Hammer auf das Rednerpult und zeigte dann auf Archer. »Saaldiener, geleiten Sie den Jungen hinaus!«

Archer schaute nach hinten und sah, wie sich zwei Männer in Bewegung setzten.

»Niemand rührt meinen Enkel an!«, warnte Oma Helmsley sofort.

»Nicht mal mit dem *kleinen Finger!*«, fügte Opa Helmsley hinzu. Die Männer blieben stehen.

In Archers Kopf drehte sich alles. Er hatte keine Ahnung, ob ihm jemand glauben würde, dass er die Telegramme in

Mr Birthwhistles Schreibtisch gefunden hatte. Und was würde mit Benjamin geschehen, falls sie ihm tatsächlich glaubten? Warum musste Mr Birthwhistle ausgerechnet Benjamins Vater sein? Hätte Mr Mullfort doch nur auf eigene Faust gehandelt. Aber das hatte er nicht. Mr Birthwhistle hatte alles eingefädelt. Das war die Wahrheit. Archer hielt die Telegramme in die Höhe.

»Beweise«, sagte er. »Ich habe Beweise.«

»Was ist das?« Mr Suplard schaute zu seinen Mitarbeitern. »Hat jemand von Ihnen verstanden, was er gesagt hat?«

»Ich glaube, er hat was von Beweisen gesagt.«

»Beweise wofür? Was hast du da?«

Archer zögerte.

»Himmel«, rief Mr Suplard. »Entweder erklärst du, warum du hier bist, oder du verlässt augenblicklich den Saal.«

»Es war kein Schwindel.« Archer sprach lauter. »Der Eisberg war kein Schwindel. Meine Großeltern sind nicht verrückt. Mr Birthwhistle lügt. Das beweisen diese Telegramme. Sie waren in seinem Schreibtisch versteckt!«

Im Saal setzte beklommenes Schweigen ein. Das einzige Geräusch war das leise Klopfen eines Spazierstocks. Mr Dalligold ging langsam auf Archer zu.

»Tritt vor, Archer Helmsley«, sagte Mr Dalligold wie ein König. Im Saal wurde es wieder mäuschenstill, als Archer einen Schritt nach vorne machte und Mr Dalligold die Telegramme reichte. Mr Dalligold setzte seine Brille auf und wickelte das Bündel vorsichtig aus. Er nahm sich ein Telegramm nach dem anderen vor. Archer sah, dass er beim Lesen die Lippen bewegte.

»Nun, Mr Dalligold? Worum handelt es sich?«

Mr Dalligold nahm die Brille ab. Er blinzelte Archer zu und seine Augen schienen zu rufen: *Du hast es geschafft!* Aber Mr Dalligold räusperte sich nur.

»Was ich hier habe … *Mr Suplard*, ich bitte um kurze Unterbrechung der Verhandlung. Es sind neue Beweise aufgetaucht. Bevor wir zur Abstimmung schreiten, müssen alle Mitglieder diese Telegramme gelesen haben.«

Mr Suplard hob den Hammer. Mr Birthwhistle rührte sich nicht. Er hatte keine Miene verzogen, seit Archer den Saal betreten hatte, und auch jetzt ließ er sich seine Gefühle nicht anmerken.

»Bleib in meiner Nähe, Archer«, flüsterte Mr Dalligold. »Sie werden uns umlagern.«

»Der Antrag auf kurze Unterbrechung ist hiermit angenommen«, verkündete Mr Suplard und ließ den Hammer aufs Rednerpult niedersausen.

16

✦ Der lange Weg nach Hause ✦

Die zehn Telegramme lagen im Elchgeweih-Saal auf einem langen Eichentisch aus. Archer stand mit Mr Dalligold in einer Ecke und beobachtete die endlose Schlange von Mitgliedern, die den Tisch abschritten und sie der Reihe nach lasen. Er wartete auf die Ankunft seiner Freunde. Auch mit seinen Großeltern hatte er noch nicht reden können. Nachdem Mr Suplard die Verhandlung unterbrochen hatte, waren Mr Dalligold und Archer in kürzester Zeit umlagert gewesen. Zum Glück war Mr Dalligold nicht von seiner Seite gewichen.

Beatrice Lune trat an den Tisch. Ihre Nase kräuselte sich, als sie Archer zulächelte. Eine Sekunde später liefen Oliver und Kana in den Saal. Sie lachten zusammen wie allerbeste Freunde.

»Ihr habt es geschafft!«, rief Archer.

»Bei Mr Mullfort waren wir uns nicht so sicher«, erwiderte Oliver fröhlich. »Wir dachten, er kriegt einen Herzinfarkt.«

»Er ist völlig außer Form«, fügte Kana hinzu. »Trotzdem hat er uns bis in den Großen Saal verfolgt.«

»Ihr wart im Großen Saal?«

»Sogar auf der Bühne«, erklärte Oliver. »Das war ein bisschen peinlich. Mr Suplard fand das gar nicht gut. Dass die Tür auf die Bühne führt, haben wir erst gemerkt, als wir schon auf ihr standen. Dann kam Mr Mullfort.«

»Rate mal, wer im Zeugenstand saß«, sagte Kana. »Mr Bray! Er hat eine Aussage zum Tagebuch gemacht. Mr Mullfort hat daraufhin ein neues aus seiner Tasche gezogen und hochgehalten.«

»Aber ich dachte, Mr Mullfort hat Mr Bray versteckt.«

»Das waren wir«, sagte Mr Dalligold. Archer hatte ihn ganz vergessen. »Nachdem bekannt wurde, dass es ein gefälschtes Tagebuch gibt, mussten wir ihn in Sicherheit bringen. Mr Mullfort ist am selben Nachmittag in den Laden eingebrochen und hat noch ein Tagebuch gestohlen. Das hatten wir leider nicht bedacht. Aber da du ja jetzt in guten Händen bist, Archer, kann ich noch ein paar Dinge regeln, bevor die Verhandlung fortgesetzt wird.« Er lächelte wieder sein sonderbares Lächeln. »Außerdem muss ich mich um zwei Freunde kümmern, die heute Nachmittag beinahe überfahren wurden.«

Die Kinder wurden knallrot.

»Wir können alles erklären«, sagte Archer.

»Ich bin schon sehr gespannt.« Mr Dalligold ging lächelnd zur Tür.

»Wo ist Adélaïde?«, fragte Kana.

»Da.« Oliver winkte aufgeregt.

Adélaïde humpelte am Tisch vorbei und schaute auf die Telegramme. Oliver umarmte sie, rückte dann aber schnell wieder weg, als wäre es ihm peinlich. »Ist was mit deinem anderen Bein?«, erkundigte er sich hastig.

»Das ist eine lange Geschichte. Aber ich bin froh, dass du noch lebst, *Ollie*.« Oliver schnitt eine Grimasse. Adélaïde grinste. »Du merkst das Paradox-Pulver nicht mehr, oder?«

Die Wirkung hatte während der Verfolgungsjagd nachgelassen. Aber das konnte Oliver nicht zugeben, sonst hätte er keine Ausrede für die Umarmung gehabt.

»Wo hast du die Telegramme gefunden, Archer?«, fragte Adélaïde.

»In Mr Birthwhistles Büro. Dort, wo Mr Mullfort schon gesucht hatte und nicht noch mal nachschauen würde.«

»Wenn man vom Teufel spricht«, sagte Oliver.

Mr Birthwhistle spazierte seelenruhig in den Saal. Er winkte und schüttelte Hände, während er auf Archer und seine Freunde zuging.

»Archer«, begann er mit einem sorglosen Lächeln. »Im Namen der Gesellschaft möchte ich dir dafür danken, dass du uns vor einem schrecklichen Fehler bewahrt hast.«

»Warum *bedanken* Sie sich bei ihm?«, fragte Oliver. »Archer hat bewiesen, dass Sie hinter allem gesteckt haben.«

Mr Birthwhistle wirkte aufrichtig überrascht. »Du meinst, er hat bewiesen, dass Mr *Mullfort* dahintergesteckt hat«, sagte er und strich sich über den Bart.

»Sie beide waren es.« Kana zeigte zu den Telegrammen.

»Wenn ich mich nicht irre«, stellte Mr Birthwhistle fest, »steht mein Name nirgends.«

Oliver, Adélaïde und Kana schauten zu Archer, aber er wollte es ihnen jetzt nicht erklären.

»Es ist natürlich klar, dass Mr Mullfort einen Komplizen hatte«, fuhr Mr Birthwhistle fort.

»Wir wissen, dass Sie das waren«, sagte Archer. »Sie haben die Telegramme im Gewächshaus vier vergraben und später in Ihren Schreibtisch gelegt.«

Mr Birthwhistle streckte seine Hände aus, als erwartete er, dass ihm jemand Handschellen anlegte. »Siehst du irgendwo ein Körnchen Schmutz? Für mich sehen sie blitzsauber aus.«

»Ihre Hände sind nur sauber, weil Sie Mr Mullfort benutzt haben«, erwiderte Archer.

Mr Birthwhistles Miene verhärtete sich.

»*Mein lieber Junge*, als ehemaliger Leiter der Abteilung für Forschungsreisen kann ich dir versichern, dass man für eine erfolgreiche Expedition *viele* Werkzeuge *benutzen* muss. Zum Beispiel ein Rettungsfloß. Deine Großeltern haben den Eisberg nur überlebt, weil sie so etwas wie ein Rettungsfloß dabeihatten. Wie ich hörte, ist dir mit einem Rettungsfloß die Flucht vor einer Meute Tiger geglückt. Wenn ich mich nicht irre, hast du das Rettungsfloß bei Mr Mullfort gekauft. Ich finde das höchst amüsant. Ich habe immer gedacht, Mr Mullfort würde sich hervorragend als Rettungsfloß eignen.«

Mr Birthwhistle strich seine saubere Weste glatt und richtete die perfekt sitzende Krawatte.

»Für heute wollen wir es gut sein lassen. Morgen ist ein neuer Tag mit neuen Möglichkeiten. Ich hoffe, du schließt dich uns bald an, Archer. Ein schlaues Greenhorn wie du wird eine echte Bereicherung für die Gesellschaft sein.«

»Schlau, ja.« Mr Suplard kam mit Zetteln und Ordern angewatschelt. »Aber wir dürfen keine Lügen erzählen, Archer.« Er wandte sich an Mr Birthwhistle. »Einer meiner Mitarbeiter hat einen anonymen Hinweis erhalten. Mr Mullfort hatte die Korrespondenz in Gewächshaus vier vergraben. Wir haben das Loch und eine Blechdose gefunden.«

»Wissen wir schon, warum er es getan hat?« Mr Birthwhistle legte eine Hand auf Mr Suplards Schulter.

»Es ging um Geld. Aus diesem Grund sage ich immer, die Wetten auf die Rückkehr verschwundener Mitglieder müssen aufhören. Wir wissen noch nicht, wer sein Komplize war, aber meine Abteilung hat bereits mit der Untersuchung begonnen.« Mr Suplard verengte die Augen. »Und ich muss Sie bitten, in Zukunft nicht mit einer Zeitung zu reden, bevor sich meine Abteilung einen genauen Überblick verschafft hat. Die Gesellschaft hat viele Köpfe, aber wenn unser Präsident spricht, dann *für alle*.«

Mr Birthwhistle deutete eine Verbeugung an. »Dafür entschuldige ich mich. Wie Sie wissen, hatte ich nie die Absicht, Präsident zu werden. Ich habe viele Jahre meines Lebens ganz in den Dienst der Gilde von Magellan gestellt.«

»Gut, dass Sie es von selbst ansprechen«, sagte Mr Suplard erleichtert. »Ich hatte schon befürchtet, *ich* müsste den Vorschlag machen. Hätten Sie sich bloß nicht gleich an die Öffentlichkeit gewandt … Aber das ist jetzt Schnee von gestern. Ihre Entscheidung muss so bald wie möglich bekannt gegeben werden.«

Mr Birthwhistle runzelte die Stirn. Archer sah es. Alle sahen es. Mr Birthwhistle runzelte tatsächlich die Stirn.

»Welche Entscheidung?«

»Ihr Rücktritt natürlich«, erwiderte Mr Suplard und ging davon. Mr Birthwhistle lief ihm nach. »Ihr Mangel an Verschwiegenheit war bedenklich, aber Ihre Entscheidung spricht für Sie. Sobald die Verhandlung beendet ist, werde ich die Mitglieder in Kenntnis setzen.«

Adélaïde, Kana und Oliver grinsten. Archer nicht. Auch Benjamin, der seinem Vater in den Saal gefolgt war und jetzt vor ihnen stand, blieb ernst.

»Warum sagen alle, du behauptest, die Telegramme hätten im Schreibtisch von meinem Vater gelegen?«, stieß er hervor.

»Weil sie dort *gelegen haben*«, erwiderte Archer.

»Du lügst!« Benjamin schrie fast. »Sie wurden in einem Loch in Gewächshaus vier gefunden. Mr Mullfort hat hinter der ganzen Sache gesteckt. Außerdem hast du zu mir gesagt, du hättest nichts gefunden. Warum versuchst du, meinem Vater die Schuld in die Schuhe zu schieben?«

Archer wusste nicht, was er antworten sollte.

»Mein Vater hat recht.« Benjamin schüttelte den Kopf. »Du bist genau wie deine Großeltern.«

»Mr Mullfort hat nur die Befehle deines Vaters ausgeführt«, erklärte Archer. »Er hat sich mit deinem Vater getroffen. Kurz danach tauchte das gefälschte Tagebuch auf. Dir muss doch klar sein, dass sie zusammengearbeitet haben.«

»Mr Mullfort hat die Geschäftsbücher von der *Straße von Magellan* abgeholt. Mein Vater mag ihn noch nicht mal. Er hat ihn aus der Gilde ausgeschlossen. Und obwohl er deswegen kein schlechtes Gewissen haben musste, hat er Mr Mullfort die *Straße von Magellan* überlassen. So ist mein Vater nämlich. Er ist großzügig. Und ganz bestimmt kein Mörder.«

»Das stimmt nicht. Er …«

Archer sprach nicht weiter. Er war sich nicht sicher, woran es liegen könnte, aber plötzlich fiel ihm auf, wie ähnlich Benjamin seinem Vater war. Benjamins Augen funkelten kalt, aber seine letzten Worte klangen noch kälter. »Beweise es.«

Benjamin stürmte aus dem Saal. Archer wollte ihm nachlaufen, aber er wusste nicht, was er noch zu ihm sagen sollte. Wenn er Benjamin gewesen wäre, hätte er sich vermutlich auch für einen Lügner gehalten.

Archers Stimmung besserte sich erst, als seine Großeltern in den Saal traten. Seit sie nach Hause zurückgekehrt waren, hatte er sie nicht mehr so breit lächeln sehen. Oma Helmsley ging in die Hocke, befeuchtete einen Zeigefinger mit Spucke und wischte einen Rest Gewächshauserde von Archers Stirn.

»Wir können euch gar nicht sagen, wie dankbar wir euch sind«, erklärte sie. »Ihr habt uns gerettet.«

Die hellgrünen Augen von Opa Helmsley strahlten vor Stolz, als er Archers viel zu große Greenhorn-Uniform betrachtete. »Uns bleiben nur zwei Möglichkeiten, Archer. Entweder sorgen wir dafür, dass du so schnell wie möglich wächst, oder wir finden eine, die dir besser passt.«

»Das hat noch Zeit.« Oma Helmsley strich Archer liebevoll über den Rücken. »Jetzt müsst ihr schnell nach Hause. Eure Eltern sind bestimmt schon krank vor Sorge.«

Archer hatte seine Mutter vollkommen vergessen. »Sie wird … als ich im Speiseaufzug entwischt bin … ihr Blick.«

»*Speiseaufzug!*«, rief Opa Helmsley. »Also, auf *die* Geschichte bin ich schon sehr gespannt!«

»Wir können sofort los.« Cornelius war plötzlich aufgetaucht. Er war von oben bis unten mit Ölflecken und Schnee übersät. »Ich hab den Wagen vom Café in meinen geladen.«

»Tausend Dank, Cornelius«, erwiderte Oma Helmsley. »Und fahr vorsichtig. *Immer hübsch langsam*. Bring sie sicher nach Hause. Archer, wir kommen nach, sobald sich der aufgewirbelte Staub wieder gelegt hat.«

✦ Hübsch langsam ✦

Archer, Adélaïde, Oliver und Kana saßen auf der Rückbank von Cornelius' Lieferwagen und schauten durch das Fenster zum Hauptquartier hoch. Es schneite immer noch, aber längst nicht mehr so heftig wie auf dem Hinweg.

»Wird Mr Mullfort der Polizei übergeben?«, fragte Adélaïde.

»So läuft das bei uns nicht«, erklärte Cornelius. »Wir haben unsere eigenen Regeln. Eine Gefängniszelle ist für einen Forscher, und sei er noch so lausig, viel zu grausam. Aber macht euch wegen Mr Mullfort keine Sorgen. Er wird viel Zeit haben, um über seine Untaten nachzudenken.«

»Ich kapier einfach nicht, dass Mr Birthwhistle ohne Strafe davonkommt«, seufzte Oliver.

»Ohne Strafe?«, wiederholte Cornelius. »Wer sagt, der Pelikan würde nicht bestraft werden? Es gibt Gerüchte, er muss als Präsident zurücktreten. Natürlich wurde er nicht auf frischer Tat ertappt. Aber das heißt nicht, dass es keine bösen Folgen für ihn hat.«

»Was denn für Folgen?«, fragte Kana.

»Birthwhistle hat sich mit zwielichtigen Helfern umgeben. Er hat keinen Pfifferling auf Mr Mullfort gegeben und umgekehrt war es genauso. Könnt ihr euch das vorstellen? Keinen Freund zu haben, der dir mehr am Herzen liegt als du selbst? Ich kann mir keine schlimmere Strafe vorstellen.«

»Ich schon«, grummelte Oliver. »Und man hätte viel mehr davon.«

Cornelius lachte aus vollem Hals. »Das sagst du nur, weil du Freunde hast. Ihr haltet für den anderen den Kopf hin.«

Der Wagen rumpelte über eine Brücke.

»Mir kommt es jedenfalls so vor. Ich kann es immer noch nicht fassen, dass ihr in dieser Nussschale in den Schneesturm rausgesegelt seid. Ist nicht böse gemeint. Mein Schiff ist auch nicht viel mehr als ein Kahn. Ihr müsst mich mal im Hafen besuchen. Wir gehen zusammen auf Küstenfahrt und segeln zum Leuchtturm von Bernstein-Eiland. Das ist eine winzige Insel. Einsam und friedlich. Ich bringe Stullen mit und wir machen uns einen schönen Tag. Allerdings muss ich euch warnen. Mein Schiff ist ein bisschen …«

Cornelius redete und redete, während er den Wagen durch den abklingenden Sturm steuerte. Archer hatte ihn noch nie so viel reden hören. Er mochte das. Er mochte Cornelius. Er gab sich Mühe, den Geschichten zu folgen, aber das Problem war, dass es im Inneren von Cornelius' Lieferwagen viel wärmer und bequemer war als im Fahrzeug vom Café und er sich zum ersten Mal seit langer Zeit vollkommen sicher fühlte. Oliver,

Adélaïde und Kana musste es genauso gehen. Sie waren nämlich eingeschlafen. Archer kämpfte gegen den Schlaf an, aber dann fielen ihm irgendwann doch die Augen zu.

✦ Der reumütige Amaury ✦

Als Archer die Augen wieder aufmachte, parkten sie vor dem Café Belmont. Cornelius hatte den kleinen Lieferwagen bereits ausgeladen und Adélaïde stand vor einem sichtlich verzweifelten Amaury. »Keine Ahnung, warum ich euch die Autoschlüssel gegeben habe. Ich bin überarbeitet, aber so was?« Amaury kratzte sich an der Stirn. »Adie, es tut mir so leid. Keine Ahnung, was in mich gefahren war.«

»Ich hab eine Ahnung.« Adélaïde konnte ihm nicht in die Augen sehen. »Und *ich* muss mich bei *dir* entschuldigen.«

Die beiden gingen ins Café.

»Wir bringen Amaury morgen eine Schachtel Kuchen vorbei«, sagte Oliver, der gähnend über Archers Schulter gespäht hatte. »*Normalen* Kuchen.«

»Wie war's denn eigentlich?«, fragte Archer. »Ich meine, das Paradox-Pulver. Adélaïde hat gesagt, du hast es aus Versehen gegessen?«

Oliver schielte zu Kana, um sicherzugehen, dass sie noch schlief. »Das war Absicht«, erklärte er. »Kana hatte recht. Und ich dachte, ich bin eine größere Hilfe, wenn ich mir nicht so viele Sorgen mache. Aber es war irgendwie komisch – als würde mein normales Ich in mir drinstecken und das andere Ich beobachten.«

»Was du mit Mr Mullfort gemacht hast, war genial.«

Oliver grinste. »Ich fasse es immer noch nicht, dass ich das gewesen bin.«

»Ich bin mir nicht sicher, ob Adélaïde dein anderes Ich mochte.«

Oliver grinste noch breiter. »Hat sie deshalb den Lieferwagen beinahe in den Kanal gelenkt? Erst dachte ich, es wäre der Wind, aber irgendwie sah es nach Absicht aus.«

Cornelius fuhr vor dem Haus der Misras vor. Archer rüttelte sanft an Kanas Schulter. Sie blinzelte und setzte sich gähnend auf.

»Bin ich froh, dass mein Wunsch endlich in Erfüllung gegangen ist«, sagte sie und schob sich die Haarsträhne hinters Ohr. »Langsam hat es sich nämlich wie ein Fluch angefühlt. Und, Archer, es tut mir furchtbar leid.«

Archer musste gar nichts sagen. Kana verstand ihn auch so.

»Wir sehen uns in der Schule«, sagte Oliver zu ihr. »Na ja, du siehst mich wahrscheinlich zuerst.«

Kana kicherte und verschwand.

Der Lieferwagen brauste in die Weidengasse. Oliver bedankte sich bei Cornelius und sprang hinaus. Bevor Archer ausstieg, nahm Cornelius ihn unter die Lupe. »Ich hab dich doch nicht mit Öl eingeschmiert? Gut. Nicht, dass deine Mutter wieder schimpft. Das war übrigens ein klasse Auftritt. Im Großen Saal, meine ich. Beatrice Lune und ich haben ganz leise geklatscht. Und was ich vorhin gesagt habe, war so gemeint. Besuch mich auf meinem Schiff. Ich bringe dir Segeln bei.«

»Das wäre schön«, erwiderte Archer. »Und danke für alles.« Cornelius fuhr los.

»Vielleicht solltest du deiner Mutter eine Prise Paradox-Pulver geben.« Oliver schaute zu der breiten Holzplatte, die jemand hinter das Loch im Haus der Helmsleys gestellt hatte. »Vielleicht wird's dann leichter.«

Sie verabschiedeten sich. Archer wartete, bis Oliver im Haus der Glubs verschwunden war, bevor er die eigene Haustür öffnete. Als er die Stiefel auszog, klingelte das Telefon. Er lugte um die Ecke. Seine Eltern waren im Wohnzimmer. Sein Vater nahm den Hörer ab und seine Mutter stellte sich neben ihn. Sie war von Kopf bis Fuß mit Schnee bedeckt. Hatte sie sich im Sturm verirrt, als sie nach ihm gesucht hatte?

»Es ist Mrs Glub«, sagte Mr Helmsley. »Oliver ist gerade nach Hause gekommen.«

»Und Archer? Ist er auch bei ihnen?«

Archer holte tief Luft und trat ein. Er erwartete ein Mordsgeschrei. Mrs Helmsley sah tatsächlich so aus, als wollte sie schreien. Aber zu Archers Überraschung nahm sie ihn stattdessen fest in die Arme.

»Und jetzt ab in die Küche, Archer. Wir können beide ein heißes Getränk vertragen.« Sie musterte die viel zu große Greenhorn-Uniform. »Es gibt *viel* zu erzählen.«

»Ich komme mit«, sagte Mr Helmsley und folgte ihnen in die Küche.

In den letzten Tagen der Weihnachtsferien herrschte in ganz Rosewood hektisches Treiben. Sobald sich die Stadt aus dem Schnee ausgegraben hatte, kamen Handwerker ins Haus der Helmsleys. Oliver und Adélaïde saßen, umgeben vom Krach der Bohrer und Hämmer, auf Archers Bett und starrten finster auf den scharlachroten Koffer.

»Weißt du schon, wo ihr hinzieht?«, fragte Adélaïde.

»Hoffentlich nicht so weit weg«, seufzte Oliver.

Archer ließ seine Freunde noch ein bisschen schmoren, aber dann verriet ihn sein Lächeln. Mr Helmsley hatte etliche Tassen Kaffee und viele Stunden gebraucht, um Archers Mutter zu überreden, im Haus der Helmsleys wohnen zu bleiben. Richtig begeistert war sie nicht. Aber nachdem sie erfahren hatte, dass der Mann, der das Loch ins Haus gerissen hatte, gefasst worden war, ließ sie sich erweichen. Außerdem beruhigte sie der Gedanke, dass Archer in der Knopffabrik unter der Aufsicht von Mr Churnick bleiben würde.

»Schade ist es schon«, hatte sie gemurmelt, als sie den Zettel mit den Hausangeboten in den Papierkorb warf. »Die abgelegene Insel klang verheißungsvoll.«

Archer und sein Vater hatten einen Blick gewechselt. Gelächelt hatten sie nicht. Aber sie hätten es sehr gerne getan.

Als Archer nun den Deckel seines leeren Koffers hob, hellten sich die Gesichter seiner Freunde sofort auf. Sie knufften ihn in die Seite und lachten.

»Das müssen wir feiern!« Oliver zog den Süßigkeiten-Gutschein von Mr Schleck aus der Hosentasche.

»Ich komme später nach«, sagte Adélaïde und folgte ihnen zur Tür. »Ich helfe Amaury, drei neue Kellner einzuarbeiten. Wann ist denn die Feier zur Wiederaufnahme deiner Großeltern?«

»Cornelius holt uns um sechs Uhr ab.«

»Habt ihr das vom *Chronicle* gehört?«, fragte Oliver auf der Treppe. »Mein Vater glaubt, die gehen bald pleite. Er kann sich vor neuen Abonnenten kaum noch retten. Hoffentlich können wir jetzt meine Heizung reparieren lassen.«

Der *Rosewood Chronicle*, der die ganze Zeit über fehlerhaft und unzuverlässig berichtet hatte, hatte den Ausgang der Verhandlung kurz abgetan.

ROSEWOOD CHRONICLE

EISBERG FALSCH EINGESCHÄTZT

Mr Glub hatte auf der Titelseite verkündet:

DOLDRUMS PRESS

FORSCHER WAREN UNSCHULDIG!

✦ GEHEIMNISSE ✦

Auf der anderen Seite von Rosewood, im Labyrinth der Lagerhäuser von Barrow's Bay, fand im Hauptquartier der Gesellschaft am selben Abend ein großes Fest statt. Zum Entsetzen aller Hotelportiers waren sämtliche Mitglieder der Gesellschaft aus diesem Anlass in Rosewood geblieben.

Bei der feierlichen Wiederaufnahme von Archers Großeltern war der Große Saal brechend voll. Die Gilde von Orion brach in Jubelschreie aus, aber von den anderen war nicht viel zu hören. Die Gilde von Magellan war besonders leise. Mr Mullfort hatte zwar gerufen, dass er von Mr Birthwhistle bezahlt worden sei, aber alle hatten geglaubt, er wolle dem ehemaligen Präsidenten nur die Schuld in die Schuhe schieben. Kapitän Lemurn und seine fünf Crewmitglieder hatten ausgesagt, den Namen Birthwhistle im Zusammenhang mit der Eisberg-Verschwörung nie gehört zu haben. Sie waren von einem Mann bezahlt worden: Eustace Mullfort. Die sieben Männer waren unter Buh-Rufen aus dem Saal geführt worden. Mr Birthwhistle hatte sich nicht blicken lassen. Bisher wusste niemand, wer der neue Präsident werden sollte, aber einen Namen flüsterte man sich häufiger zu als die anderen.

»Wenn wir erst mal Greenhorns sind«, sagte Oliver vor dem Büfett und stupste eine eingelegte Elchzunge an, »dann rede ich mit denen mal über das Essen. Meine Mutter sollte die Küche übernehmen.«

Mr Dalligold räusperte sich. Die drei hatten nicht bemerkt, dass er ebenfalls am Büfett stand. »Ah, gegrillte Heuschrecken!« Er füllte sich den Teller voll und bot Oliver eine an. Der lehnte höflich ab.

Mr Dalligold knabberte Heuschrecken und ließ seinen Blick durch den Saal schweifen.

»Ich möchte mich bei euch bedanken«, sagte er. »Euch ist ja gar nicht klar, wie viel ihr für die Gesellschaft getan habt. Eins möchte ich aber noch wissen, Archer. Warum starrst du Benjamin die ganze Zeit so an?«

Archer schaute schweigend zu seinem ehemaligen Mitbewohner, der am Tisch der Greenhorns saß. »Ich weiß nicht, was ich tun soll«, sagte er schließlich. »Benjamin denkt, ich hätte gelogen. Er sieht mich nicht mal mehr an.«

Mr Dalligold nickte nachdenklich. »Leider kannst du im Augenblick nichts machen. Einen Freund zu verlieren, tut immer weh. Aber vielleicht hilft es dir, wenn du versuchst, Mr Birthwhistle mit Benjamins Augen zu sehen. Natürlich vertraut er seinem Vater. Das kannst du doch verstehen, oder?«

»Aber Mr Birthwhistle wollte Archers Großeltern *umbringen*«, warf Oliver ein.

»*Wir* wissen das«, gab Mr Dalligold zurück. »Benjamin weiß nur, dass du Beweise gegen seinen Vater gesucht hast. Das ist für ihn bestimmt nicht einfach. Aber ich glaube nicht, dass er dein Feind ist. Versuche, daran zu denken. Auch wenn es vielleicht erst noch schlimmer kommt, bevor es wieder bergauf geht.«

Archer betrachtete die Innenfläche seiner Hand, bevor er zu Mr Dalligold hochschaute. »Mein Großvater hat gesagt, Mr Birthwhistle hält viele Dinge vor der Gesellschaft geheim. Warum?«

»Mr Birthwhistle ist ein äußerst ordnungsliebender Mensch. Und er ist ein *begabter* Forscher. Er mag die Natur sehr, weil man sie vermessen und einteilen kann. Die Menschen sind nicht immer berechenbar und verhalten sich oft unvernünftig. Das kann Mr Birthwhistle nicht leiden. Ganz habe ich es noch nicht durchschaut, aber ich glaube, er möchte die Gesellschaft in etwas verwandeln, das sie niemals sein darf – eine Vereinigung, die nur ein Ziel vor Augen hat und in der alle, unter Mr Birthwhistles Vorsitz, für die Gilde von Magellan arbeiten. Mr Spinlers Forschung hätte ihm dabei geholfen. Wie ich gehört habe, habt ihr interessante Erfahrungen mit Paradox-Pulver gemacht?«

Oliver grinste. Adélaïde nicht. »Ich habe jemanden in ein Monster verwandelt«, gestand sie.

Mr Dalligold zog die Augenbrauen hoch. »*Ja*. Man sollte die Arbeit von Mr Spinler niemals unterschätzen. Wäre Archers Großvater Mr Birthwhistle nicht auf die Schliche gekommen, hätte er uns alle benutzen können, ohne dass es jemand gemerkt hätte.«

»Ist Mr Spinler auch hier?«, fragte Oliver.

Mr Dalligold zeigte auf einen kleinen Mann. Er war quietschvergnügt und kugelrund, mit einem Gesicht wie eine pralle Kirsche – vielleicht weil er ein Glas zu viel getrunken hatte.

»Gefährlich sieht er nicht aus«, stellte Oliver fest.

»Das war das Problem. Mr Spinler könnte keiner Fliege ein Bein krümmen. Wenn ihr erst einmal Greenhorns seid, werdet ihr das selbst feststellen. Er wird euch die unglaublichsten Dinge beibringen. Ich habe keine Ahnung, wie Mr Birthwhistle ihn überreden konnte, seine Forschung geheim zu halten. Aber gutmütig, wie Mr Spinler ist, hat er wohl nicht geglaubt, dass jemand sie verwenden könnte, um anderen zu schaden.«

»Er ist bestimmt das berühmteste Mitglied der Gesellschaft, oder?«, fragte Adélaïde.

Mr Spinler brach im selben Moment in schallendes Gelächter aus und fiel beinahe vom Stuhl.

Mr Dalligold lächelte sein sonderbares Lächeln. »Wigstan Spinler ist nur *ein* Mitglied. In der Gesellschaft gibt es *viele* Forscher und Wunder, von denen die Welt noch nie gehört hat. Einen Eisberg bekommt man nicht jeden Tag mit der Post geschickt, stimmt's, Archer? Mit dem Eis ist es ja so eine Sache. Es schmilzt. Sogar im Winter. Und nachdem Mr Birthwhistles Plan, deine Großeltern aus der Gesellschaft auszuschließen, gescheitert ist, werden sich die ungewöhnlichen Schneemassen, wie ich vermute, schnell in Wasser auflösen.«

Mr Dalligold drehte sich zum Büfett und nahm sich noch eine Portion Heuschrecken. Archer, Oliver und Adélaïde tauschten fragende Blicke. Hatten sie den letzten Satz richtig verstanden?

»Mr Dalligold, schön, dass Sie wieder da sind!« Darby lief auf sie zu. »Meine Eltern freuen sich sehr über Ihre Rückkehr. Und wenn sie recht haben, dann heißen Sie nicht mehr lange Mr Dalligold.«

Mr Dalligold lächelte sie herzlich an. »Ich freue mich auch, dich wiederzusehen, Darby. Würdest du dich ein bisschen um Archer und seine Freunde kümmern? Heute Abend wird gefeiert. Und bisher hatten sie noch keine richtige Gelegenheit dazu.«

»Kommt mit zu den Greenhorns! Wir bewerfen Fledger mit gegrillten Heuschrecken!« Darby zeigte auf Adélaïdes Holzbein. »Und nicht vergessen, das war ein *Krokodil*.«

Archer, Oliver und Adélaïde gingen hinter Opa und Oma Helmsley die Treppe zum Haus der Helmsleys hinauf. Seine Großeltern hatten kein Wort darüber verloren, ob Archer wirklich ein Greenhorn werden durfte. Aber er wusste, dass es nur noch eine Frage der Zeit war. Er hatte gesehen, wie sein Großvater fröhlich vor sich hin pfeifend drei Kisten mit Greenhorn-Wappen ins Haus geschmuggelt hatte. Und er hatte ein Gespräch belauscht. Zuerst hatte er befürchtet, dass seine Großeltern seine Mutter niemals überzeugen würden, aber dann hatte sich eine fünfte Stimme eingemischt. Eine würdevolle Stimme. Und vor Mr Dalligold hatte selbst Mrs Helmsley inzwischen großen Respekt.

»Wie geht es jetzt weiter?«, fragte Archer, als sie die Mäntel an die Elchgeweihe hängten.

»Du bist am Ende des Anfangs angekommen«, sagte Opa Helmsley geheimnisvoll. »Deine Oma und ich stehen am Anfang des Endes.«

Oma Helmsley lächelte und legte Archer eine Hand auf die Schulter. »Vor zwölf Jahren ist deinem Opa und mir klar geworden, dass unser letztes Abenteuer begonnen hat. Wir wissen zwar bis heute nicht genau, was es ist, aber wir freuen uns schon darauf.«

»Sehr sogar«, fügte Opa Helmsley hinzu.

»Kapierst du das?«, flüsterte Oliver Archer zu.

Das tat Archer. Trotzdem sagte er nichts. Seine Großeltern warfen ihm noch einen liebevollen Blick zu und gingen dann in die Küche.

»Wir könnten ein Feuer machen«, schlug Archer vor. Er stieg mit Oliver und Adélaïde zusammen aufs Dach. Dort knisterte bereits ein kleines Feuer. Kana saß davor. Oliver und Adélaïde setzten sich zu ihr. Archer ging zum Schornstein und zog zwei Geschenke aus einem Versteck.

»In den letzten Tagen hatte ich endlich ein bisschen Zeit.« Archer reichte Oliver und Adélaïde die hübsch eingewickelten Pakete. »Weihnachten ist zwar schon vorbei, aber ich wollte mich bei euch bedanken. Für alles.«

Archer hockte sich neben Kana. Sie lächelte und schob eine Hand in ihre Manteltasche. Darin lag das Geschenk, das sie von Archer bekommen hatte: das Elefantenhaus aus Jade.

Oliver riss das Papier auf. In seinem Paket lag ein Buch.

Relvina Rumroll
DIE KUNST DES
SCHOKOLADEMACHENS

»Und damit jubel ich dir keinen Staubsauger unter«, versprach Archer lachend.

»Ich mache noch heute Abend meine erste Tafel!« Oliver schlug das Buch auf. »Danke schön!«

»Ich spiele aber nicht Versuchskaninchen«, warnte Adélaïde.

»Dein Geschenk war schwieriger«, erklärte Archer, als Adélaïde mit dem Auspacken begann. »Kana und ich haben jedes Geschäft in der Donnerblumenstraße abgesucht. Dann haben wir das bei Trumm & Drumm entdeckt.«

»Wir hatten beide ein gutes Gefühl«, fügte Kana hinzu.

TRUMM &
DRUMMS
große
SCHERZKISTE

»Ich bin mir nicht sicher, ob ich das richtig verstehe.« Adélaïde linste in die Holzkiste.

Archer und Kana nickten in Olivers Richtung. *Piesacke ihn*. Ein Lächeln breitete sich auf Adélaïdes Gesicht aus. Oliver sah es. Er legte sein Buch weg und nahm eine Ladung Schnee.

»Das wird ein Schneeball«, erklärte er grinsend. »An eurer Stelle würde ich auch welche machen.«

»Nicht ins Gesicht«, warnte Adélaïde und nahm sich ebenfalls eine Ladung Schnee.

Auch Archer und Kana formten Kugeln.

Die vier standen auf und warteten gespannt, wer zuerst werfen würde. Im flackernden Feuerschein bemerkte niemand, dass Adélaïde beide Hände hinter dem Rücken hielt. Als sie einen Schneeball warf, duckten Archer und Oliver ihre Köpfe. Er zischte über sie hinweg. Sie grinsten sich an und ließen Adélaïde für eine Sekunde aus den Augen. Kana wusste, dass sie einen Fehler gemacht hatten. Adélaïde hatte ein Geheimnis. Und es war nicht länger hinter ihrem Rücken versteckt.

Nicholas Gannon hat Kunst und Design studiert und sich an verschiedenen Jobs versucht, bevor er Vollzeit-Autor wurde. Er hat in den Bundesstaaten Tennessee, Minnesota und New York gewohnt und für kurze Zeit auch in einem hohen, schmalen Sandstein-Haus in New York City, das ihn zum Haus der Helmsleys in der Weidengasse 375 inspiriert hat. Inzwischen lebt der Autor in Brooklyn.

»Die höchst wundersame Reise zum Ende der Welt«, das erste Abenteuer um Archer und seine Freunde, war Nicholas Gannons Debüt.